태산을 바라보다 望嶽

태산은 무릇 어떠한가
제나라와 노나라는 푸르름 끝없고
조물주는 신묘한 위풍을 모았고
산의 북쪽과 남쪽은 아침저녁을 갈랐다
층층이 일어나는 구름이 가슴 설레게 하니
눈을 부릅뜨고 돌아드는 새를 바라다본다
반드시 정상에 올라
뭇산이 작은 것을 한번 보리라

岱宗夫如何, 齊魯青未了. 造化鍾神秀, 陰陽割昏曉.
蕩胸生層雲, 決眦入歸鳥. 會當凌絶頂, 一覽衆山小.

진조여휘 6
장담 新무협 판타지 소설

초판 1쇄 찍은 날 § 2006년 2월 14일
초판 1쇄 펴낸 날 § 2006년 2월 24일

지은이 § 장담
펴낸이 § 서경석

편집장 § 문혜영
편집책임 § 서지현
편집 § 이재권

펴낸곳 § 도서출판 청어람
등록번호 § 제1081-1-89호
등록일자 § 1999. 5. 31
어람번호 § 제2-0839호

주소 § 경기도 부천시 원미구 심곡1동 350-1 남성B/D 3F (우) 420-011
전화 § 032-656-4452 팩스 § 032-656-4453
http://www.chungeoram.com
E-mail § eoram99@chollian.net

ⓒ 장담, 2005

ISBN 89-5831-989-5 04810
ISBN 89-5831-770-1 (세트)

※ 파본은 본사나 구입하신 서점에서 교환하여 드립니다.
※ 저자와 협의하여 인지를 붙이지 않습니다.

東邪牧师

진조여휘
Fantastic Oriental Heroes
장담 신무협 판타지 소설

6

풍운검로(風雲劍路)

도서출판
청어람

목차

제1장	**새로운 변수**	7
제2장	**완인상덕(玩人喪德**:사람을 멸시하면 결국 자기의 덕을 잃는다)	39
제3장	**과거의 전설과 새로운 전설이 만나다**	69
제4장	**눈이 안 보이니 보이는 것**	119
제5장	**사천행로**	141
제6장	**초혼몽(招魂夢)의 비밀**	185
제7장	**도강언의 혈투**	213
제8장	**사천당가**	259
제9장	**평화를 원하는 자, 전쟁을 원하는 자**	285

1장
새로운 변수

삼상객잔(三像客棧).

휘 일행이 안내무사 배기담을 따라 들어간 곳은 탁자라고 해봐야 다섯 개밖에 되지 않을 정도의 작은 객잔이었다.

한쪽에서 하염없이 내리는 눈을 탓하며 술잔을 기울이던 두 명의 농부는 느닷없이 도검을 찬 무사가 아홉이나 들어오자 급히 고개를 돌리고 시선을 마주치려 하지 않았다. 한낱 시골의 농부들이 견디기에는 날 선 무사들의 눈빛이 너무도 강렬했던 것이다.

더구나 옷의 여기저기 묻어 있는 핏자국은 그들에게 두려움을 주기에 족했다.

"어서 오십시오. 어이구, 먼길을 오신 모양이구려."

주인으로 보이는 삼십대의 장한이 찻주전자를 들고 호들갑스럽게 튀어나왔다. 배기담은 그를 보더니 모자를 벗어 툭툭 눈을 털며 입을 열었다.

"몸을 좀 녹이고 싶은데 안에 방이라도 있는지 모르겠군."

"허허허. 그리 깨끗한 방은 아니지만 쉬어 갈 만한 곳은 있소이다. 안으로 드시겠소?"

"설마 바가지를 씌우는 것은 아니겠지? 우리가 줄 수 있는 돈은 은자 세 냥뿐이네."

"세 냥이고 여섯 냥이고, 돈 걱정 말고 들어가시구려."

배기담은 휘를 돌아보고 가볍게 눈짓을 보냈다.

"들어가시지요, 공자."

안으로 들어가자 주인의 말대로 제법 넓은 방이 하나 비어 있었다. 침상도 네 개나 있는 것이 아마도 한두 사람을 위한 방이 아니라 여러 사람이 합숙을 할 수 있도록 만들어진 방 같았다.

일각이 지나지 않아 객잔 주인이 찻주전자와 엽차 잔을 들고 들어왔다. 그는 들어오자마자 휘를 향해 허리를 굽히고는 태연히 말문을 열었다.

"그래 오시는 길은 괜찮습디까? 뭔 놈의 눈이 이리도 많이 내리는지."

"승냥이 몇 마리가 달려들기에, 행여 다른 사람에게 해가 될까 봐 다 없애고 왔지요."

배기담의 말에 주인의 눈빛이 번뜩였다. 주인은 손에 든 주전자를 탁자에 내려놓더니 나직한 목소리로 입을 열었다.

"괴이한 자들이 관도에 쫙 깔렸다더군요. 조심하셔야 할 겝니다. 특히 청해로 넘어가는 길 쪽에 수상한 자들이 많다고 하니 유념하시구려."

"탁록(擢鹿) 쪽은 어떻다 합니까?"

"탁록은 아예 검을 찬 자들은 아무도 들어가지 못하게 하고 있다 합니다."

"호, 그래요?"

"그러니 꼭 그곳을 가시려거든 철저히 준비를 하시고 가셔야 할 겝니다."

객잔 주인의 말에 배기담은 휘를 돌아보았다.

휘가 가볍게 고개를 끄덕이고는 객잔 주인을 향해 물었다.

"동쪽에서 온 다른 소식은 없소?"

객잔 주인은 탁자를 두어 번 손으로 치더니 고개를 갸웃거렸다.

"글쎄요, 뭔가 있는 것 같은데 생각이 잘 나지 않는군요. 차나 마시면서 쉬고 계시구려. 혹시라도 생각나는 것이 있으면 내 전해주리다."

배기담은 객잔 주인이 나가자 손을 탁자 밑으로 넣어 훑더니 그 밑에서 두 장의 서찰을 집어 들었다. 서찰은 눈보라 속에서도 물이 배이지 않도록 유지에 잘 싸여 있었다.

그중 한 장의 서찰 겉 표면을 바라본 배기담이 서찰을 휘에게 건네며 말했다.

"하나는 한중에서 보내온 서찰입니다, 문주님."

상일(像一).

만상문의 첫 번째 거점이라 할 수 있는 물상만가의 표기가 보였다. 휘는 서찰을 받아 들고 천천히 서찰을 펼쳐 보았다.

"음……."

서찰을 반 각에 걸쳐 세밀히 읽어가던 휘의 입에서 가느다란 침음성이 흘러나오자 호기심을 가지고 있던 사람들이 모두 휘를 바라보았다.

"천도맹의 소진용이 물상만가를 찾아왔다고 합니다."

간단한 몇 마디였지만 그 속에는 많은 뜻이 내포되어 있었다. 소진용이 찾아온 뜻을 짐작한 초평우가 미간을 찌푸리며 말했다.

"천도맹이 다급했나 보군요."

"다급할 수밖에 없겠지요. 자칫 전쟁을 해야 할 판이니."

"그런데… 어떻게 물상만가를 찾아왔을까요? 우리가 그곳과 연관이 있는 줄을 어떻게 알고……?"

초평우가 고개를 갸웃거리자 휘가 눈을 빛내며 입을 열었다.

"그만큼 우리가 노출되기 쉬운 곳에 있었다는 말이겠지요. 아니면…… 천도맹의 누군가가 매우 뛰어난 자이든가."

"예?"

"서찰에 의하면 두 명이 찾아왔다고 합니다, 소진용과 비양문의 문주인 조령위라는 사람이. 총호법님의 말씀에 의하면 조령위라는 사람에 대해 매우 조심스럽게 평을 했습니다. 그만큼 판단하기가 쉽지 않은 인물이라는 뜻이겠지요."

휘의 말을 잠자코 듣고만 있던 적인풍이 무언가를 생각하는 듯하더니 조용히 말문을 열었다.

"비양문은 천도맹의 십대세력 중 하나이나, 최근에 와서는 그 세력이 약해져 천도맹 내에서도 푸대접을 받고 있는 곳입니다. 하지만 예전의 비양문은 천도맹의 군사 역할을 할 정도로 뛰어난 사람들을 많이 배출한 곳입니다."

"조령위라는 사람에 대해 들어본 적이 있으십니까?"

휘의 물음에 적인풍은 눈을 반쯤 감고 기억을 더듬었다.

"그다지 알려진 자는 아닙니다만, 제 친우 중에 한 사람이 그에 대해 말한 것이 기억납니다. 화려하지 않아 드러나지는 않지만 속에는 많은 것을 품고 있는 사람이라 했지요."

"많은 것을 품고 있는 사람이라… 정말 능력이 있는 사람이라면 그런 사람이 왜 천도맹에서 푸대접을 받고 있다는 거죠?"

영호련이 의아하다는 표정으로 묻자 적인풍이 영호련을 바라보며 말했다.

"영호 낭자는 내가 왜 만상문에 몸담았는지 아는가?"

알 리가 없다. 사실 만상문이라는 곳도 감숙으로 오던 도중 단주가 반강압(?)적으로 알려줘서 알게 되지를 않았던가.

"나는 나를 알아주고, 또 나를 위해줄 수 있는 사람과 같이 지내는 것을 좋아한다네. 그래서 만상문에 몸을 담기로 작정한 것이지."

영호련이 흔들리는 눈으로 적인풍을 바라봤다. 그 말뜻을 모를 리 없는 영호련이었다. 그렇지 않아도 휘에 대해 갈등을 하고 있는 판에 적인풍의 말은 그녀의 마음 깊은 곳까지 여지없이 흔들어 버렸다.

"그러니까 조령위라는 사람은 천도맹을 그렇게 생각하지 않기에 자신의 모든 것을 드러내지 않고 있다 이 말인가요?"

적인풍이 고개를 끄덕였다.

"천도맹은 그를 업신여기고 우습게 여기네. 그리고 수십 년 전부터 비양문의 자리를 차지한 자들은 자신들의 자리를 빼앗기지 않으려 안간힘을 쓰고 있네. 아마 조령위가 자신의 뛰어남을 드러낸다면, 그를 업신여기던 자들 중 많은 수가 그를 시기하고 제거하려는 적으로 변할 걸세. 세상이란 그런 것이지."

묵묵히 적인풍의 말을 듣고 있던 휘가 고개를 끄덕였다.

"그에 대해서 더욱 많은 것을 알아봐야겠습니다. 그리고 총단에 대한 일도 서둘러야 할 것 같군요. 조령위가 나를 찾기 위해서 물상만가를 찾은 것처럼, 다른 사람이라고 해서 그곳을 찾지 말라는 법은 없으니까요."

휘는 첫 번째 서찰에 대해 결정을 내렸다.

"지금은 그들의 요구에 응할 수 없습니다. 하나 이번 일이 진행되다 보면 천도맹의 일과 연계되지 않을 수가 없습니다. 문제는 동생을 얼마나 빨리 구하느냐 하는 것이겠지요. 모든 결정은 동생을 구한 다음에 흐름을 봐서 할 것입니다."

그리고 두 번째 서찰에 대해서 말했다.
"탁록으로 가는 길에 상당한 수의 적들이 깔려 있습니다. 아마도 도착하기 전에 힘을 빼놓겠다는 뜻인 듯합니다. 그리고 우리가 강에서 맞이한 자들은 그들의 전위대인 것 같군요. 서찰에 의하면 적들의 복장이 붉다 했습니다. 감숙에서는 그들을 적혈단이라 부른다고 합니다."
"그럼 문주께선 어찌할 생각이시오?"
적인풍의 물음에 휘가 무심한 표정으로 입을 열었다.
"길은 하나뿐, 그리고 방법 역시도. 어차피 돌아갈 길은 없습니다. 그러니 막으면 뚫고 갈 것입니다, 설원을 혈원으로 만드는 한이 있더라도."
고저가 없는 휘의 말에 사람들은 등골을 타고 오르는 소름에 몸을 부르르 떨었다. 그들의 생각은 한결같았다.
―적들은 방법을 잘못 택했다!

휘 일행이 객점을 출발하려 할 때였다.
다섯 명의 청의무사가 객잔 안으로 빠르게 들어섰다. 그들은 들어서자마자 안채에서 나오던 휘 일행을 보고 소리쳤다.
"우리는 청심장의 무사들이다! 그대들은 어디에서 온 자들인가?"
배기담이 앞으로 나서며 답했다.
"우리는 한중에서 온 사람들이오. 청심장의 무사들이 무슨 일로 우리의 앞을 막는 것이오?"
"진령을 넘어왔는가?"
맨 앞에 서 있던 날카로운 눈을 가진 청의무사가 다시 싸늘한 목소리로 다그쳤다. 그러자 청의무사의 말투에 기분이 상한 초평우가 턱을 쳐들고 되물었다.
"청심장의 무사들은 아무에게나 말을 함부로 하라고 배웠나?"

"뭐라?"

"우리가 청심장 무사들의 시신을 묻어준 데 대해 고마워하는 마음은 알겠는데 말투는 영 아니올시다라서 말이지……."

"흥! 그대들이 본 장의 무사들을 진령 아래서 죽인 자들이 맞는 것 같군!!"

"뭐? 우리가 누굴 죽여?"

초평우가 어리둥절한 표정을 지었다. 그러자 사태를 짐작한 적인풍이 앞으로 나섰다.

"우리가 청심장의 무사들을 묻어준 일은 있지만 죽이진 않았다."

"네놈들의 말을 어찌 믿는단 말이냐?"

"네놈들이라… 허! 청심대협이라 불리는 군장청이 언제부터 수하들을 저리 가르쳤는지 모르겠군."

쩡!

날카로운 눈을 가진 청의무사가 검을 빼어 들었다.

"감히! 장주님을 모욕하다니!"

"흥! 청심장의 무사들이 죽어 화가 난 것은 이해하겠다만, 나 적인풍이 너희들에게 그런 소리들을 정도로 헛살진 않았다."

"적인풍이고 뭐고…… 적인풍? 설마, 수류도 적인풍…… 대협?"

검을 빼어 든 청의무사가 놀란 눈을 크게 뜨고 되물었다.

때로는 이름 석 자가 검보다 더 위력을 발휘할 때가 있다, 바로 지금 같은 경우처럼. 적인풍은 그것을 잘 알기에 스스로 이름을 밝힌 것이다.

"그럼 우리가 누군지도 모르고 우리를 살인자로 몰았단 말이냐?"

그때였다.

"물러서라!"

흑염의 중년인이 다급히 안으로 들어서며 청의무사들을 향해 소리쳤다. 그 역시 놀란 표정을 짓고 있었다.

살인자들을 처단하기 위해 정신없이 달려왔다. 그런데 들어서기도 전에 적인풍의 이름이 들려오는 것이 아닌가.

수류도 적인풍? 그가 왜 여기에 있단 말인가?

중년인은 놀란 표정을 감추지 않고 적인풍을 바라보았다. 순식간에 팽팽한 긴장감이 객잔 안을 맴돌았다.

"나는 예후상이라 하오. 수류도 적 형이 어인 일이시오?"

흑염비객 예후상의 물음에 적인풍은 냉랭한 얼굴로 코웃음 쳤다.

"훙! 청심장에서 내 행로에 대해 관심을 쏟다니, 영광이군."

"본 장의 무사들이 열 명 넘게 죽었소이다. 게다가… 대형의 셋째 아들인 정아까지."

"음? 그 시신들에 군장주의 아들이 끼어 있었다고?"

뜻밖의 말에 적인풍이 눈을 크게 떴다. 자신들이 묻은 시신들 중에 군장청의 아들이 있었다면 이야기가 달라진다.

수만의 군졸들 죽음보다, 군왕 한 사람의 죽음이 더욱 커다란 풍파를 일으키는 법.

"사실대로 이야기를 해주셔야겠소이다. 지금쯤 대장주께서도 이리 달려오고 있을 것이외다."

예후상의 다그침에 적인풍은 옆을 돌아보았다, 마치 어찌할 것인가를 묻는 눈빛으로.

그걸 본 예후상은 놀라지 않을 수 없었다. 적인풍이 누군가. 천하 십대 도객 중의 한 사람이 아니던가? 그런 그가 누군가의 허락을 구하는 눈빛이라니…….

적인풍의 눈빛을 따라가자 칠흑 같은 면사로 얼굴을 가린 자가 보였다. 설마 저자에게 보내는 눈빛? 젊은 자 같은데?

그의 의문을 풀어주려는 듯 휘가 입을 열었다.

"우리는 진령을 넘어오던 중 귀장 무사들의 시신을 발견했소. 해서 묻어주었을 뿐, 더도 덜도 없소."

간단한 답변에 무감정한 목소리, 예후상의 미간이 찌푸려졌다.

"그 말을 어찌 믿으란 말이오?"

순간,

"대형의 말씀은 곧 진실이오!"

"믿지 못하겠으면 나와 검의 대화를 나눠봅시다!"

초평우와 풍인강이 동시에 발끈하며 나서자 분위기가 삽시간에 냉각되었다. 하지만 예후상은 화를 낼 수가 없었다. 화를 내기도 전, 면사를 쓴 청년이 한 걸음 앞으로 나선 것이다. 단 한 걸음…….

그런데…… 가슴이 짓눌리는 이 기분은 뭔가.

거대한 해일이 밀려오는데, 발이 수렁에 빠져 물러서지도 못하고, 어쩔 수 없이 해일을 맞이해야만 할 때와 같은 이 기분은…….

한 걸음 앞으로 나선 휘가 조용히 예후상을 바라보았다.

"나는 귀하에게 거짓을 말할 필요도 느끼지 못하거니와, 그 일에 대해 일일이 설명할 시간도 없소."

"하지만……."

"내 앞을 막는다 해도 상관은 없소. 다만… 후회가 없기를…….″

휘가 다시 한 걸음 내디디자 예후상의 이마에 굵은 실핏줄이 돋아났다. 움켜쥔 주먹에 땀이 고일 지경이다. 아직 거리는 이 장이나 되거늘.

'뭔가? 대체 이자는 누군가? 이런 가공할 기세라니…….'

그때였다.

"물러서게! 그분의 앞을 막지 말게!"

적인풍의 다급한 전음이 고막을 두드렸다. 예후상은 자신도 모르게 한

발 옆으로 물러서서 적인풍을 바라보았다. 그러자 적인풍의 전음이 다시 귓전에 울렸다.

"그분은 내가 모시는 분이네. 사정이 있어서 그러니 이야기는 나중에 하세. 우리는 청심장과 적이 되고 싶지 않네."

놀란 눈을 부릅뜬 예후상이 휘를 쳐다보았다.

수류도 적인풍이 모시는 분이라고? 저 청년이?

그러고 보니 객잔 안에 있는 어느 한 사람도 만만한 사람이 없다. 비록 자신보다는 뒤처질지 몰라도 그리 차이는 나지 않을 것 같은 사람들이다. 둘만 합공해도 자신이 감당하기 힘들 정도, 그런 사람이 일곱이다. 거기에 자신보다 강한 적인풍과 그가 모신다는 가공할 기세의 청년까지.

그렇다고 꼬리를 말 수는 없었다. 어떻게 하든 상황에 대해서 정리를 해놓아야 한다, 의형인 군장청이 올 때까지는.

"정 바쁘다면 우리 역시 따라가며 이야기를 듣겠소. 그것까지 바쁘다는 이유로 거절하지는 마시오."

"좋을 대로 하시오."

휘는 불같은 분노를 뿜어내야 할 예후상이 냉정한 판단으로 한 걸음 물러서자, 내심 청심장의 힘에 대해 다시 생각을 하지 않을 수 없었다.

사실 험하디 험한 감숙에서 오대세력에 든다는 것 자체가 대단한 일이었다. 하지만 어쩌면 듣던 것보다 더 강한 힘을 갖춘 곳일지도 모른다는 생각이 들었다. 적어도 예후상 같은 사람을 거느릴 수 있는 사람이 주인으로 있는 곳이라면.

'청심대협 군장청이라……'

     *   *   *

기묘한 행렬이었다.

눈 덮인 들판을 휘 일행이 걸어가고, 그 뒤를 스무 걸음 정도 처져서 적인풍과 예후상이 나란히 걷고 있다. 그리고 십수 장 떨어져서 청심장의 무사들이 뒤따른다.

그나마 이야기를 나누고 있는 사람은 적인풍과 예후상뿐이다.

"적의인에 대해서라면 우리도 근래 들어 관심을 가지며 주시하고 있던 차였소. 오면서 강 위에 죽어 있는 적의인을 보고 이상하다 생각했는데, 적 형의 일행이 그들을 죽였다니……."

"먼저 공격을 한 것은 그들이었네. 필살의 의지가 담긴 검이었지."

"그렇다고 다 죽일 필요까지는 없었을 것 아니오?"

"죽이지 않으면 죽는 게 강호 아닌가? 어쩔 수 없었네."

눈살을 찌푸린 예후상이 입을 닫자 적인풍이 말을 이었다.

"그들은 앞으로도 우리를 막을 것이네. 그럼 우리는 또 그들을 죽일 것이네. 그러하지 않으면 우리가 죽을 테니까."

"음, 대체 그들이 누군지……. 최근 들어 감숙 일대에 자주 출몰해서 우리는 그들을 적혈단이라 부르고 있소."

"신마천궁의 하부 조직으로 보고 있네."

예후상이 의아한 표정으로 반문했다.

"신마천궁? 적혈단의 힘은 결코 약하지 않은데, 그들이 기껏 하부 조직이란 말이오? 대체 신마천궁이 어떤 곳이기에……."

"아마 또 다른 이름이 있을 것이네. 그리고 그들, 자네들이 적혈단이라 부르는 자들은… 나의 생각대로라면 청심장으로는 감당키 힘든 자들일 걸세."

"적 형은 우리 청심장을 너무 얕보시는 것 같구려."

적인풍이 예후상의 어이없어 하는 반문에 고개를 가로저었다.

"아니네. 나는 청심대협 군장청이 곤륜의 기인 태을 진인의 제자라는 것을 감안해서 말한 것일세."

순간, 예후상의 안색이 차갑게 굳었다.

"어찌 아셨소? 그것은 우리 의형제만 알고 있는 것으로 알고 있소만."

"나에겐 몇 명의 친구가 있지. 그리고 상대동 역시 나의 친구네."

예후상의 눈이 휘둥그레졌다.

"난주의 구유귀도 상대동 말이오?"

"바로 그를 말하는 걸세. 그는 많은 것을 알고 있는 사람이네. 군장청과 그는 제법 가까운 사이라 할 수 있지."

그건 그렇다. 난주 구유도문의 주인인 상대동과 군장청은 같은 동향 사람이면서, 또한 감숙의 오대세력 중 한 곳씩을 다스리는 주인들이니까.

그라면 군장청의 사문을 알고 있다 해도 이상할 것이 없었다.

한데 적혈단이 그토록 강하단 말인가? 청심장을 넘어설 정도로?

"이제 생각해 보니…… 청심장 무사들의 몸에 난 상처에 대해 어렴풋이 떠오르는 것이 있네."

문득 생각나는 것이 있는 듯 적인풍이 조심스럽게 입을 열었다.

"음? 정말이오?"

"적의인들이 펼치는 무공은 하나같이 살초로만 이루어져 있었지. 그들의 무공에 당한다면, 어쩌면 청심장 무사들의 몸에 난 상처처럼 잔혹한 상처가 남게 될 것 같군."

적인풍의 말에 예후상의 눈빛이 싸늘히 빛났다.

"그 말에 책임질 수 있소?"

"책임이라… 글쎄, 확신할 수는 없지만 한 번쯤 확인해 볼 가치는 있을 것 같네."

"…좋소. 그것에 대해선 철저히 알아보겠소."

적인풍처럼 경험 많은 고수가 본 것이라면 분명 무언가가 있기 때문일 것이다. 예후상도 그것을 알기에, 어쩌면 이 이상한 일행이 청심장의 무사들을 죽인 흉수가 아닐 거라는 생각에 더욱 무게가 실렸다.

"그런데…… 죄송하지만 바쁘다는 일이 도대체 뭐기에 이리도 서두르는 것이오?"

흩날리는 눈길을 쉬지 않고 빠른 걸음으로 걷고 있다. 일반인이라면 뛰어야 할 정도의 속도다. 한 시진 동안 거의 칠십 리를 주파했을 정도다, 아무런 말도 없이 침묵 속에서.

"저분의 여동생이 납치를 당했네. 바로 신마천궁의 무리들에게."

    *   *   *

"뭐야?! 다 죽었다고?"
"얼어붙은 강 위에 시신들이 널려 있었다고 합니다, 전주님!"
"잘 죽었다, 잘 죽었어! 못난 놈들. 그래 한 놈도 죽이지 못하고 다 죽었다고?"
"전해온 소식으로는……."

붉은 적포, 중앙에 금실로 마(魔) 자가 새겨진 옷을 입은 초로인이 시뻘겋게 달아 오른 얼굴로 엎드려 있는 중년인을 향해 욕을 퍼부었다.

"상관인 네놈은 뭐하고 있었느냐? 이 어리석은 놈! 진조여휘란 놈은 혈광루주와 흑마령주를 죽인 놈이다. 그럼 일개 수하들만으로는 어림없다는 것을 잘 알 놈이 왜 그놈들 멋대로 움직이도록 가만 놔두었느냐?"

"단지 시험만 해보겠다고 하기에……."

"이놈!"

버럭 소리 지른 초로인, 마혈전주 마극초의 손이 휘저어졌다.
후웅! 퍽!
"크읍!"
허공을 격한 일 수에 일 장을 굴러간 중년인이 입가에 피를 흘리며 엉거주춤 다시 엎드렸다.
"시험하겠다고? 혈광루주를 죽인 놈을 네깐 놈들이 시험을 하겠다고? 지나가던 참새가 웃다 말고 똥을 쌀 일이다, 이 개놈의 자식아! 슬쩍 함정에 집어넣고 때려잡으려고 했더니 네놈들이 아예 다 망쳐 놔?"
마극초의 일갈에 엎드려 있던 교살당주 피동효의 인상이 와락 일그러졌다.
'씨발놈, 그런다고 참새 똥이 뭐야? 전주면 전주답게 말도 좀 고상하게 하지.'
하지만 겉으로는 죽을죄를 지은 사람 마냥 부들부들 떨며 입을 열었다.
"속하가 죽을죄를…… 미처 위대하신 전주님의 뜻을 모르고……."
괜히 건드려 봐야 자신만 피곤할 뿐이다. 뭐, 그동안 당한 것이 한두 번도 아니고. 일단은 최대한 띄워 주는 수밖에.
마극초는 금방이라도 때려죽일 듯이 피동효를 노려보다가 '위대하신 어쩌고저쩌고' 하며 피동효가 발발 떨자 그제야 자리에 다시 앉았다.
"마향각 놈들에게 모든 공을 넘길 수는 없다. 무슨 수를 써서라도 놈들을 삼숙에서 죽여야 한다. 돌아가지 않는 머리라도 최대한 짜봐!"
"저… 망귀(妄鬼)들을 이용하면 어떠실지……."
"망귀?"
피동효의 은근한 의견에 마극초의 눈이 반짝 빛을 발했다.
망귀라면 마공을 익히다 한계를 넘지 못하고 반쯤 미친놈들을 말한다.

비록 정신은 오락가락하지만, 대신 무공만큼은 일류 중의 일류 수준이다. 특히 고통을 느끼지 못하기 때문에 더욱 무서운 놈들이다.

　죽이기에는 아깝고, 그렇다고 미친놈들을 풀어놓을 수는 없기에 동굴을 개조해서 만든 옥(獄)에 가둬 놓았다. 잔마혈전의 사람들은 그곳을 망귀옥이라 불렀다.

　"그놈들이 움직이려 할까?"

　"적당한 미끼만 물려주면 될 듯합니다만."

　"미끼?"

　"놈들은 마공의 부작용으로 인해서 계집을 미친 듯이 좋아합죠."

　"흠, 좋아! 하면 네가 직접 망귀옥(妄鬼獄)으로 가서 그놈들을 잘 구슬려 봐라. 그리고 시간 나거든 놈들에게 안길 계집들도 좀 잡아오고."

　순간, 마극초의 명령에 피동효의 얼굴이 다시 와락 일그러졌다.

　'씨발놈! 돈 아까우니까 나더러 잡아오라고? 욕은 나보고 다 먹어라 이거지? 에라이! 그 돈으로 잘 먹고 잘살아라!!'

　그래도 대놓고 말할 수는 없었다.

　"그, 그럽죠……."

　'그건 그렇고…… 조또, 망귀 놈들이 지랄 안 할지 모르겠네.'

　피동효는 망귀옥에 들어간 지 이각 만에 정신없이 밖으로 뛰어나왔다. 힌데… 머리는 풀어헤쳐져 있고 옷은 여기서기 찢어져 있다. 특히 바지는 겨우 주요 부위만 가릴 정도가 남아 있을 뿐이다.

　입이 한 자는 튀어나온 피동효가 시뻘게진 얼굴로 욕설을 퍼부었다.

　"미친놈의 새끼들! 아무리 여자가 고팠기로서니 내가 어디 여자로 보이냐? 설령 내가 진짜 여자라 해도 그렇지. 내 얼굴 보면 삼 년 굶은 놈도 도망가겠다. 에이! 개놈의 자식들! 확! 똥구멍에다 말뚝을 처박을 놈들!"
 그러다 뒤에서 들리는 소리에 홱, 고개를 돌리자 중얼거리며 동굴을 걸어나오는 망귀들이 보였다.
 "그래도 엉덩이는 토실토실했지?"
 "물건은 별로던데……."
 "돼지를 얼굴 보고 잡나? 음… 시간만 좀 더 있었으면……."
 끝내 피동효의 머릿속에서 이성의 끈이 떨어졌다.
 쨍!
 넓적한 칼을 빼 들고 망귀들을 향해 소리쳤다.
 "미친 개새끼들! 가만두면 내 사람이 아니다! 으아아!!"
 그리고 달려갔다.
 두 팔을 벌리며 환호하는 미친 개새끼들을 향해서!

    *   *   *

 왜 이리 어둡지?
 여긴 어디지?
 엄마 아빠는 어디 있지? 오빠는?
 눈을 떴는데도 아무것도 보이지 않는다. 밤인가?
 문득 어디선가 사람의 말소리가 들려온다.
 "어? 저 계집아이가 깨어난 기 같온데?"
 "그러게, 너무 빠른데? 약효가 떨어졌나 보군."
 "계집아이가 시끄럽게 굴기 전에 다시 약을 먹이자구."
 "잠깐 기다리게. 당주님에게 물어보고……."
 "당주님은 지금 안 계시잖아. 그냥 먹이자니까."

"너무 자주 먹이면 부작용이 있다고 했잖아."

"에이, 한 번 더 먹인다고 설마……."

"하긴… 그럼 비밀로 하고 먹일까?"

목소리가 잦아들더니 발자국 소리가 들린다.

연연은 소리 내어 부르짖고 싶었다. 하지만 목소리가 입 안에서만 맴돌 뿐 아무런 말도 할 수가 없다.

'자고 싶지 않아요. 여긴 어디예요? 왜 나를 잡아온 거예요? 제발 집으로 보내줘요. 제발……. 흑흑흑!!!'

그때였다. 누군가가 자신의 입을 벌리는 것이 느껴진다.

"자, 얌전히 있으라구. 한숨 푹 자고 나면 네 오빠가 올 거야. 후후후……."

'오, 오빠가?'

목구멍을 타고 쓰디쓴 약물이 넘어가자 일순간에 남자의 목소리가 공명되어 들린다.

"호호호……. 고것, 나이는 어린 것 같은데 꽤나 이쁘군. 생각 같아서는……."

"아서게. 당주께서 아시면 목이 달아날 거네."

"그래서 참고 있는 거지……. 호호호……."

희미하게 웃음소리가 들린다. 누굴까. 이 사람들은 누굴까.

누구… 오빠는…… 이다…….

'오빠……. 나 좀 구해줘……. 연연이 무서워……. 오빠! 오빠!!'

*   *   *

벌떡 몸을 일으킨 휘는 눈을 부릅떴다.

'꿈인가?'

꿈치고는 너무나 선명하다.

두려움 속에 떨고 있는 연연이의 모습이 바로 앞에 보이는 것만 같다. 손을 뻗으면 금방이라도 잡힐 듯했다.

"후우……."

한숨을 길게 내쉰 휘는 문득 이마를 타고 흐르는 땀방울이 느껴졌다.

이틀간 비슷한 꿈을 꾸었다. 길어야 한 시진 이상 잠든 적이 없거늘, 꿈을 꿀 때마다 연연이가 부르짖는 목소리가 들려온다.

―오빠! 나 좀 구해줘! 살려줘! 연연이 무서워!

잠을 자던 도중 자신도 모르게 얼마나 세게 움켜쥐었는지 손톱이 손바닥을 파고들 지경이다. 시간이 갈수록 두려움에 떨고 있는 연연이의 목소리가 커져 가는 것만 같다.

'연연아! 오빠가 간다. 조금만 참고 기다려라!'

그렇다고 무작정 놈들에게 달려갈 수도 없다.

단순히 자신과 신마천궁의 싸움이라면 문제될 것이 없다. 당장이라도 달려가 모조리 죽여 버리고 싶은 마음뿐이다. 하지만 지금은 연연이가 놈들에게 잡혀 있는 상황.

두 눈 저 깊은 곳에 침잠된 억만근 무게의 고뇌가 고개를 든다.

'아버지, 휘아는 어떻게 해야 할까요? 연연이를 이용해 휘아를 죽이려 하는데 휘아는 어떻게 해야 할까요? 굴복할 수도 없고, 연연이를 모른 체할 수도 없어요. 아버지…….'

아무런 대답도 들려오지 않는다. 아버지들도 난감한가 보다.

침상에서 내려와 창문을 열고 밖을 바라보았다.

휘어진 초승달이 서쪽 하늘에 걸려 있다.

해가 질 무렵 연화산(蓮花山) 남쪽 초곤(草昆)의 객잔을 찾아들었으니 이제 세 시진 정도가 지난 것이다. 잠을 잔 시간은 기껏 한 시진 정도, 오늘도 역시 제대로 잠을 자기는 틀린 것 같다.

"하아……."

낮은 탄식에 뿌연 입김이 허공으로 스러진다.

휘가 막 창문을 닫고 침상으로 가려 할 때였다.

우르르…….

객잔으로 상당수의 사람들이 들어오는 소리가 소란스럽게 들렸다. 밤이 늦은 시각, 결코 일반 양민들이 아니다.

제자리에 선 채 조용히 그들의 기운을 느껴봤다. 전해지는 느낌이 상당히 정갈한 기운이다.

'청심장의 사람들?'

객잔으로 들어선 자들이 예후상의 방으로 가는 것이 느껴진 것이다.

아니나 다를까, 반 각도 되지 않아 익숙한 기운이 방으로 다가왔다.

"휘 형님, 주무십니까?"

초평우였다.

"아닙니다. 무슨 일입니까?"

"청심장의 예 대협이 형님을 뵙자고 하는데요."

휘는 당연히 그럴 거라 생각했기에 망설이지 않고 방문을 열고 나섰다.

"청심장주가 왔습니까?"

"예, 방금 왔는데, 그다지 좋은 분위기는 아닙니다."

그럴 것이다. 자신의 아들이 죽었는데 어찌 그렇지 않을까.

휘는 잠시 생각을 가다듬고 미미하게 고개를 끄덕였다.

'어쩌면… 변수가 될 수 있을지도…….'

"나는 군장청이라 하오."

"저는 진조여휘라 합니다."

오십대 초반의 나이, 단정한 비단 청의를 입었는데 다른 사람이 소매에 새긴 거와는 달리 가슴에 금실로 청심이라는 두 글자가 새겨져 있다.

선이 굵은 얼굴에 숯을 붙여 놓은 듯 짙고 굵은 눈썹이 인상적인 사람이다. 그의 고요히 가라앉은 두 눈과 마주쳤다. 분노의 화염이 잠들어 있는 듯 느껴진다.

"내 아들이 죽었소."

"예 대협께 들었습니다. 애도를 표하는 바입니다."

"들으니 귀하들이 묻어줬다 하더구려. 짐승의 밥이 되지 않도록 신경을 써준 점, 고맙게 생각하오."

"당연히 해야 할 일을 했을 뿐입니다."

"다시 한 번 묻겠소. 정말 내 아들의 죽음과 아무런 관련이 없소?"

휘는 천천히 고개를 끄덕였다.

"우리가 한 일은 죽은 시신을 보고 묻어준 것뿐입니다."

"으음……. 예 아우에게 적혈단의 소행처럼 보인다 했다 하던데……."

"아마 적 대협이 그리 말씀하신 걸로 압니다."

그때 마침 적인풍이 방 안으로 들어섰다.

"맞소. 내가 그리 말했소."

군장청이 고개를 돌려 적인풍을 바라보았다.

"수류도 적 형을 이런 곳에서 뵙게 될 줄은 몰랐소."

"군 형에 대한 말은 상 형에게서 많이 들었소이다. 이렇게 뵙게 되어 반갑소이다."

"좀 전의 말에 대해 다시 이야기해 볼 수 있겠소?"

"간단하오. 청심장 무사들의 시신에 난 상처와 우리가 죽인 적의인들의 무공이 연관있는 것 같다는 말이지요."

"확실하오?"

"최소한 내 경험으로 비추어봤을 때는."

적인풍의 무림에서의 위치는 결코 군장청의 밑이 아니었다. 또한 그의 수십 년 강호 경험은 누구도 우습게 생각할 수 없는 무게가 담겨 있었다.

군장청은 그러한 사실을 잘 알고 있었기에 두 주먹을 으스러져라 움켜쥐고 입을 열었다.

"나는 이번 일을 저지른 자들은 그 누구를 막론하고 용서치 않을 것이오. 그들이 누구라 해도!"

마침내 참았던 불길이 뿜어져 나오자 방 안은 순식간에 군장청에게서 뿜어져 나온 분노의 열기로 후끈 달아올랐다.

조용히 그 모습을 바라보고 있던 휘가 물었다.

"그들이 누군지 아십니까?"

휘의 나직한 목소리에 군장청은 분노의 불길을 가라앉히고 눈앞의 젊은이를 바라보았다.

검은 면사로 얼굴을 가리고 있지만 아무리 잘 봐줘도 이십대 중반의 나이다. 예후상에게 들은 바로는 적인풍이 이 젊은이의 밑에 있다 한다.

대체 누굴까? 누구기에 적인풍을 거느리고 있는 것일까?

"적혈단은 최근에 모습을 보이기 시작해서 감숙 무림의 판도를 뒤흔들고 있는 자들이오. 우리 청심장뿐이 아니고 감숙의 세력들은 모두 적혈단을 주시하고 있소. 하나 아직 그들에 대해 정확히 아는 바는 없소."

휘는 직설적으로 자신이 아는 바를 털어놓았다.

"저희의 생각이 맞는다면 적혈단은 신마천궁의 하부 조직입니다."

"신마천궁? 처음 들어보는 이름이군."

"그들의 하부 조직 중 하나가 철혈성을 삼키려다 성공 직전에 실패했지요."

군장청의 눈이 굳어졌다. 그 일에 대해서라면 조금은 들어봤다. 철혈성이 신비 세력의 힘을 빌어 세력을 급격히 키우다가 요즘은 잠잠해졌다는 소문이었다. 하지만 그도 자세한 상황은 알지 못하고 있었다. 한데 이 자는 어떻게 그런 사실을 알고 있는 것일까.

의문에 대한 답은 휘의 입을 통해서 나왔다.

"저는 현재 철혈성의 철혈검단을 맡고 있습니다."

휘가 자신의 신분을 밝히자 군장청은 의외라는 눈빛으로 휘를 바라보았다. 적인풍을 거느린 사람이 기껏 철혈성의 단주란 말인가?

"그리고 다른 신분도 있습니다만, 그것은 나중에 말씀드리지요."

다른 신분?

"우선 신마천궁에 대해 간단히 말씀드리겠습니다. 그들의 힘은 단순하게 말해서 칠패 중 두 곳의 힘이 합해진 것으로 보면 됩니다. 최소한 말입니다."

군장청이 부릅뜬 눈으로 휘를 직시했다. 믿을 수 없다는 눈빛이다. 하긴 그 말을 곧이곧대로 믿을 사람이 몇이나 있을까.

"믿고 안 믿고는 장주께서 알아서 하실 일입니다만, 적어도 그들을 적으로 삼을 마음이라면 믿는 편이 좋으실 겁니다."

"으음……."

"장주께서 아들을 잃었다면, 저는 그들에게 동생을 납치당했습니다."

"납치?"

그 역시 예후상에게 들었다. 한데 그토록 강하다는 자들이 기껏 철혈성의 일개 단주의 동생을 납치하다니…….

의아한 생각을 하던 군장청은 느닷없이 등골이 싸늘해짐을 느꼈다. 그리고 그 이유가 바로 휘에게서 흘러나온 기운 때문이라는 것을 알고는 경악한 표정을 지었다.

'뭐, 뭐야?'

"그들은 저를 불러들이기 위해 동생을 납치한 것이지요."

군장청은 묻고 싶었다.

과연 그 정도로 자네가 가치가 있는 사람인가? 칠패의 두 곳을 합친 힘과 버금간다는 자들이 동생을 납치해서 불러들여야 할 정도로?

하지만 입이 떨어지지 않았다. 왜인지는 자신도 몰랐다.

"저는 장주께 한 가지 제안을 하고 싶습니다."

"제안이라니? 뭘 말이오?"

"저는 동생을 구하는 것이 목적이고, 장주께선 복수를 하는 것이 목적입니다. 놈들이 장주의 복수 대상이 확실하다면 서로 간에 도울 일이 있을 것 같습니다만."

군장청의 미간이 찌푸려졌다.

"내가 굳이 그래야 할 필요가 있겠소?"

"변수란 많을수록 좋은 법이지요."

"나는 직접 그들을 응징하고 싶소."

"불가능합니다."

"불가능?"

휘의 단초한 목소리에 군장청이 노기 띤 목소리로 반문했다. 그러지 옆에서 아무 말 없이 듣고만 있던 한 청년이 한 걸음 나서며 소리쳤다.

"그대가 감히 본 장을 우습게보는 것인가?"

휘가 조용히 올려다보자 그 청년이 다시 입을 열었다.

"흥! 철혈성의 단주 자리가 그리도 대단한 지위인 줄은 몰랐군. 우리 청심장을 우습게볼 정도라니."

발끈하려는 초평우와 풍인강을 고갯짓으로 제지한 휘가 고저가 없는 나직한 음성으로 입을 열었다.
"철혈성의 단주 자리가 대단한 것이 아니고 적들이 대단한 것이오. 천하를 상대로 싸움을 건 자들이 대단하지 않으면 누가 대단하다는 소릴 듣겠소?"
"천하를 상대로라니, 그것은 또 무슨 말이오?"
"강남과 강북이 그들의 수작에 휘말려 요동을 치고 있지요. 그 바람에……."
휘가 짧게 십팔마마공에 얽힌 이야기를 해주자 군장청의 입이 한껏 벌어졌다.
"그 일이 모두 신마천궁인가 하는 곳에서 일으킨 일이란 말이오?"
"현재 저희들이 파악한 바로는……."
"흥! 아버님, 저자의 말은 믿을 수가 없습니다. 마치 천하의 다른 사람들은 다 모르는데 혼자만 알고 있다는 소리 아닙니까? 그런 말을 어떻게 믿을 수 있단 말입니까?"
군장청은 아들인 군자기의 말에 일리가 있다는 생각이 들었다. 그러면서도 마음 한구석에서 일어나는 불안감에 다시 입을 열어 물었다.
"그들의 강함을 증명할 수 있소?"
휘는 조용히 군장청을 바라보다 고개를 돌리고 말했다.
"영호 대주!"
"예, 단주!"
"그대가 적들의 힘을 증명하라!"
"예?"
영호련이 의아한 표정으로 휘를 바라보자 휘가 다시 군장청을 보고 말했다.

"철혈검단의 대주인 영호련이라 합니다. 무사가 증명할 방법은 무공밖에 없지요. 아무나 나서라 하시지요."

휘의 말에 군자기가 한 걸음 나섰다.

"아버님, 제가 시험해 보겠습니다."

군장청이 고개를 끄덕였다.

"너무 무리하지는 말아라."

"걱정 마십시오."

마침 객잔의 뒤뜰은 상당히 넓었다, 두 사람이 무공을 겨루기에는 충분할 정도로.

군자기가 신형을 날려 뒤뜰로 내려서자 영호련이 휘를 한 번 바라보고는 가볍게 몸을 날렸다.

쩡!

검을 빼어 든 군자기가 하단을 취하며 입을 열었다.

"나는 청심장의 군자기라 한다. 삼 초를 양보할 테니……."

"시답잖은 말은 집어치우고 전력을 다하세요!"

영호련의 웃기지도 않는다는 투의 말에 군자기의 짙은 눈썹이 꿈틀거렸다. 그러든 말든 영호련이 다시 말했다. 그녀는 잠깐 사이에 어렴풋이나마 휘의 말뜻을 이해한 것이다.

"나는 철혈성의 전투에서 적들의 일반 무사 중 한 사람과 접전을 벌여 이십일 초만에 숨통을 끊어놓았어요. 하미터면 죽을 뻔한 위기도 있었지요."

휘이잉.

말을 끝맺기 무섭게 검을 옆으로 내친 영호련이 주욱 앞으로 나아가며 검을 휘둘렀다.

시퍼런 검기가 일 장 반경을 덮어버렸다. 그제야 군자기는 영호련이 결코 만만히 볼 상대가 아님을 깨닫고 신중한 안색으로 검을 치켜들었다.
쩌정!
첫 번째 검격이 부딪치자 두 사람의 신형이 각기 뒤로 세 걸음씩 물러섰다. 물러선 신형이 멈추기 무섭게 영호련의 검이 다시 빛을 뿌렸다.
한 치의 망설임도 없는 검격에 군자기의 낯빛이 딱딱하니 굳어졌다.
떠더덩!
삼검이 연이어 부딪쳤다.
영호련이 내뻗어 휘돌린 검에 군자기의 검이 갈피를 못 잡고 흐트러졌다. 흐트러진 틈바구니를 영호련의 검이 치고 들어간다.
"차압!"
일성 기합과 함께 군자기의 검이 위아래로 급격히 휘둘러졌다.
차차차창!
주르륵, 다시 두 사람의 신형이 뒤로 물러섰다. 두 걸음 물러선 영호련의 입가로 차가운 웃음이 걸렸다.
미처 몸을 가다듬기도 전, 영호련의 신형이 번개처럼 쇄도한다, 협봉검을 앞세우고. 그야말로 숨 쉴 틈 없는 공격이다.
마음과 달리 상대의 검을 막기에 급급해지자 군자기의 얼굴이 붉게 물들었다. 이를 악물고 기회를 찾으려 하지만 한 번 기세에서 밀리자 만회하기가 쉽지 않다.
자신이 십수 년간 연마한 청화검결을 풀어낼 여유조차 없다. 하지만 그는 모르고 있었다, 자신이 청화검결을 제대로 펼친다 해도 결과는 달라지지 않는다는 것을.
이미 영호련의 검초는 형(形)을 벗어나 있었다. 형을 벗어난 검을 형으로 상대하려 하니 자꾸 밀릴 수밖에 없는 것이다.

바라보고 있는 군장청은 그 사실을 알고 놀란 표정을 감추지 못하고 있었다. 그러나 군자기는 그 사실을 알기에 아직 경험이 부족했다.

그렇게 막기에 급급한 상태로 십여 초가 흘렀을 때였다.

"그 정도면 됐다! 물러서라!"

휘의 나직한 한마디와 함께 손가락에서 튕겨진 선홍빛 구슬, 천홍(天紅)이 두 사람 사이로 날아갔다. 너무도 붉어 아름답기까지 한 천홍이 허공에 둥실 뜬 채 두 사람을 갈라놓았다.

영호련에게 달려들려던 군자기는 가공할 기세가 담긴 선홍빛 천홍이 자신을 밀어내자 오기가 일었다.

그는 이를 악물고 검을 들어 천홍을 내쳤다. 그걸 본 군장청이 대경한 목소리로 소리치며 신형을 날렸다.

"안 돼! 물러서라!"

하지만 이미 군자기의 검은 천홍의 붉은 기운에 닿아 있었다.

쾅!

"크읍!"

답답한 신음 소리와 함께 군자기의 몸이 뒤로 훌훌 날아간다.

그럼에도 선홍빛 구슬은 여전히 제자리에서 맴돌고 있다.

군자기를 향해 신형을 날린 군장청이 허공에서 떨어져 내리며 검을 빼어 들었다. 찰나, 벼락같은 일검이 길게 호선을 그리며 천홍을 향해 떨어져 내렸다.

콰광!

좀 전과는 비교할 수 없는 굉음이 일더니 군장청의 신형이 빙글 공중제비를 돌았다.

쿵쿵쿵.

땅에 내려서자마자 세 걸음 물러선 군장청의 얼굴이 경악으로 일그러졌다.
 여전히 허공에 뜬 채 선홍빛을 뿌리는 천홍.
 고개를 돌려 위를 올려다보았다. 여전히 손을 내밀고 있는 휘가 보였다. 조금의 흔들림도 없는 모습에 절로 기운이 빠질 지경이다.
 그때 휘의 목소리가 나직이 뒤뜰을 울렸다.
 "영호 대주는 적과 검을 겨루어본 사람이지요, 비록 일반 무사들에 불과 했지만."
 "그런……."
 손을 거두자 천홍도 허공에서 스러진다, 마치 붉은 연꽃이 피었다 지는 것처럼.
 "적은 강합니다. 장주께서 믿든, 믿지 않든. 오늘은 늦었으니 그 이야기는 아침에 하지요. 물론 생각이 있으시다면."

 아침이 밝아오자 군장청이 휘를 찾아왔다. 그의 옆에는 어깨가 축 처진 군자기가 서 있었다.
 "어제의 제안이 아직 유효하다면 좀 더 많은 이야기를 나눠보고 싶소."
 "당연히 유효하지요."
 그 후, 근 반 시진에 걸쳐 많은 이야기가 오갔다.
 마침내 하나의 변수가 만들어지기 시작한 것이다.
 훗날 어떤 결과로 다가올지는 몰라도 청심장이 휘와 손을 잡게 된 것은 그 누구도 예상하지 못했던 변수였다. 때로는 하나의 변수가 모든 일을 뒤집어 버린다. 그렇기에 머리를 쓰는 사람은 변수를 가장 경계한다.
 휘는 그래서 군장청과의 협력을 밀어붙인 것이다, 새로운 바람의 태동을 위해서.

청심장의 무사들이 떠나가자 휘도 건량을 준비하고 길을 떠났다.
 달리는 발걸음들이 조금은 가벼워져 있었다. 이제는 어제와는 또 다른 상황이다. 비록 같이 움직이지는 않지만, 누군가가 자신들과 같이 움직인다는 것에 힘이 솟았다.

2장
완인상덕
(玩人喪德: 사람을 멸시하면 결국 자기의 덕을 잃는다)

1

 초곤을 떠난 지 이틀, 탁록을 사흘 거리 앞둔 곳에서 휘 일행은 그를 만날 수 있었다. 반쯤 미친 망귀들을 숲에 놔두고 혼자서 기세당당하게 관도를 막아선 피동효를.
 처음에는 산적이 아닌가 의문이 들었다.
 우락부락한 인상의 중년인이 날이 한 뼘은 되어 보이는 두 자 길이 칼을 어깨에 걸쳐 메고서 앞을 막아섰을 때만 해도,
 "죽을 자리를 찾아온 것을 환영한다!"
 걸걸한 음성으로 소리칠 때까지도 그랬다.
 하지만 거리가 가까워지자 그의 몸에서 흘러나오는 기세는 결코 산적 따위가 가질 수 있는 기세가 아니었다. 더구나 그의 시뻘건 적의는 그가 왜 왔는지를 말해주고 있었다.
 그를 보고 초평우가 고개를 갸웃거리며 말했다.
 "눈탱이를 누구에게 맞았는지 몰라도 제대로 맞았군."

그러고 보니 시퍼런 둥근 원을 눈두덩이에 그리고 있다. 마치 파란 물감으로 둥글게 색을 칠한 듯이. 망귀옥을 들어가기 전만 해도 없었던 흔적이다.

초평우의 말에 와락 인상을 일그러뜨린 피동효의 어깨가 부들부들 떨렸다.

"너는 내가 특별히 예쁘게 포를 떠주마!"

"저렇게 겁대가리없이 함부로 지껄이니까 눈탱이나 맞고 다니지."

"으으……. 감히 나 신강혈귀 피동효를 놀리다니!"

하지만 피동효는 결코 초평우의 말상대가 되지 못했다.

"눈탱이나 맞고 다니는 놈하고 놀 생각 없으니까, 꺼져!"

"이이이…… 으아!! 너 잘 만났다! 그렇지 않아도 미친놈들에게 맞아서 열받아 죽겠는데 너라도 두들겨 패야겠다. 이리 나와!!"

그때였다.

"우리 불렀냐? 이제 나가면 돼? 근데 우리가 죽일 놈들이 누구냐? 얼래? 꽤나 많네?"

"어? 여자다!"

"여자? 어디??"

시끌시끌, 웅성웅성.

열다섯 명의 망귀가 여자라는 말에 우르르 기어나왔다.

그들을 본 휘의 눈에 가벼운 이채가 서렸다.

'눈동자가 흐트러져 있다. 그럼에도 하나같이 고수들이다.'

비록 적인풍보다는 약하게 보이지만 당홍에 버금갈 정도로 고수들이다.

"조심하십시오. 비록 정신은 반쯤 없는 자들이지만 모두 고수들입니다."

적인풍이 신중한 음성으로 휘의 말을 보충했다.

"아무래도 마기가 골수까지 치밀어서 정신이 나간 자들 같네. 저런 자들이 의외로 무서운 법이지. 조심들 하게."

휘가 그렇다면 그런 것이다. 초평우와 풍인강이 신중한 표정으로 도검을 꺼내 들었다. 그리고 보니 눈탱이가 시퍼런 자도 결코 예사 고수가 아닌 듯하다.

"초 형님, 눈탱이가 시퍼런 놈도 고수 같수."

"음, 그래 봐야 눈탱이나 맞고 다니는 놈인데 뭐."

말끝마다 눈탱이, 눈탱이다. 피동효는 가슴속에서 이는 불길에 몇 개 남지 않은 머리카락이 다 타버릴 지경이었다.

부글부글…….

"이리 와!!"

"니가 와!!"

"……."

피동효가 입만 벙긋거리며 초평우를 바라보았다. 하도 기가 차서 말이 안 나온다. 있는 힘을 다해 입을 열었다.

"이, 이, 이…… 개 같은……."

하지만 이번에도 말을 다 끝맺을 수가 없었다.

스으윽…….

휘가 한 걸음 내니니자 찰나간에 십 상 산격이 사라시너니 코앞에 휘의 신형이 나타난 것이다.

미처 고개를 돌릴 틈도 없었다. 설마 사람의 움직임이 이렇게 빠를 것이라고는 상상도 못했다. 그래서 휘가 움직이는 것을 보고도 피할 생각을 하지 못했다.

휘의 모습이 코앞에 나타나자 피동효는 그제야 몸을 날렸다. 그러나

완인상덕(玩人喪德:사람을 멸시하면 결국 자기의 덕을 잃는다)

이미 때는 늦었다.

퍽!

"커억!"

떼구르르……. 이 장을 굴러 벌떡 일어섰다.

얼굴이 시큰거린다. 다리가 후들거린다. 그때, 때려죽여도 시원찮을 늑대 얼굴의 기묘한 웃음소리가 들려왔다.

"낄낄낄! 양쪽이 나란히 물들겠군."

그럼 얼굴이 시큰거리는 이유가…… 또 눈깔을 맞았단 말?

피동효는 눈을 부릅떴다. 화나서? 아니, 힘을 안 주면 눈이 안 떠지니까.

겨우 눈을 뜨자 면사로 얼굴을 가린 휘가 보였다. 어찌해 볼 여유도 없이 자신의 얼굴에 일 권을 먹인 자.

그렇다! 저자가 바로 진조여휘다!

부르르, 어깨가 떨렸다.

'저자가 혈광루주님을 개박살 냈다는 그자? 흑마령주를 일 초에 죽여 버렸다는 그 엄청난 고수?'

그리 생각하자 자신이 한 대 맞은 것쯤은 별것도 아니란 생각이 든다. 혈광루주는 죽었지만 자신은 어쨌든 살았지 않은가 말이다.

한데 그 엄청난 고수가 묻는다.

"한 가지 묻지."

"뭐, 뭘?"

"내 동생은 어디 있지?"

화아악!!

휘의 두 눈을 통해 천양의 기운이 거세게 뿜어졌다, 마인들의 혼을 불 태워 버릴 것만 같은 가공할 기운이.

피동효는 오금이 저려왔다. 단순히 무공의 고하가 문제가 아니다. 하늘의 불이 자신의 혼을 태워 버릴 것만 같다.

"그, 그건…… 납특하의……."

피동효가 자신도 모르게 입을 열 때였다. 망귀들이 피동효를 지나쳐 간다.

"너 뭐 하냐? 왜 떨어?"

"자기야, 내가 주물러 줄까?"

그제야 피동효는 퍼뜩 정신이 들었다. 진저리를 친 피동효가 눈을 돌려 망귀들을 바라보았다.

"모두 죽여!! 뭐 하는 거야! 이 미친놈들아!!!"

휘는 피동효가 천양의 기운에 억눌렸다 벗어나자 아쉬운 마음이 들었다.

'납특하라고? 탁록이 아니고? 그럼 연연이가 아직 신마천궁의 총단으로는 가지 않았다는 말?'

그래도 약간의 정보를 얻었다, 휘에게는 그 어떤 정보보다 중요한 것을.

'그렇다면 구하는 것이 생각보다 쉬울 수도 있다. 일단 모든 정보를 차단해야 한다.'

손에 힘이 들어갔다.

저자가 입을 연 것을 저이 알아서는 안 된다. 특히 입을 연 자가 살아가서는 안 된다. 생포하면 더욱 좋겠지만!

"네가 죽어야 할 이유가 한 가지 더 늘었군."

슥, 일 보를 내디디는 휘의 앞을 세 명의 망귀가 가로막았다.

"켈켈켈! 네놈을 죽이면 여자를 준다고 했거든! 그러니 죽어라!"

순간! 번쩍!

만양이 허리에서 빠져나오더니 절혼광의 일검이 허공을 갈랐다.
떠더덩!
"케엑!"
바로 앞에 있던 망귀 하나가 들고 있던 검과 함께 허리가 잘려 나갔다. 선혈이 허공 가득히 분수처럼 뿜어지자 옆에 있던 두 망귀의 눈이 붉게 달아오른다.
"피다! 피! 켈켈!"
"죽여라! 모두 죽여라! 죽이자! 죽여!!"
미친 듯이 날뛰며 무기들을 휘두르는 망귀들 사이로 휘의 신형이 파고들었다. 일 보를 내디디자 신형이 스르륵 안개처럼 흩어진다.
떵! 쩌정!
검을 걷어내고 내치는 광경이 유령이 노니는 것만 같다. 미쳐 버린 망귀들의 눈빛이 광기에 번들거린다.
망귀의 가운데로 파고든 휘가 눈앞을 스치는 망귀의 팔을 잡아 거꾸로 꺾어버렸다. 금환이 찰랑거리는 환도를 휘두르던 망귀의 팔이 뒤로 꺾어졌다.
와직!
부러진 팔꿈치에서 뼈가 튀어나온다. 그런데도 표정은 여전히 변함이 없다. 오히려 오른손이 부러지자 왼손을 휘두른다. 그런 망귀를 바라보며 휘가 소리쳤다.
"놈들은 고통을 모르오! 모두 조심하시오!"
이미 모두가 실감하고 있던 터였다. 놈들은 무공 자체도 자신들의 아래가 아닌데다 거기에 고통마저 느끼지 못한다. 질리지 않을 수 없는 일이었다.
삼 초만에 망귀의 팔을 하나 잘라 버린 당홍은 방심하다가 일검을 어깨에 스쳐 맞았다. 어이없는 부상이었다. 모두가 자신의 잘못이었지만 화가 나는 것은 어쩔 수가 없다.
 당홍이 이를 지그시 깨물고 소리쳤다.
 "흥! 어디 목이 잘리고도 덤벼드는지 보겠다!"
 영호련과 웅경은 연신 뒤로 물러나고 있다. 휘둘러지는 검과 부딪칠 때마다 손목이 욱신거린다. 미치면 힘이 더 세어진다더니 망귀들의 손속에 실린 힘이 장난이 아니다.
 그나마 초평우와 풍인강은 대등한 싸움을 하고 있었다. 그러나 황당한 것은 그들도 마찬가지였다.
 피륙을 베어서는 아무런 효과도 없다. 고통을 모르니 베어지면서도 여전히 검을 휘두른다. 덜렁거리는 팔을 휘두르는 망귀들과 맞서 싸우는 것이 미친 짓처럼 생각이 될 정도였다.
 쾅! 쾅!
 영등은 한 대 때리고 한 대 맞고 있다. 한 명의 망귀와 맞서서 서로 때리고 맞는 모습이 어찌나 살벌한지, 다른 망귀들조차 가까이 가기를 꺼리고 있다.
 영등의 붉어진 눈이 살기로 번들거리고, 입가에서는 불호와 살소가 번갈아 흘러나온다.
 "아미타불! 흐흐흐……. 미친 중생들아! 그만 뒈져라!"
 "켈켈켈! 네놈이 죽어라! 네놈은 왜 안 죽는 거냐?!"
 "부처님 가라사대 미친놈에게는 몽둥이가 약이라 했다. 약 처먹고 뒈져라!"
 쾅!
 선장이 망귀를 때릴 때마다 망귀의 팔이 덜렁거리고, 다리가 부러져 나간다. 그럼에도 여전히 달려들고 있다.

완인상덕(玩人喪德:사람을 멸시하면 결국 자기의 덕을 잃는다)

하지만 망귀들이 볼 때는 영등이 자신들보다 더 미친놈처럼 보이는 모양이다.

"이 미친놈은 왜 맞아도 안 죽는 거냐? 미친 까까중아, 그만 죽어라!"

악다구니를 써대는 모습이 미친놈 때문에 환장하겠다는 표정이다.

그사이 휘의 손에 네 명의 망귀가 쓰러졌다.

순식간에 네 명의 망귀가 허리가 부러지고 목이 잘린 채 쓰러지자 피동효의 안색이 창백하게 질려간다.

'대체 저놈이 사람이야? 망귀가 어떤 놈들인데 저렇게 힘없이 당하는 거냐?'

사람이라면 저럴 수가 없다. 혈광루주가 박살났다는 말을 반신반의했는데 정말인 것 같다. 한데 사람 같지도 않은 놈이 망귀들 사이를 헤치고 자신을 향해 다가오고 있는 모습이 보인다.

'일단 튀자!'

상황이 급변하자 피동효는 도망갈 생각을 했다. 조금 더 빨리 도망갈 생각을 하지 못한 것이 한스러울 정도였다.

피동효가 막 뒤돌아섰을 때다.

"너는 아무데도 갈 수 없다!"

휘의 목소리가 악마의 부름처럼 들려온다. 있는 힘을 다해서 신형을 뽑아 올렸다. 아니, 뽑아 올리려 했다. 하지만 그는 자신의 뜻대로 할 수가 없었다.

수십 개로 늘어난 휘의 환영이 허공을 가득 메운 채 그를 덮어오고 있었던 것이다.

"헉!"

눈알이 튀어나올 정도로 놀란 피동효가 바닥을 굴렀다. 창피하기 이를 데 없는 뇌려타곤이었지만 지금은 그런 것을 가릴 처지가 아니었다.

'씨팔! 체면이 밥 먹여주냐?'

휘잉!

머리카락을 자르며 지나가는 만양의 연붉은 나신이 악마의 손짓처럼 느껴진다.

화악!

붉은 연꽃이 허공에 피어오르더니 눈 안에 가득 찼다.

'멋지다!'

미칠 노릇이다. 지금이 상대의 무공에 감탄이나 하고 있을 때인가?

다급한 김에 손에 들린 도로 붉은 연꽃을 베어냈다.

콰앙! 우직!

"크읍! 아이고!"

가공할 경력에 팔목이 뚝 부러져 거꾸로 꺾여 버렸다.

그런데 그는 망귀가 아니었다. 가공할 반진력에 손목이 부러져 버리자 극심한 통증이 뇌리를 뒤흔든다. 그래도 살기 위해서는······.

하지만 몸을 일으키려던 피동효는 더 이상 움직일 수가 없었다. 눈앞에 붉은 빛이 어른거리더니 전신이 벼락이라도 맞은 것처럼 꼼짝할 수가 없는 것이다.

'젠장! 거골을 짚혔다······.'

안간힘을 쓰며 몸을 일으키려는 순간, 턱!

눈앞에 휘의 발이 보인다. 부르르······.

'움직이면 걷어찰지도 몰라. 어쩌면 이빨이 다 뽑힐지도, 아니면 두 눈알이 터질지도······.'

피동효는 하얗게 질린 안색으로 온몸이 굳어버렸다. 그때 들리는 소리.

"그 자세에서 조금이라도 움직이면 목을 잘라 버린다."

'씨발! 이빨도 아니고, 눈알도 아니고, 목을 자른다고?!'
 나직하면서도 고저가 없는 휘의 말에 피동효는 정신없이 고개를 끄덕였다. 그러다 무슨 생각이 들었는지 끄덕이던 고개를 멈추고 굵은 땀만 쏟아냈다.
 '우, 움직이면 목을 자른다고 했는데…….'
 걱정이 태산처럼 쌓여갈 때였다.
 "케엑! 크아악!"
 연이은 비명에 슬며시 고개를 들고 눈알을 최대한 위로 올려 보았다. 그러자 보였다, 망귀들이 도륙 당하는 모습이.
 휘가 신형을 날려 망귀들의 머리 위에 떠 있었다.
 허공에 뜬 휘의 손이 가볍게 휘둘러지자 붉은 벼락이 떨어졌다, 망귀들의 머리 위로.
 찰나에 머리가 쪼개진 망귀는 비명도 지르지 못한 채 쓰러지고, 그나마 몸이 두 동강난 망귀들은 답답한 신음 소리를 흘리며 쓰러지고 있었다.
 한편, 한 명의 망귀를 처치하고 두 번째 망귀를 손질(?)하고 있던 적인풍의 눈이 파르르 떨렸다.
 처음 보는 단천락과 절혼광에 혼이 떨릴 지경이다. 조금 전에는 적루몽을 보고 감탄하다 하마터면 망귀의 낫에 팔이 잘릴 뻔하기도 했었다.
 자신은 두 명의 미친놈을 상대하다 적지 않은 상처를 입었건만, 휘는 일곱 명의 망귀를 처치하고도 여전히 흔 점 흔들림이 없다.
 '고운 부양청을 이기고 창산이마를 꺾었다는 말이 결코 허언이 아니었구나.'
 반신반의하고 있던 생각이 모두 정리되었다. 강상에서의 싸움으로 어느 정도는 예상했지만… 이건 강해도 너무 강하다.

적인풍이 흐느적거리는 망귀의 목을 치고 주위를 돌아보았다.

당홍이 망귀 하나의 목에 검을 꽂고 옆으로 비켜 쳐내고 있다. 목이 반쯤 잘린 채 쓰러지는 망귀를 바라보는 당홍의 눈빛이 가늘게 떨리고 있다.

한쪽에서는 초평우와 풍인강이 거친 숨을 몰아쉬며 쓰러진 망귀의 몸을 쿡쿡 쑤셔 보고 있다. 언제 또 일어나 달려들지 모르기 때문이다.

"죽었지? 확실히 죽었지? 설마 또 일어나는 것은 아니겠지?"

영호련과 웅경은 여전히 망귀들을 상대로 악전고투를 벌이고 있다. 간간이 배기담이 왔다갔다하며 도와주기는 하지만 형세는 그리 낙관적이지가 않았다.

그럼에도 휘는 그들을 도와줄 생각이 없는지 바라만 보고 있다. 오히려 망귀 하나를 잘근잘근 때려죽인 영등이 선장을 들고 영호련과 싸우고 있는 망귀에게 다가가고 있다.

"아미타 씨불! 미친 중생들아, 이 부처님이 해탈을 시켜주마. 이리 온! 흐흐흐……."

혈안을 번들거리며 영등이 다가가자 그렇게 미친 듯이 영호련을 몰아치던 망귀가 슬슬 피한다. 그 덕분에 영호련은 여유를 되찾고 웅경과 싸우고 있는 망귀에게로 달려들었다. 자신과 싸우던 망귀는 영등에게 맡기고.

일각이 지나자 싸움이 끝났다.

영등은 또 하나의 망귀를 곤죽이 되도록 두들겨 패서 무식하게 해탈시켰고, 영호련은 웅경과 힘을 합쳐 망귀의 심장에 검을 꽂았다.

그렇게 열다섯의 망귀가 죽었건만 기뻐하는 사람은 아무도 없었다. 망귀들의 시신을 보며 질렸다는 표정만 더할 뿐이다. 옷을 찢어 망귀들에 의해 한 움큼의 살점이 떨어져 나간 팔을 싸매던 영호련이 입술을 잘근

깨물며 휘에게 물었다.
"왜 도와주지 않은 거죠? 충분히 도와줄 수 있었는데."
휘는 무심한 눈으로 영호련을 바라보았다.
"앞으로 더욱 혹독한 일이 벌어질 것이다. 그때를 위해서라도 스스로 살아남을 수 있을 만큼 강해져야 한다. 다른 이유는 없다."
누가 그걸 모르나? 그래도 조금은 도와줄 수 있잖아.
"나는 그대들이 모두 살아서 돌아갈 수 있기를 바란다. 진심으로……. 그러니 강해져라."
휘가 말하는 것은 다름이 아니다. 최악의 경우에는 자신만이 자신의 목숨을 살릴 수 있다는 것을 말하고 있는 것이다.
휘가 말을 맺고 피동효 쪽으로 몸을 돌리자 침묵이 숲 속에 내려앉았다. 앞으로 다가올 위험이 얼마나 될지 아무도 모른다. 오늘의 일은 그저 맛보기 정도일지도.
그 생각을 하자 긴장이 머리끝에서 발끝까지 치달린다.
한중을 떠날 때의 낭만적인 생각은 모두 달아나 버렸다.
―적진을 뚫고 들어간다. 단주의 여동생을 구한다. 그리고 당당히 성으로 귀환한다.
얼마나 멋진가! 하지만 현실은 개뿔이나…….
어떻게든 단주의 여동생을 구하고 살아서 돌아가는 것이 최고의 목적이 되었다. 살아서…….
그런데 모두 살아서 돌아갈 수 있을까?
강해지는 길만이 살길이라고? 그럼 강해져야겠지?
그래, 우리는 강해질 수 있다! 아니, 강해져야 한다! 살기 위해서!
새삼 각오를 다져 본다. 부서져라 이를 악 다물고, 손톱이 박히도록 주먹을 불끈 쥐고.

　　　　　*　　　*　　　*

"그러니까 죽은 놈들이 망귀라는 미친놈들이란 말이오?"
"그렇다니까!"
"저들이 전부요? 아니면 또 있소?"
"이제 없어!"
상처도 치료할 겸 자리를 잡고 피동효를 심문했다. 피동효에 대한 심문은 초평우가 맡았다. 처음부터 말싸움에서 밀리지 않았다는 것이 가장 큰 이유였다.
그런데 피동효는 초평우가 마음에 들지 않는지 심문자를 다른 사람으로 바꿔 달라고 소리를 질렀다. 딱, 한 번.
"이놈이 물으면 아무 말도 안 할 거야! 다른 사람이 물어봐!"
그러자 휘가 말했다.
"그냥 목을 치고 갑시다. 가다 보면 다른 사람이 또 마중 나오겠지요."
피동효의 고집은 수수깡보다 약했다. 단숨에 뚝, 꺾였다.
"헤헤……. 뭐, 자세히 보니까, 얼굴도 나랑 비슷하게 야성적으로 생겼군. 물어보게."
"참 나! 어딜 봐서 내가 당신하고 비슷하다는 거야?!"
초평우가 어이없어 하자 뒤에서 냉랭한 한마디가 들려 왔다.
"불곰이나, 늑대나…… 따질 걸 따져야지……."
당홍이었다.
고개를 홱 돌린 초평우는 그냥 심문이나 하자며 마음을 다잡았다. 대들어 봐야 본전도 못 찾을 게 뻔하니까.

완인상덕(玩人喪德:사람을 멸시하면 결국 자기의 덕을 잃는다) 53

"당신이 속한 곳이 어디야?! 불곰!"

피동효가 속한 집단은 잔마혈전이라고 했다.
무사들의 숫자는 대략 오백 정도. 그중 고수가 이백. 생각대로 청심장이 단독으로 상대하기는 벅찰 정도다.
하지만 피동효가 아는 것에는 한계가 있었다. 그가 아는 것은 그가 아니라 누구를 잡아서 물어도 알 수 있는 단편적인 것들이었다. 그러나 그 자체만으로도 갈 길 바쁜 휘 일행에게는 많은 도움이 되었다, 특히 납특하의 비부(秘府)에 대한 것과 잔마혈전의 위치 등은.
그리고 나서 가장 중요하다 할 수 있는 신마천궁에 대해서 물어보자,
"그냥 죽여."
두 말도 않고 죽이라 한다.
"진짜 죽고 싶소."
"에휴, 난들 왜 죽고 싶겠냐구. 하지만 거기에 대해서는 내가 말하기도 전에 어차피 죽어. 그것도 처참하게. 아주…… 처참하게. 그러니 더 물을 것 없으면 그냥 죽이라구."
공포에 젖은 눈빛, 목소리조차 떨리고 있다. 결코 헛소리가 아닌 듯하다.
옆에서 잠자코 듣고 있던 휘는 문득 명운곡에서 야귀도가 죽어갈 당시의 일이 떠올랐다. 그와는 조금 다르지만 한 가지만은 비슷했다.
"혼이 제압당해 있군."
휘의 말에 피동효의 몸이 부르르 떨렸다.
"흐흐흐, 향주 급 이상이면 누구나 마찬가지지. 하물며 나는 당주야. 그러니 그냥 죽여줘. 사실 아는 것도 별로 없거든?"
"그렇게 죽고 싶소?"

"풀어줘도 죽는 건 마찬가지야. 크크크……. 잘 알 텐데."

자조 섞인 말에 휘는 무심한 눈으로 피동효를 바라보며 말했다.

"죽으려 하는 사람이 왜 묻는 대로 다 대답한 것이오?"

"흐흐흐… 크크크크크……. 왜냐고? 왜? 돈만 밝히고 수하를 참새 똥만도 못하게 여기는 놈이 있거든? 어차피 죽을 거, 그놈이나 골탕 먹이고 싶어서야. 저승에 먼저 가서 그놈이 내 쫄따구로 오기를 기다릴 생각이거든. 그러니 골치 아픈 것은 묻지 말고 대답할 수 있는 것만 묻고 깨끗이 죽여줘."

어이없는 대답에 모두가 피동효를 바라보았다. 지금까지 순순히 대답한 것이 못된 상관을 골탕 먹이기 위해서라니…….

어찌 보면 불쌍해 보이기도…….

"조또, 그런 눈빛으로 보지마! 죽여 달라는 내 맘도 심란하니까!"

참말로 할 말 없게 만드는 사람이다. 하긴 죽여 달라 하면서 기분 좋을 놈이 누가 있을까.

그 후, 이각여에 걸쳐 이것저것 잡다한 것을 물어보았다. 그는 신이 나서 자신이 아는 바를 다 털어놓았다.

그리고 길을 떠나기 전…… 결국은 그를 죽였다.

죽여 달라는 사람을 죽인다는 것이 그렇게 어려울 줄 아무도 몰랐다. 천 명, 만 명이라도 죽이겠다던 휘조차 손을 쓰지 못하고 망설이기만 했다.

"죽이라니까! 죽여 달란 말이야! 제발 죽여줘!"

피동효의 간절한 목소리에 결국은 적인풍이 손을 썼다. 사혈을 눌러 깨끗이 죽인 것이다. 하지만 그 역시 기분은 좋지 않은지, 피동효의 죽은 모습을 한참 바라보다 한숨을 내쉬며 뒤돌아섰다.

그리고 모두가 입을 닫고 길을 떠났다. 단 한 사람을 죽였는데도 수십 명을 죽였을 때보다 더 무거운 마음이 모두의 가슴을 짓누르고 있었다.

2

 탁록에서 이틀 길 떨어진 구가촌은 산골답지 않게 제법 번성한 마을이었다. 서쪽으로는 청해, 남쪽으로는 사천에서 들어오는 사람들이 지나치는 곳인데다, 근방에서 잡아들이는 사냥감이 풍부해 마을의 살림살이는 풍족한 편이었다.
 그러다 보니 많은 사람이 모여들어 이제는 구가촌이라는 말이 무색할 정도로 타성을 지닌 사람들이 마을 사람의 대부분을 차지했다. 심지어 산에 살던 이족들까지 몰려들어 종족조차도 모호해질 정도였다.
 구가촌의 중심가에 위치한 약초 가게 안에 앉아 있는 서른여덟 살의 동초국도 십 년 전 구가촌에 뿌리를 내린 사람이었다. 마을 사람들은 그를 그저 평범한 약초 상인으로 알고 있지만, 그에게는 또 다른 신분이 있었다. 마을 사람들은 물론이고 팔 년을 같이 산 마누라조차 모르는 신분이.
 하늘을 올려다보니 뿌연 구름이 잔뜩 끼어 있다. 금방이라도 눈을 뿌릴 듯이. 하지만 동초국의 눈은 결코 구름을 바라보고 있지 않았다. 그렇다고 하늘에 떠서 지상의 먹잇감을 노리고 있는 독수리를 바라보고 있는 것도 아니었다. 그의 눈은 허공의 중간에 걸려 모호한 눈빛으로 깊은 생각에 빠져 있었다.
 어제 한 마리 전서구가 날아왔다, 빨간 매듭이 달린 일급전서통을 매달고.
 지난 십 년간 한 번도 받아보지 못했던 일급전서를 받고 그는 전서의 내용을 몇 번이나 확인했는지 모를 정도로 흥분했었다. 하지만 몇 번을 확인해도 분명 전서는 일급전서였고, 그 내용도 극도의 보안을 요하고 있었다.

평온하던 삶이 깨진 것은 아쉽지만, 그는 자신의 신분에 자부심을 지니고 있었다. 그리고 거지처럼 헤매던 자신을 키워준 은인을 위해 뭔가를 할 수 있다는 것에 얼마나 기뻤는지 모른다.

그렇기에 아침이 밝자마자 혼자는 가지 않겠다는 마누라를 천수로 보내고 이렇게 점포에 나와 길거리를 지나다니는 사람을 바라보고 있는 것이다, 전서에 적힌 사람이 지나가나 확인하기 위해.

정오가 지날 무렵, 그는 마침내 자신이 원하는 사람을 발견할 수 있었다.

그들은 누구라도 관심을 가지지 않을 수 없는 사람들이었다. 이런 평온한 일반 마을에선 일 년이 지나도 한 번 볼까 말까 할 정도로 특색 있는 사람들이었다.

두 명의 여자가 낀 일곱 명의 무사, 바로 휘 일행이었다.

'왜 일곱 명이지? 열 명이라고 했는데. 세 사람은 어딜 갔나?'

휘는 배기담을 적인풍과 웅경의 보호 하에 만상문의 비밀 거점으로 보내고 나머지 여섯 명과 함께 구가촌으로 들어섰다.

구가촌의 중심가 대로로 들어서자 길 양쪽으로 수십 개의 점포가 줄지어 서 있는 것이 보였다. 일개 작은 집성촌의 모습이라고는 볼 수 없는 풍경이었다.

대부분이 약초를 파는 점포들이었지만 간간이 옷가게와 철물을 파는 곳도 보였다. 하지만 휘의 눈은 대로에 들어서면서부터 이미 한 곳에 고정되어 있었다. 대로의 입구에서 그리 멀지 않은 곳.

청산약초.

청심장이 운영하고 있다는 점포였다. 약초가 가득한 점포 안에 한 명의 장한이 허공을 바라보고 앉아 있었다.

무료한 표정으로 좌우를 훑어보던 그의 눈이 휘를 스쳐 간다. 찰나간 두 사람의 눈이 마주쳤다. 그는 가슴이 답답한 지 두어 번 가슴을 두드리고는 마른기침을 내뱉었다.

"쿨럭! 쿨럭!"

그러다 휘가 다가오자 몸을 일으키고는 반기는 음성으로 물었다.

"뭘 사시려고 하십니까? 저희 약초점에는 근방서 나는 모든 약초는 물론이고, 청해와 사천에서 나는 약초도 다 있습죠. 특히 심장을 맑게 해주는 청심초는 아주 좋은 것이 있습니다요."

마지막 말에 휘가 안을 둘러보고는 고개를 끄덕였다.

"상처에 좋은 약초도 있소? 천수에서 만든 것이면 좋겠는데."

"물론입죠. 아주 좋은 특품의 물건이 있습니다. 가격은 좀 비쌉니다만……."

"가격은 상관없소. 대가를 지불할 사람은 따로 있으니까."

"그럼 안으로 들어가시죠. 물건을 보여 드리겠습니다."

동초국은 점포의 뒤쪽에 있는 창고 안으로 들어가며 휘에게 지나가는 투로 물었다.

"상양(上羊)에 가시는 길이십니까?"

"아니오. 상상온 니의 친구가 간 곳이오. 나는 탁록(擺鹿)으로 가는 길이오."

휘의 대답에 그제야 동초국이 신중해진 얼굴로 휘를 바라보았다.

"진령을 넘어온 분이십니까?"

"맞소, 군장주가 이곳으로 가라 하더군요."

동초국은 그제야 한 장의 서찰을 품속에서 꺼내 내밀었다. 바로 어제 온 전서의 비문을 풀이해 적은 서찰이었다. 만일 휘가 상양으로 간다 했으면 그는 서찰을 주지 않았을 것이다.

"주군께서 상양에 도착하셨다는 전갈입니다."

휘는 천천히 서찰을 펼쳐 봤다.

독수리와 함께 둥지에 도착했음. 칼귀신은 이틀 후에 도착할 것으로 보임.

독수리는 화문현의 웅천문을 말함이고, 칼귀신은 난주 구유도문의 상대동을 말하는 것이었다.

웅천문과 구유도문을 움직이자고 한 것은 군장청의 제안이었다. 웅천문은 위치상 청해와 가까운 곳에 있다 보니 그동안 적혈단에 가장 많은 피해를 본 곳이었다. 당연히 군장청의 제안을 받고 이때라는 듯 발 벗고 나섰을 것이다.

그리고 구유도문은 거리가 멀어 망설였지만 구유귀도 상대동이 군장청과 동향(同鄕)이면서도 적인풍과 친구 사이였기에 서신을 보냈었다.

적인풍이 웃으며 하는 말에 의하면, 그는 절대 이런 일에 빠질 사람이 아니라고 했다. 그리고 덧붙이기를 아마 군장청에게 보낸 답신의 먹물이 마르기도 전에 난주를 출발했을지 모른다고 했다.

상양에서 온 전서대로라면 적인풍의 예상이 맞는 듯하다. 그렇지 않고는 결코 그 날짜에 상양에 도착할 수 없을 테니까.

어쨌든 감숙의 오대세력 중 세 곳의 힘이 한꺼번에 움직이는 초유의 상황이 벌어졌다.

완인상덕(玩人喪德: 사람을 멸시하면 결국 자기의 덕을 잃는다) 59

하나의 변수가 또 다른 변수를 만들어냈다. 누구도 예상하지 못했던 일, 급변하는 상황에 휘의 입가로 차가운 웃음이 번졌다.

'재미있게 됐어. 놈들이 어떤 반응을 보일지 궁금하군.'

휘가 동초국을 향해 한 장의 서찰을 내밀었다. 오면서 피동효로부터 들은 이야기를 옮겨 적은 서찰이었다.

"장주께 전해주시오. 운이 좋았는지 잔마혈전의 본거지와 놈들의 비밀 지부 위치를 알아냈으니 한 번 더 확인해 보고 힘이 모이는 즉시 치라 하시오."

"잔마혈전?"

"당신들이 부르기로는 적혈단이라 부르는 곳이 바로 잔마혈전이오. 놈들의 눈을 오래 속일 수는 없소. 시간을 늦추면 놈들이 삼대세력의 움직임을 알게 될 것이오. 그리되면… 앞으로 벌어질 일에 대해선 누구도 장담할 수 없소. 명심해야 할 것이오, 이번 싸움은 시간 싸움이라는 것을."

휘의 말이 더해갈수록 동초국의 표정도 굳어져만 간다. 엄청난 일이었다. 감숙의 삼대세력이 연합해 한 세력을 치는 일은 몇십 년 만에 처음 있는 일이었다. 한데 그나마도 실수하면 그 피해가 삼대세력에 미칠 거라는 투다.

동초국이 긴장한 표정으로 휘의 말을 되새김질할 때였다. 휘의 입에서 나지막한 음성이 흘러나왔다.

"그리고, 이 한 가지만은 절대 잊지 말라 전해주시오."

동초국은 오싹한 한기에 자신도 모르게 몸을 떨었다.

"무슨……?"

"설령 납특하에 적이 있음을 알게 되더라도, 납특하만큼은 절대 다가가선 안 된다 하시오."

"예?"

"절대⋯⋯ 무슨 일이 있어도, 납특하의 적이 동요되어서는 안 된다 이 말이오. 아마 군장주께선 내 말뜻을 이해하실 거요."

"예, 예. 그리 전하겠습니다."

주르륵 흘러내린 땀방울을 훔친 동초국이 고개를 들었다. 그리고 그는 볼 수 있었다, 그렇게 무섭게 느껴지던 휘의 눈빛이 잘게 떨리고 있는 모습을.

"납치된 내 동생이 그곳에 있소. 내 동생에게 무슨 일이 생긴다면, 나는⋯⋯ 악마가 될지도 모르오."

옷을 고르는 당홍과 영호련의 얼굴이 환하게 펴졌다.

청산약초를 나오며 휘가 옷가게 쪽으로 갈 때만 해도 설마 했었다.

볼일이 있어 가는 거겠지.

저기도 비밀 장소인가?

그런데 옷가게로 들어가자마자 휘가 두 여인을 돌아보며 말한다.

"자, 옷들 골라봐요."

아무리 무인이고 냉정하게 보이는 두 사람이었지만 그녀들도 여인이었다. 표를 안내서 그렇지, 여기저기 찢어진 데다 피로 얼룩진 옷을 입고 돌아다니는 것을 좋아할 리가 없다. 그러던 차에 옷가게를 들어갔으니 오죽 좋으랴.

더구나 휘가 산단다.

영호련은 물론이고, 절대 붉어질 것 같지 않은 당홍의 얼굴조차 홍기를 띠고 있다. 그 옆에서는 한 마리 늑대가 그런 당홍을 바라보며 넋을 잃고 있다.

'진짜 이쁘다. 흐⋯⋯.'

"형님, 침……."
후루룩!
풍인강이 측은한 눈빛으로 바라보지만, 그래도 초평우는 기분이 좋았다. 그러다 끝내…….
"늑대, 이거 입어봐."
"어……."
당홍이 한 벌의 갈의를 내밀자, 온 세상이 초평우 것이 되어버렸다.
'바로 이 맛이야! 우허헝! 풍가야! 네놈이 이 맛을 알아?!'

휘 일행이 식사를 하기 위해 객잔을 찾아 들어가자, 잠시 후 따로 움직였던 사람들이 돌아왔다.
그리고 약간의 소득이 있었는지 주위를 둘러본 배기담이 자리에 앉자마자 나직이 입을 열었다.
"잔마혈전 외에도 수상한 무리들을 발견했다는 첩보입니다."
"수상한 무리들?"
"사흘 전 파안객랍산맥(巴顔喀拉山脈) 쪽에서 황하를 건너는 자들이 있었다 합니다. 저희 문도 중 현재 감숙과 사천 경계를 맡고 있는 사람이 강족 출신인데 그가 직접 봤다고 합니다. 그가 전해오기를 황하를 건넌 자들 중 상당수가 엄청난 고수들이었다고 합니다. 하나같이 죽음의 기운을 풍기는 자들인 것으로 봐서 마공을 익힌 자들 같다고 합디다."
"흠, 마공을 익힌 엄청난 고수들이라……."
"신마천궁에서 직접 움직인 듯합니다."
적인풍의 말에. 휘는 조용히 눈을 감고 생각에 잠겼다.
'결국 이번 일을 꾸민 자가 움직이기 시작했다는 말이겠지.'

"이곳에서 하루 쉬고 내일 아침에 움직이지요."

뜻밖의 말에 적인풍이 휘를 돌아보았다. 한시도 지체할 수 없이 서두르던 휘가 아니었던가. 그런데 이제는 한 시진도 아니고 하루를 쉬었다 움직이자 한다.

엽차를 마시던 영호련이 의아한 표정으로 물었다.

"빨리 가야 한다고 했잖아요?"

휘가 천천히 고개를 끄덕였다.

"그랬지, 조금 전까지만 해도."

"그럼 지금은 상황이 달라졌단 말인가요?"

"내가 봤을 때는 그렇다."

나직한 휘의 대답에 영호련이 또다시 질문을 하려 할 때다.

"련 동생, 지금 그의 가슴은 새까맣게 타 들어가고 있을 거야."

당홍의 전음이 영호련의 귓전을 파고들었다.

움찔, 영호련은 더 묻지 못하고 휘의 눈만 바라보았다. 문득 그의 눈이 허공을 응시하고 있는 듯 느껴진다.

'연연아, 하루만 더 참아다오.'

휘가 허공에 머물러 있던 눈빛을 거두고는 다시 입을 열었다.

"구가촌에 들어오면서부터 놈들의 눈이 느껴졌어. 아마 우리의 움직임이 하나도 빠짐없이 전해지고 있을 것이야."

"그럼 약초상도 위험하지 않겠어요?"

참지 못하고 영호련이 다시 물었다.

"우리 중에는 실제로 부상을 입은 자가 있으니, 부상자의 상처를 치료하기 위해 약초를 구하는 일은 자연스런 일이야. 더구나 그는 이곳에서 상당 기간 지낸 사람이다. 쉽게 꼬리를 밟히지는 않을 것이야. 그리고 이틀 정도의 시간이면 그가 제대로 소식을 전했는지도 알 수 있겠지. 제대로 전해졌다면……. 우리를 감시하던 눈은 지금보다 느슨해질 테고, 그럼 움직이기가 훨씬 편해질 것이다."

"그럼 그 때문에?"

확실히 영호련의 분석력은 대단했다. 그녀는 휘의 말을 듣고 그 속에 숨은 뜻을 정확히 알아들은 것이다.

이대로 탁록으로 갈 경우 이틀 정도면 도착할 것이다. 그러나 그렇게 되면 삼대세력의 움직임에 따라 행동의 변화를 줄 수가 없다.

하지만 하루를 늦춘다면, 탁록에 도착하기 하루 전 적의 반응을 알 수 있을 테니 그에 따라 길을 달리 잡을 수가 있는 것이다. 변수가 제대로 적을 혼란시키는지도 확인할 수 있고.

영호련은 새삼 휘에 대해 감탄하지 않을 수가 없었다. 가슴이 타 들어 가는 아픔을 참고 보다 더 완벽한 기회를 노리는 휘가 두려워 보일 정도였다.

영호련이 생각을 마치고 고개를 들 때였다. 휘가 조용히 말했다.

"쉬면서 각자의 몸을 최상의 상태로 만들도록."

'살아남기 위해서라도.'

3

"피동효 놈이 죽었다고?"

"예, 전주님."

"끄응, 그놈을 믿은 내가 멍청한 놈이지."

이마를 짚은 손을 떼고 고개를 든 마극초가 엎드려 있는 자에게 물었다.

"망귀들도 다 죽었단 말이지?"

"예… 전주님."

쾅!

"크억!"

마극초의 일 수에 떼굴떼굴 일 장이 넘게 굴러간 중년인이 잽싸게 일어나 다시 엎드렸다.

"네놈들은 뭐했어?! 피가 놈이 죽은 거야 그렇다 치고, 망귀들까지 다 죽도록 뭐했냔 말이다!"

"저, 저희는 전주님의 명대로 놈들을 십 리 밖에서 기다렸습죠."

"내가 그렇게 명을 내렸단 말이지?"

"예! 전주님!"

퍽!

마극초가 번개처럼 날아가 중년인, 잔살당주 요동걸의 이마를 걷어찼다. 붕 떠서 일 장을 날아간 요동걸이 비틀거리며 일어나 힘겹게 엎드렸다.

"그렇다고 다 죽을 때까지 기다리기만 했단 말이야?! 이 멍청한 놈아!"

'제기랄! 그러게 애초부터 우리에게 맡기지, 왜 피동효에게 일을 맡겨서… 아니지, 그랬으면 우리가 죽었을지도…….'

속으로 가슴을 쓸어내린 요동걸이 재빨리 입을 열었다.

"하지만 놈들의 행적을 놓치지 않고 있으니 걱정 마십시오, 전주!"

"지금 놈들이 있는 곳은?"

"구가촌에 들어갔는데 객잔의 방을 잡은 것으로 봐서 하루 쉬었다 움직이려는 것 같습니다."

"음……. 죽어라 달려오던 놈들이 쉰다고?"

"놈들도 사람인데, 아마 지쳤을 겁니다."

"그래도 감시의 눈은 늦추지 마."
"당연히……."
"제기랄! 이게 무슨 꼴이야?"
다시 이마를 짚으며 자리에 앉은 마극초가 번쩍 고개를 들고 물었다.
"아! 그건 그렇고, 궁에서 온다는 사람들은 어디쯤 와 있지?"
"황하를 건넌 것이 이틀 전이니 내일쯤이면 도착하실 것입니다."
뭐가 마음에 안 드는지 마극초가 눈살을 찌푸리며 투덜거렸다.
"감숙을 접수해야 할 시간도 모자란 판인데 한 놈 때문에 난리가 아니군. 마향각 놈들도 그렇지, 왜 지랄 같은 계획을 세워서 나를 이렇게 열 받게 만들어?"
마극초가 눈살을 찌푸린 채 생각에 잠겨 있자 요동걸이 조심스럽게 입을 열었다.
"저… 전주님, 청심장의 군장청이 자식새끼 죽은 것 때문에 단단히 화가 나 있다고 합니다만……."
"청심장? 군장청? 흥! 제깐 놈이 화가 나 봤자지. 안 그래도 쓸어버리려 했는데 잘 됐군. 그놈 어딨어?"
"그게… 천수로 돌아가지도 않고 어디론가 갔다는데 진조여휘를 감시하느라 미처……."
"에라이!"
휙! 샥!
"어쭈! 피해?"
퍽! 퍼벅!

4

군장청은 서신을 응천문주인 천응신조 양관위에게 내밀었다. 해가 질 무렵 상양에서 오십여 리 떨어져 있는 지부로 전서구를 통해 전달된 전서였다.

"그가 잔마혈전, 우리가 적혈단이라 부르는 자들의 비밀 거점에 대해 알려왔습니다."

서신을 빠르게 읽어본 양관위가 침음성을 흘리며 고개를 들었다.

"음… 이 서신을 믿을 수 있겠소? 놈들의 세력이 이리도 대단하다니……."

"믿고 안 믿고는 조사해 보면 알겠지요. 하나 양 문주께서도 아시다시피, 문제는 우리가 적혈단을 이대로 놔둘 수 없다는 점입니다. 그의 말이 맞다면 우리에게는 절호의 기회이고, 그의 말이 맞지 않다 해도 어차피 적혈단과는 싸울 수밖에 없는 일이지요."

"하긴……. 한데 상대동이 올 때까지 기다릴 것이오?"

"무작정 기다릴 수만은 없을 듯합니다. 일단은 진조여휘의 말이 맞는지 최대한 정보망을 가동해 놈들의 비밀 거점을 파악해야겠습니다."

"좋소. 그럼 각자 지역을 맡아서 알아봅시다. 정보가 맞기만 하다면… 놈들에게 지난 이 년간 당한 빚을 한꺼번에 갚을 것이오."

"나 역시, 아들의 죽음에 대한 대가를 철저히 받아낼 것이오."

두 사람의 눈에서 새파란 살기가 쏟아져 나왔다. 자식을 잃은 한, 제자를 잃은 한이 가슴속에서 불길처럼 끓어오르는 것이다.

잠시 시간이 지나고, 끓어오르는 마음을 가라앉힌 양관위가 군장청에게 물었다.

"그런데… 납특하에 대해서는 어찌할 것이오? 분명 납특하에도 놈들의 거점이 있을 텐데."

"그 문제는 일단 유보합시다. 서로가 돕고 있는 입장에서 진조여휘 단주의 뜻을 무시할 수도 없고, 나중에 상대동이 도착하고 나서 생각해도 될 문제니까요. 다만 조사는 해봐야겠지요."

3장
과거의 전설과 새로운 전설이 만나다

1

 조용히 마음을 가라앉히고 천양의 기운을 끌어올렸다.
 뜨거운 기운이 끓어오르는 용암이 되어 독맥을 타고 흐른다. 그러자 지음의 기운이 절로 움직인다. 기해에서 시작된 지음의 기운이 천양을 감싸자 온몸을 태워 버릴 것만 같던 불길이 포근한 따뜻함으로 변해 버렸다. 그 사이를 풍령의 기운이 노닌다.
 그제야 전신이 날아갈 듯이 가벼워졌다.
 풍령신주가 몸에 자리잡은 때부터 천양과 지음의 기운이 사이좋은 형제처럼 부드럽게 어울린다. 그 덕분에 이세는 마음대로 두 가지의 기운을 조절할 수가 있게 되었다.
 득화(得和)의 초입에 들어선 것이다.
 검지를 들어올려 허공에 천홍을 피워 올렸다. 선홍빛 천홍이 허공에 둥실, 요요로운 자태를 드러낸다.
 한순간, 천홍의 붉은 봉오리가 벌어지더니 찰나간에 한 자 크기의 혈련화가 허공에 피어났다. 그때였다.

화아아아악!

벌어진 혈련화의 꽃잎이 밝은 빛을 토해내는가 싶더니 삽시간에 아홉 개로 분리된 혈련화가 허공을 가득 메웠다. 그중 하나의 꽃이 유난히 커다랗게 빛을 발한다.

오천화 중 네 번째, 천심화(天心花)였다!

아름다웠다. 아직 완벽하진 않지만 천심화의 모습은 휘 자신의 눈마저 황홀하게 만들 정도로 아름다웠다.

'저 아홉 개의 혈련화를 합칠 수 있어야 마지막 대천화(大天花)를 이룰 수 있다.'

하지만 아직은 그의 내력이나 깨달음이 대천화를 이루기에는 부족하다. 안타깝지만 어쩔 수 없는 현실이다.

천심화를 거두어들인 휘는 삼신주를 생각해 보았다.

'나머지 두 개의 신주 중 하나만 찾아도 가능할 것 같은데……'

어디 있을까?

하늘을 우러르며 양기의 바다를 헤엄치니 곧 천령이……. 땅을 보듬어 안고 음기의 호수에 몸을 담그니 지령이…….

법문을 아무리 떠올려 봐도 감이 잡히지를 않는다.

하기야 풍령신주를 어디 자신의 노력으로 찾았던가, 연이 닿아서 찾은 것이지.

"후우……. 신마천궁의 수뇌부를 과연 현재의 무공만으로 상대할 수 있을까?"

휘가 가장 걱정하는 바는 상대의 무공을 자세히 모른다는 것에 있었다, 특히 신마천궁의 궁주가 과연 어느 정도의 무공을 지니고 있는지를.

'설마 연연이 문제로 궁주가 직접 나서지는 않겠지.'

당장은 그럴 거라 예상하지만 앞날은 아무도 모른다, 신마천궁에 어떤 고수가 웅크리고 있는지 모르는 상황에서는.

휘가 이런저런 생각으로 고심하고 있을 때였다. 밖에서 시끄러운 소리가 들린다.

오랜만에 휴식다운 휴식을 취할 수 있게 된 사람들이 탁자를 사이에 두고 마주 앉았다.

그들의 앞에는 이름을 알 수 없는 요리가 놓여 있었다. 술안주 할 만한 것을 갖다주라고 하니까 점소이가 가져온 고기 요리였다. 그런데 문제는 점소이가 요리의 재료를 말하지 않고 가는 바람에 쓸데없는 신경전이 벌어지고 있는 것이다.

초평우가 고기를 한 입 베어 물고 말했다.

"글쎄, 내가 봤을 때는 양고기로 만든 것이라니까."

웅경도 지지 않고 말했다.

"이게 어디 양고기요? 냄새나는 것이 개고기 같구만."

우물우물. 쩝쩝…….

웅경과 초평우가 말다툼하는 사이, 다른 사람들은 신경도 쓰지 않고 고기를 뜯을 뿐이나. 특히 영등은 물 만난 물고기 마냥 커다란 고깃덩어리를 하나 집어 들고 희희낙락하고 있다.

양고기면 어떻고 개고기면 어떠랴.

두 사람이 티격태격하고 있을 때였다. 영호련이 술 한 잔을 입에 털어 넣고 의혹에 찬 표정으로 말했다.

"그런데 놈들이 왜 망귀들이 죽는 것을 보고도 가만있었던 걸까요?"

그 말에 초평우가 턱을 쓰다듬으며 생각에 잠겼다. 그때 들리는 소리.
"돌 굴러가는 소리가 나는군."
슬쩍 쳐다보니 풍인강이다. 때려죽일 놈. 뭐 어째?
"뻔하잖아. 생각하나마난데 뭘 그렇게 생각해?"
그랬다. 뻔했다. 젠장! 자신에게 저렇게 무자비하게 말할 수 있는 사람은 당홍밖에 없다. 그렇다고 자신까지 막 대들 수는 없다.
"당 낭자가 생각해 봐도 그렇지? 망귀인가 하는 귀신쪼가리들도 힘없이 죽었는데 함부로 덤비겠어?"
꼬리 흔드는 늑대를 바라보며 당홍이 한마디 더했다.
"그래도 얼음덩어리 굴러가는 것보단 나은 것 같군."
"우헤헤헤! 그럼!"
풍인강의 얼굴이 일그러지는 것을 보고 초평우가 좋아 죽으려 한다. 그러자 한쪽에서 그들이 하는 짓을 어이없는 눈으로 바라보고 있던 영호련이 툭 쏘아붙였다.
"쳇! 당 언니는 맨날 늑대, 늑대 하면서도 초 소협이 안 돼 보이나 보죠?"
당홍은 초평우를 편들고, 영호련은 은근히 풍인강을 감싸자 영등이 고기를 한 입 물고 고개를 저었다.
"좋아할 사람이 없어서 늑대와 얼음덩어리를 좋아하는 여시주들이라니… 쩝쩝쩝……."
당홍과 영호련의 시선이 길날처럼 영등에게 꽂혔다.
"그래도 고기 먹는 땡중보다는 나으니까, 신경 끄셔!"

휘의 눈이 반짝였다.
'양두구육(羊頭狗肉)? 양 머리에 개고기라…….'

한마디로 겉과 속이 다름을 의미한다. 명분은 좋게 내걸고 뒤로는 좋지 않은 본심을 가졌다는 말이다, 꼭 천검보와 천도맹의 싸움처럼.

하지만 휘는 다르게 생각하기로 했다. 이러나저러나 결국은 상대를 속인다는 말이 아닌가. 삼십육계에서도 상대를 속이고 최소한의 피해로 이기는 것을 상책으로 치거늘.

휘는 눈을 감고 삼십육계를 떠올려봤다.

암도진창(暗渡陳倉) 기습과 정면공격을 함께 구사하고,

만천과해(瞞天過海) 하늘이 가려진 사이 바다를 건넌다.

'흠, 다른 사람들로 하여금 정면을 공격하게 하고 적이 혼란을 느낄 때 나는 납특하의 비부로 향한다.'

순수견양(順手牽羊) 기회를 틈타 양을 슬쩍 끌고 간다.

'삼대세력이 공격하면 적의 정보망이 마비될 것이다. 그사이 나는 연연을 구해 빠져나온다.'

머릿속으로 생각만 하고 있었던 계획이 하나하나 틀을 잡아간다.

'일단 삼대세력의 움직임을 제대로 파악하는 것이 중요하겠군.'

그러나 그 무엇보다도 연연이의 몸에 이상이 없어야 한다.

2

높이 일만 척이 넘는 거대한 산들이 줄지어 세워 놓은 것마냥 늘어서 있다. 하얀 눈으로 뒤덮인 산정에선 거센 바람에 눈보라가 흩날린다.

청해로 넘어가는 길은 그런 거산준봉 사이로 아슬아슬하게 나 있었다. 더구나 한 뼘이 넘게 쌓인 눈길은 제아무리 배짱 좋은 사람이라 해도 지나다닐 마음을 갖지 못하게 만들 정도로 험했다.

휘의 일행은 구가촌을 출발한 지 하루 만에 청해로 들어가는 입구인 하하현(夏河縣)이 보이는 곳에 도착했다.

본래는 하루 반나절 이상이 걸릴 거리였지만, 밤에도 두어 번 잠깐의 휴식만 취했을 뿐, 거의 쉬지 않고 달린 덕분에 시간을 두어 시진 이상 단축한 것이다. 그리고 그 덕분에 구가촌을 떠날 때 달라붙었던 신마천궁의 이목을 떼어놓을 수가 있었다.

그것은 곧 휘의 일행이 신마천궁의 이목으로부터 자유로워졌다는 것을 의미했다.

"연락만 받고 나면 바로 출발할 것입니다."

휘의 말에 거칠어진 숨을 몰아쉰 사람들이 묵묵히 고개를 끄덕였다. 오는 길에 휘에게서 앞으로의 계획을 들었기에, 잠깐의 휴식이 계획의 성패와 직결된다는 점을 잘 알고 있기 때문이었다.

마을을 빙 돌아 북쪽으로 나아갔다. 동초국에게 들었던 청심장의 연락 장소가 하하에서 북쪽으로 오 리가량 떨어진 곳에 있는 낡은 사찰이었던 것이다.

얼마가지 않아 다 쓰러져 가는 사찰이 계곡 사이로 보였다. 그런데 도저히 사람이 있을 것 같지 않을 정도로 낡은 모습이다. 약속 장소가 맞나 의문이 든다.

하지만 일행이 사찰의 문 앞에 이르자, 올 것을 예상이라도 한 듯 사찰의 낡은 문이 열리더니 중년으로 보이는 키가 작은 스님이 고개를 내밀었다.

"어떻게 오셨습니까?"

"청심이 어디에 있는지 알고 싶어 왔습니다, 스님."

휘의 말이 떨어지자 중년승이 눈을 빛내고는 나지막한 목소리로 빠르게 속삭였다.

"지금쯤 움직이고 있을 겝니다. 청심이 독수리를 타고 날아갔으니 오늘 오후에는 목적지에 도착할 것입니다. 칼귀신도 같이 움직인다고 했습니다. 그럼 이만."

삐걱, 쿵!

중년승이 자기 할 말만 하고는 문을 닫아버렸다. 더 이상 할 말이 없다는 뜻. 어차피 세세한 소식은 기대도 하지 않았기에 휘도 군이 더 묻지 않고 뒤돌아섰다.

지금쯤 감시하던 자들은 우리들이 시야에서 사라지자 혼란에 빠져 있을 터, 공격 소식마저 전해 듣는다면 우리를 찾을 엄두도 내지 못할 것이다.

잔마혈전이 공격 소식을 전해 듣고 우왕좌왕할 때 납특하에 도착해야 한다. 그리고 빠른 시간 안에 연연이를 구해서 빼돌려야 한다.

결국 모든 것은 시간 싸움에 달려 있다.

3

"정보대로라면 놈들의 숫자는 많게는 백에서 적게는 오십 명이오. 그러나 고수들의 숫자가 적지 않소."

"흥! 나는 놈들이 그렇게 강할 거라 생각하지 않네. 생각해 보게. 일류고수가 어디 시장판에 장돌뱅이처럼 흔하게 널려 있는 것인가? 한데 그런 일류고수가 일개 지부에 수십 명씩이라니……."

군장청은 상대동의 말에 굳은 얼굴로 입을 열었다.

"자네는 우리 청심장의 무사들을 너무 무시하는군."

"그런 것이 아니고……."

"정아를 호위하던 무사들이 모두 일류는 아니어도 둘셋이면 일류고수를 감당할 정도는 되네. 한데 그런 아이들이 제대로 저항도 못해보고 도륙을 당했어. 더구나 정아는…… 능히 일류고수라 할 수 있는 아이지."
 "내 말은……."
 "적인풍도 어깨를 다쳤더군. 놈들을 상대하다가 말일세."
 "뭐?!"
 상대동의 눈이 크게 뜨였다. 수류도 적인풍이 누군가. 자신과 같은 십대도객에 이름을 올리고 있는 고수가 아니던가. 그런 그가 일개 무사를 상대하다 상처를 입었다니.
 하지만 군장청이 거짓을 말할 리는 없다.
 "으음……."
 끝내 상대동의 입에서 침음성이 흘러나오자 군장청이 양관위와 상대동을 번갈아 바라보며 말했다.
 "파악된 놈들의 거점은 모두 다섯 곳, 각자 한 곳씩을 맞아 최대한 빨리 부숴야 합니다. 그래야 놈들의 주력을 상대할 수 있습니다. 어떻습니까?"
 "좋소. 어차피 싸워야 한다면 최대한 빨리 끝내야 피해를 최소화할 수 있을 것이오."
 "뭐, 나도 좋네."
 별다른 방법이 없었다. 일단은 다리를 떼어내고 몸통을 공격하는 수밖에. 그때, 군장청의 말에 고개를 끄덕인 상대동이 넌지시 입을 열었다.
 "그럼 내가 맡을 곳은 곡하(谷河)인가?"
 "아무래도 그래야 할 것 같네. 자네가 숫자는 적지만 정예만을 데리고 왔으니 험난한 곡하를 공격하기에는 자네가 적임인 것 같네."
 "좋아, 내가 곡하를 치지. 한데… 납특하는 그대로 놔둘 건가? 그들이 우리 뒤통수를 치면 큰일이 아닌가?"

모두가 고민하고 있던 문제였다. 진조여휘가 납특하만은 절대 건드려서는 안 된다고 했지만, 납특하에는 가장 강한 적들이 머물러 있는 것으로 파악되었다. 그러한 곳을 철혈성의 일개 단주인 진조여휘의 말만 듣고 그냥 놔둘 수는 없는 일이 아닌가.

잠시 고민에 잠겨 있던 군장청은 결국 모든 판단을 상대동에게 맡기기로 했다. 어차피 곡하와 납특하가 가장 가까우니 만큼 납특하를 친다면 상대동이 가장 먼저 달려갈 곳이었으니까.

"나로선 그가 갈 때까지 놔두었으면 하네만……. 음, 하나 자네가 가장 가까운 곳을 공격할 테니 모든 것은 자네 판단에 맡기겠네. 다만 너무 성급하게 달려들지 않았으면 하네. 성질 좀 죽이고 말이야."

"원 자네두, 내 나이가 몇인데……."

"자네 나이야, 자네 성격하고 상관없는 것으로 알고 있는데."

"그야 젊을 적 이야기지……."

"이상하군, 난주에서는 자네를 항상 꼬리 쳐들고 다니는 전갈이라고 부르는 걸로 알고 있거늘."

"어떤 놈이!"

"일전에 자네 숙부가 청심장을 찾은 일이 있었지. 그분이 그러시더군. 마누라를 하나 더 얻었기에 이제는 정신 차리고 꼬리를 내리려나 보다 했더니, 오히려 꼬리를 더 쳐들고 다닌다고 말이야."

"그, 그 양반이……."

얼굴이 벌게진 상대동을 향해 군장청이 말했다, 마치 철없는 동생을 타이르듯.

"자네도 너무 자존심에 목숨 걸지 말고 성질 좀 죽이게."

"……."

양관위가 터져 나오려는 웃음을 참다못해 벌떡 일어섰다.

"험, 나 먼저 움직일까 하오. 건투를 빌겠소."
"저희도 바로 출발하겠습니다. 적을 치고 나면 약속 지점으로 곧바로 오셔야 합니다."
"알겠소, 그럼."

양관위가 응천문의 최정예 고수 일백을 데리고 상양의 임시 거점인 상운장을 떠나갔다.
그리고 뒤이어 상대동이 수하들과 함께 장원을 나서자 군장청도 청운검대 이십 명과 함께 장원을 출발했다. 상양에서 이십 리 떨어진 곳에 몸을 숨기고 있는 예후상과 청심장의 무사들을 만나기 위해서.

4

상대동이 구유사십팔도객을 이끌고 상양의 서쪽에 위치한 장구령(獐丘嶺)을 넘어갈 즈음, 장구령 남쪽 백 리 지점에 있는 눈 덮인 비흘령(飛屹嶺)을 날듯이 넘어가는 사람들이 있었다.
두 명의 여자와 일곱 명의 남자, 휘 일행이었다.
일 보에 이 장여를 죽죽 미끄러져 가는 그들의 얼굴에는 비장감마저 떠올라 있었다. 결전 전야를 기다리는 사람들처럼.
하하현을 출발해서 비흘령에 들어선 지 한 시진째다. 그럼에도 누구 하나 힘든 내색을 하지 않는다.
그들은 알고 있는 것이다. 이렇게 달려야만이, 조금이라도 시간을 아껴야만이, 시간이 단축된 만큼 살아갈 가능성이 더욱 커진다는 것을.
두 시진을 달려가자 갈림길이 나왔다. 그러자 선두를 달리던 휘가 미련없이 북서쪽으로 방향을 틀었다.

말이 필요없었다. 휘가 달리면 달리는 것이다. 휘가 방향을 틀면 따라가면 되는 것이다, 그 길이 탁록으로 가는 길이든 납특하로 가는 길이든.
 멈출 것 같지 않던 질주는 비흘령의 초입에서 출발한 지 세 시진이 되어서야 멈추었다.
 완만하게 휘어진 송림 사이의 숲길을 지날 때다.
 우뚝.
 휘가 느닷없이 신형을 멈춰 세웠다. 그러자 뒤따르던 사람들도 발걸음을 멈추고 휘를 쳐다보았다.
 "형님, 쉬었다 가시게요?"
 초평우가 거친 숨을 몰아쉬며 휘를 바라보고 물었다. 하지만 휘는 말없이 앞만 바라볼 뿐이다.
 쉬어 가려고 멈춘 것이 아니다. 그렇다고 특별한 이유 때문도 아니다. 다만 본능이… 머리끝이 삐죽 설 정도의 가공할 기운을 느낀 본능이 휘를 멈추게 한 것이다.
 휘는 가만히 서서 앞을 주시했다. 오십여 장 앞에 반쯤 부서진 산신각이 을씨년스럽게 서 있다. 그리고 거기에…… 그들이 있었다.
 산신각 앞에서 불을 피워 놓고, 고기를 굽고 있는 두 명의 노인이…….
 처음 있는 일이었다. 가슴이 거세게 뛰고 있다.
 보는 것만으로도 전신이 뜨겁게 달궈질 정도다.
 활활 타오르는 모닥불만큼이나 뜨거운 기운이 가슴 저 깊은 곳에서 치밀어 오른다.
 누굴까. 대체 저 노인들이 누구이기에 내 몸이 절로 반응을 한단 말인가?
 저벅저벅, 천천히 걸음을 옮기며 굳은 얼굴로 두 노인을 자세히 살펴보았다.

보름달처럼 둥근 얼굴의 노인이 잘 구워진 꿩 한 마리를 통째로 입에 문 채 휘를 빤히 바라본다. 그가 웃고 있는 것처럼 느껴진다.

장작개비처럼 빼빼 마른 노인은 여전히 모닥불을 뒤척이고 있다. 그럼에도 그의 전신에서는 스멀거리는 기운이 아지랑이처럼 피어오른다. 언젠가 한번쯤 대해본 적이 있는 기운이다.

그가 천천히 고개를 들고 있다. 굳어 있는 얼굴, 의혹과 긴장으로 한껏 날카로워진 눈빛이 휘를 향해 칼날처럼 쏘아져 오고 있다.

"거기서 머뭇거리지 말고 이리 와!"

휘가 천천히 다가가자 둥근 얼굴의 노인이 대뜸 소리쳤다.

빼빼한 노인은 뒤척이던 불쏘시개를 내려놓고 휘가 다가오는 것을 바라만 본다.

오십여 장의 거리가 십 장 정도로 가까워졌다.

그제야 적인풍을 비롯한 나머지도 두 노인에게서 느껴지는 심상치 않은 기운에 표정이 굳어졌다. 휘는 여전히 걸음을 옮기고 있건만, 나머지 사람들은 자신들도 모르게 걸음을 멈췄다.

그때 둥근 얼굴의 노인이 빼빼 마른 노인을 보며 입을 열었다.

"어때? 들은 대로라면 그놈이 맞는 것 같은데."

'나를 아는 노인들?!'

휘는 의혹이 깃든 눈으로 두 노인을 바라보았다. 이런 오지에서 자신을 알 만한 사람은 한 부류뿐.

"신마천궁에서 나오셨소?"

휘의 무거워진 말투에 둥근 얼굴의 노인이 실실 웃음을 지었다. 좀 전에 웃고 있다 느낀 것이 잘못 본 것이 아닌 듯하다. 하지만 일순간, 노인의 입가에 떠올라 있던 웃음이 씻은 듯 사라졌다.

노인이 손을 들어 휘를 가리키더니 물었다.
"네가 진조여휘인가 보구나."
휘는 고개를 끄덕이고는 한 걸음 앞으로 나서며 입을 열었다.
"내 이름이 진조여휘인 것은 맞소만, 그러는 노인장들의 이름은 어찌 되시오?"
휘의 담담한 말투에 둥근 얼굴의 노인, 무음살마제의 입에서 겨울바람보다 더 차가운 냉소가 터져 나왔다.
"훗! 그놈, 소문대로 제법이구나!"
휘의 이름을 물을 때 단순히 묻기만 한 것이 아니었다. 알게 모르게 무형의 기운을 쏘아 보냈었다, 일류고수라 해도 정면으로 맞받으면 심장이 터져 버릴 정도의 가공할 힘이 담긴 기운을.
한데, 단지 한 걸음 걷는 것만으로 자신의 기운을 가볍게 해소하고는 담담히 되묻는다.
자존심이 상할 일이다. 감히, 새파랗게 어린놈이……
무음살마제는 눈을 더욱 가늘게 뜨고 휘를 직시했다. 하지만 휘는 그를 더 이상 상대하지 않고 빼빼 마른 노인에게로 고개를 돌렸다.
"나에게 볼일이 있으신 분은 노인장이신 것 같군요."
빼빼 마른 노인, 혈영마신의 눈빛이 묘하게 변했다.
"어찌 알았느냐?"
그는 갈가미귀기 낮게 울이대는 듯한 목소리로 물었다.
"언젠가 노인장의 기운과 흡사한 자를 만난 적이 있지요. 그는 내 손에 쓰러졌지만 그의 무공만큼은 아직 나의 기억에 남아 있습니다."
휘가 읊조리듯 나직한 목소리로 말하자 혈영마신의 눈이 가늘게 흔들렸다.
"그 멍청한 놈은 내 제자다. 되지도 않는 실력을 가지고 함부로 날뛰었으니 죽어도 싼 놈이다!"

휘가 깊게 가라앉은 눈으로 혈영마신을 바라보았다. 뜻밖의 말이었다. 제자의 죽음을 저리 말하는 사람이 있다니……. 저 노인은 자식의 죽음도 저리 말할까?

"제자의 복수를 하러 온 것이 아닙니까?"

"흥! 나는 실력도 없이 까불다 죽은 제자의 복수를 해줄 만큼 마음이 넉넉하지 못하다."

천천히 자리에서 일어난 혈영마신이 휘를 직시하며 다시 갈가마귀가 우는 목소리로 말했다.

"하지만…… 내 무공이 무너진 빚은 갚아야겠지."

순간! 휘를 향해 일 보를 내디디는 혈영마신의 전신에서 가공할 기운이 폭출했다!

후우우우우웅!!

핏빛으로 빛나는 붉은 기운이 혈영마신의 전신에서 뿜어졌다. 그러자 무음살마제가 투덜거리며 뒤로 물러섰다.

"그놈, 성질하곤…… 저런 성질머리로 어떻게 삼십 년을 처박혀 지냈누."

혈영마신이 나선 이상 자신은 굿이나 보고 떡이나 먹으면 된다. 자존심이 상했다고 자신이 설칠 상황이 아닌 것이다.

그때였다. 문득 그의 눈에 휘의 뒤에 서 있는 사람들이 보였다.

'가만? 저 뒤에 있는 놈들도 제법 데리고 놀만 하겠는데?'

적인풍은 두 노인의 가공할 기세에 아연한 표정을 지었다. 당금 천하에서 저런 기세를 내뿜을 고수가 몇이나 될까?

자신이 아는 상식으로는 열을 넘지 않을 것만 같다. 칠패의 주인들, 그리고 이제는 이름조차 가물거리는 과거의 전설들…….
 '과거의 전설? 헉!!'
 적인풍이 홱 소리가 나도록 고개를 돌려 혈영마신을 바라보았다. 그때, 혈영마신의 전신에서는 핏빛의 붉은 기운이 가공할 기세로 피어오르고 있었다. 순간 적인풍의 눈이 부릅떠졌다.
 "맙.소.사!!"
 적인풍이 대경실색하며 놀란 표정을 짓자 곁에 있던 당홍이 물었다.
 "적 숙부, 저 노인들을 아세요? 대체 누구죠? 누군데 저런 엄청난 기운을……?"
 당홍이 그녀답지 않게 질문을 퍼부었다. 그녀도 전신을 짓누르는 기운에 참을 수가 없었던 것이다.
 "그다! 그야! 세상에, 그가 살아 있었다니!!"
 "누구… 냐니까요."
 초평우가 떨리는 목소리로 물었다.
 "혈영마신(血影魔神) 염가왕! 삼대마신 중의 한 사람! 맙소사!! 삼십 년 전의 사천혈사 이후, 죽은 것으로 알려진 혈영마신이 왜, 어떻게, 여기에 나타났단 말인가!"

 휘는 뒤에서 들린 적인풍의 목소리로 눈앞의 노인에 대해 알고 놀라지 않을 수 없었다.
 삼대마신(三大魔神)! 그 이름은 삼십 년 전, 사천을 발칵 뒤집어놓고 역사의 뒤안길로 사라진 이름이었다. 또한 당시 칠패의 주인들과 어깨를 겨눌 수 있는 절대고수 십오 인 중 셋을 말함이었다.
 그 삼대마신 중의 한 사람이 바로 혈영마신 염가왕인 것이다.
 "노인장이 사천무림의 고수 일백 명과 함께 동귀어진했다고 알려진 삼대마신 중 한 사람, 혈영마신이오?"

"그깟 놈들은 결코 나를 죽일 수 없다. 귀찮아서 죽은 척하고 몸을 숨겼을 뿐이지."

"참으로 놀랍군요. 대체 신마천궁에는 노인장 같은 고수가 몇이나 더 있는지……."

"후후후……. 나를 이기지 못하면 그걸 안다해서 무슨 소용이 있겠느냐."

휘가 고개를 끄덕였다.

"하기는… 그럼 노인장을 이기면 알려줄 수 있겠군요."

혈영마신의 전신에서 시뻘건 혈기가 꿈틀거렸다.

"클클클! 감히 나하고 말장난을 하려는 놈이 있다니……. 좋다! 나를 이기면 알려주지!"

말이 끝남과 동시에 혈영마신의 신형이 허공으로 떠올랐다.

붉은 구름이 칠 장 허공에 머무는가 싶더니, 핏빛으로 물든 하나의 거대한 손바닥이 허공에서 휘를 향해 떨어져 내렸다.

혈인삼첩장의 최강 수법 혈령천마인(血靈天魔引)!

고오오오…….

대기가 짓눌러 터질 듯 요동치고 비명을 질러댄다. 혈광루주의 혈광마령인과는 비교가 되지 않을 정도의 위력!

"모두 물러서요!"

혈영마신의 느닷없는 공격에 휘가 다급히 뒤를 향해 소리치며 스윽, 한 걸음 내디뎠다. 찰나! 휘의 신형이 누가 잡아당기기라도 한 듯 허공으로 빨려 올라갔다.

그때부터였다! 드디어 새로운 전설이 시작되었다!!

삼 장 허공에서 휘의 신형이 안개처럼 흩어진다. 일시에 나타난 다섯의 환영. 그 다섯이 또다시 스물다섯으로, 스물다섯이 다시 일백스물다섯으로, 찰나간에 변화가 계속되더니, 어느 순간 휘의 신형이 사라져 버렸다.

그리고 오 장 허공에 거대한 주먹 하나가 둥실 떠올랐다.

콰아아아아!!

천붕(天崩) 일권!

콰아앙!

혈령천마인과 천붕이 정면으로 부딪쳤다!

붉은 혈령천마인이 산산이 부서지고, 천붕의 거대한 주먹이 조각조각 갈라졌다. 부서진 기의 파편이 천지사방으로 터져 나간다.

"이런 미친놈들!"

멀뚱하니 허공을 바라보고 있던 무음살마제가 대경하며 뒤로 미끄러졌다. 동시에 모닥불이 기의 파편에 휩쓸려 허공으로 비산한다. 허공에 불꽃놀이가 펼쳐졌다.

휘의 경고성에 뒤로 물러났던 적인풍 등은 아연한 눈으로 허공을 쳐다보았다. 그러다 밀려오는 기세에 분분히 오 장여를 더 물러섰다.

신형을 뒤집으며 훌훌 날아 내린 혈영마신이 경악한 표정으로 휘를 바라보았다. 검을 쓴다 들었는데 맨손으로 자신을 상대하는 것이 아닌가. 대체 뭐 저런 놈이 있단 말인가?

'으음……'

내장이 울렁거린다. 가공할 권력에 혈령마기가 흔들린 듯하다.

"검을 쓴다 들었는데……"

끝내 참지 못하고 혈영마신이 물었다.

반대편으로 날아 내린 휘가 숨을 한 번 들이키고는 담담히 입을 열었다.

"꼭 검만 쓰라는 법은 없지요. 마음에 안 드십니까? 그럼 이것 한 번

받아보시지요."

훈들, 신형이 좌우로 흔들리는가 싶자 휘의 신형이 바람 속으로 녹아든다. 찰나간에 십 장의 거리가 오 장으로 줄어들었다.

보이지 않는 빠름, 감지할 수 없는 변화, 휘의 선공에 혈영마신의 혈기가 거세게 흔들렸다. 그리고 분노에 찬 일갈이 터졌다.

"감히!!"

하지만 혈영마신은 더 이상 입을 열 수가 없었다. 눈앞에서 선홍빛 기운이 뭉치고 있었다. 이 장 앞에 이른 선홍빛 기운이 한 송이 붉은 혈련화를 피워낸다.

아름답기 그지없는 혈련화, 광량화였다.

광량화를 마주한 혈영마신의 눈이 부릅떠졌다. 전신을 감싼 혈운이 거세게 용틀임친다.

"놈!!"

대갈이 터지더니 혈운 속에서 일곱 개의 핏빛 수영이 번개처럼 튀어나왔다.

무음살마제는 두 사람의 경천동지할 대결을 바라보다 말고 눈을 돌려 적인풍 등을 바라보았다. 그리고 얼음판을 지치듯 걸음을 옮겼다.

무음살마제의 움직임을 제일 먼저 감지한 것은 영등이었다.

영등은 모닥불이 비산하며 함께 날아간 정체 모를 고깃덩어리가 나뭇가지에 걸쳐 있는 것을 주시하고 있었다. 휘의 싸움이야 '설마 저 무지막지하게 강한 시주가 지랴' 하는 마음으로 그다지 신경을 쓰지 않았다. 그의 신경은 오직 고기, 그것도 알맞게 잘 구어진 고깃덩어리에 있었다. 그러던 차에 무음살마제가 유령처럼 몸을 움직여 자신들에게 다가오는 것을 본 것이다.

"저 노시주가 우리에게 오는군요."

영등의 말에 적인풍이 무음살마제를 바라보았다.

'누군가? 혈영마신과 같이 다니는 사람이라면 결코 예사 인물이 아니다.'

문득 혈영마신과 친구처럼 지내던 모습이 떠오른다. 그렇다면…….

'맙소사! 저 노인도 결코 혈영마신의 아래가 아닐 것이다.'

그런 그가 자신들에게 다가오는 목적이라면?

"모두 조심해! 저 노인이 우리를 노린다!"

창! 차창!

일갈이 떨어지자마자 도검을 빼든 팔 인이 무음살마제를 향해 투기를 내뿜었다.

콰앙! 콰과과광!

광량화가 일곱 개의 핏빛 수영을 부수며 사그라졌다. 하지만 받은 충격은 적지 않은지 혈운에 감싸인 혈령마신의 신형이 주르륵 뒤로 일 장을 밀려갔다.

"크음……. 굉장하군……."

휘 역시 세 걸음을 물러선 채 침중해진 눈으로 혈령마신을 바라보았다.

"노인장 역시……."

팔성의 내력을 끌어올려 펼친 광량화로도 그저 약간의 이득을 봤을 뿐이다. 하지만 상대 역시 전력을 다 하지는 않았을 터.

더구나 둥근 얼굴의 노인이 적인풍 쪽으로 다가가자 적인풍의 다급한 외침이 들린다.

'머뭇거릴 시간이 없다. 저들의 실력으로는 저 노인을 막을 수 없어!

좋아! 누가 이기나 해보자!'
 츠르르릉…….
 만양이 천천히 뽑혀 나왔다. 요요로운 연붉은 빛이 햇살에 반사되어 보는 이의 눈을 사로잡는다. 찰나!
 "타아앗!"
 휘의 입을 뚫고 낭랑한 기합 소리가 터져 나왔다. 혈령마신은 난데없는 기합 소리와 함께 휘의 신형이 보이지 않자 고개를 쳐들어 하늘을 올려다보았다.
 번쩍! 쩌어억!
 순간, 눈에 들어오는 것은 한줄기 붉은 번개! 단천락!
 전력을 다한 일격!
 예전과는 비교할 수도 없는 위력이 담긴 붉은 번개에 하늘이 갈가리 갈라지고 있다.
 혈령마신의 신형도 허공으로 솟구쳤다.
 피하려 해도 피할 곳이 없다. 그렇다면 정면 승부뿐!
 손을 내뻗자 시뻘건 혈령천마인이 내려쳐지는 번개에 정면으로 부딪쳐 간다.
 짜자자자작!
 일순간에 올려친 혈령천마인과 단천락이 부딪치며 대기를 벌겋게 찢어발겼다. 하늘을 가르던 번개가 주춤거리며 부서진다. 그러자 혈령마신이 핏빛 구름으로 회헤 휘를 덮쳐 간다.
 한데 그때였다.
 부서지며 비산하던 붉은 강기들이 허공에 하나로 뭉친다. 뭉친 강기들이 만양의 검첨에 매달렸다.
 휘는 만양의 검첨에 쟁반처럼 둥근 강기가 뭉치자 일성(一聲)을 내지르며 만양을 떨쳤다!

"폭. 멸. 혼! 가라!!"

콰아아앙!

"흡!"

혈운 속에서 대경한 혈령마신의 다급성이 흘러나왔다.

혼신의 내력을 끌어올린 혈령마기를 바늘 같은 검강 다발이 뚫고 들어오는 것이다. 다급히 시뻘건 두 손을 빠르게 휘둘러 검강 다발의 침습을 막아보지만, 적지 않은 수의 검강이 이미 혈령천마인의 벽을 뚫고 몸을 때리고 있었다.

극쾌에 가공할 위력!

두두두둥! 파앗!

"크윽!"

혈영신법을 최대한 발휘해 몸을 빼낸 혈령마신의 입에서 고통에 찬 신음이 흘러나왔다. 하지만 그는 또다시 눈을 부릅뜨고 하늘을 올려다봐야만 했다.

"이… 이 지독한 놈!"

혈령천마인의 벽과 부딪친 반탄력을 이용해 십오 장 허공에까지 치솟은 휘가 떨어져 내리고 있었다. 한 번 잡은 선수로 모든 것을 끝장내겠다는 듯이!

휘는 오보천천의 절정 부동환(不動幻)을 펼쳤다. 극한의 변화는 결국 움직이지 않는 것처럼 보이는 것. 안개처럼 흩어져 있던 휘의 신형이 하나로 모이고, 입가에 피조차 보이는 악 다물린 입에서 일성이 터졌다!

"이것도 받아봐!!"

고오오오오…….

그것은 하나의 점이었다. 주먹만한 선홍빛 붉은 점! 마치 폭멸혼으로 터져 나간 검강 다발을 다시 하나의 점으로 모아 놓은 듯하다. 귀천무종(歸天無終)! 광섬사결의 최후초식이었다!

일 수유의 순간, 혈령마신은 붉은 점이 눈앞에 보인다 느꼈다.

'이… 이건 피할 수가 없다. 도대체 어떻게 이런 무공이……!'

부동환의 만변무변이 귀천무종에도 영향을 미치고 있었다.

혈령마신은 본능적인 몸부림으로 극한의 혈령마기를 끌어올린 채 혈령마벽(血靈魔壁)을 펼치며 몸을 틀었다. 찰나! 가슴에 붉은 점이 달라붙는다 느껴진 순간!

퍽!!

"끄헉!"

붕 떠서 날아간 혈령마신의 신형이 삼 장 밖으로 나가떨어졌다.

"쿨럭! 웩!!"

벌떡 일어서던 혈령마신 염가왕의 허리가 새우처럼 구부러지더니, 한 사발의 선홍색 핏덩이가 대지를 적셨다.

"이… 이런…… 어이없는……. 웩!"

그리고 끝내…… 다시 피를 토해낸 염가왕의 무릎이 대지에 꿇려졌다.

하지만 휘는 그런 염가왕을 더 다그칠 정신이 없었다. 전력을 다한 연속 공격을 무리하게 펼치는 바람에 내력이 들끓어오르지만, 날뛰는 내력을 바로잡을 시간도 없었다.

그 시간이면…… 다른 사람들 모두가 죽기에 족한 시간인 것이다.

휘는 땅에 내려서자마자 뒤쪽으로 빗살처럼 쏘아져 갔다. 날아가며 풍령의 기운을 휘돌렸다. 이제 믿을 수 있는 것은 오직 하나, 가슴에 스며 있는 풍령신주가 들끓어오르는 천양과 지음의 기운을 다스려 주기만 바랄 뿐이다.

적인풍은 믿을 수가 없었다. 설마 자신이 이토록 약할 것이라고는 한 번도 생각해 본 적이 없었다.

칠패의 주인이라 해도 십 초는 견딜 수 있을 거라 생각했었다. 천하의 그 어떤 고수도 자신을 십 초 안에 거꾸러뜨리지는 못할 거라 생각했었다.

그런 마음에 다른 사람들을 뒤로 물리고 자신이 혼자 대적해 봤다.

그런데…… 단 삼 초도 받아내지 못하고 가슴이 길게 갈라지고 말았다. 그나마 마지막에 당홍과 영호련이 옆에서 도와주었기에 목숨을 건질 수 있었다. 대신 영호련이 가볍지 않은 상처를 입고 말았다.

유령 같은 신법, 악마의 이빨 같은 한 자 길이의 휘어진 만도를 휘두르는 노인이 사람 같지 않게 보일 지경이다.

"늙은이! 도망만 다니지 말고 나랑 붙자니까!!"

초평우가 미친 듯이 소리치지만 그것 역시 허장성세일 뿐이다. 유령 같은 몸놀림으로 다섯 사람을 상대하는 노인은 여전히 상처 하나 입지 않고 있다. 오히려 자신들은 상처를 입지 않은 사람이 없거늘.

특히 배기담은 한쪽 팔이 반쯤 잘린 채 한쪽에 주저앉아 있는데, 내상마저 심상치 않아 창백해진 표정이 절망으로 물들어 있다.

단단한 껍질만 믿고 노인의 만도에 몸을 디밀었던 영등도 자신의 갈라신 허리를 넋 잃은 채 바라보고 있다. 그의 단단하기 그지없는 외피도 노인의 만도에 힘없이 갈라져 버린 것이다, 천만다행으로 깊게 갈라지지 않아 목숨은 건졌지만.

어느 순간 적인풍의 고개가 모로 꺾어졌다. 문득 어릴 때 사부에게 들었던 한 사람의 별호가 생각이 난 것이다.

'유령 같은 신법, 악마의 만도. 설마, 무음…살…마제……?!'

"켈!"

무음살마제가 괭한 웃음을 토해내곤 흐느적거리는 몸짓으로 초평우에게 다가간다. 풍인강이 번갯불을 토해내며 진천검을 휘두르지만, 그의 검으로는 무음살마제의 옷자락 하나 잘라내지 못하고 있다.

"으아아! 죽어라! 늙은이!!"

"차앗! 오오옷!!"

"조심해! 늑대!!"

초평우가 미친 듯이 광풍도를 휘두른다.

풍인강이 뒤따라가며 진천검을 내지른다.

당홍이 찰나간의 틈을 찾기 위해서 눈을 부릅뜨고 있다.

웅경이 허공을 격하고 격공권을 날린다. 하지만 어느 누구도 무음살마제의 그림자조차 잡지 못하고 있다.

적인풍이 경각심을 주기 위해 다급히 외쳤다.

"조심해라! 그는 무음살마제다!!"

스윽!

적인풍의 외침을 뒤로하고 무음살마제의 만도가 허공을 가른다.

"윽!"

미친 듯이 달려들던 초평우가 급급히 물러섰다. 얼굴에서 뜨뜻한 핏물이 느껴진다. 그러나 상처에 대한 고통을 느낄 사이도 없이 뿌연 그림자가 당홍에게 몰려가는 것이 보이자 다시 광풍도를 치켜들었다.

"안 돼! 당홍, 피해!!"

따다당! 사삭!

"훗!"

어찌할 사이도 없이 당홍의 가슴 부위가 길게 벌어졌다. 선혈이 옷을 스미고 솟아오른다. 초평우는 미칠 것 같은 기분에 무음살마제를 향해 달려들었다.

"으아아아!! 때려죽일 늙은이!!"

혼자서는 어림없다는 것을 알지만 그의 마음은 그런 것을 따질 정신이 없었다.

'감히 당 낭자의 가슴에 상처를 내다니! 내가 죽더라도 네놈을 죽이겠다!!'

"초 형님! 위험해!!"

풍인강이 대경하며 소리쳤다.

휘는 초평우가 혼자서 무음살마제에게 달려들자 허공을 날아가며 만양을 내뻗었다.

상대는 혈령마신에 버금가는 절대고수, 그가 마음먹고 실수를 펼친다면 초평우가 일격이나마 받아낼 수 있을지 장담할 수가 없다. 지금까지는 다른 사람과 합공을 해서 그나마 버틴 것일 뿐.

"초 형! 풍 형! 물러서요!!"

내뻗은 만양의 끝에서 천홍이 선홍빛으로 맺혔다.

초평우가 휘의 일갈에 자신도 모르게 멈칫하는 사이 천홍이 만양의 검첨에서 튕겨졌다. 붉은 화살이 되어!

화아악!

쏘아져 가던 천홍이 붉은 혈련화를 피워냈다.

혈련화가 덮쳐들자 무음살마제의 신형이 허공으로 날아올랐다. 그러자 쏘아진 살처럼 날아가던 혈련화가 무음살마제를 따라 허공으로 솟구친다.

"엇?"

그제야 무음살마제의 입에서 놀란 경호성이 흘러나왔다. 설마 방향까지 바꿀 줄은 생각도 못한 듯하다.

　붉은 꽃송이가 자신을 따라 날아오르자 무음살마제의 만도가 허공을 난자했다.

　쩌저저적!

　잘게 부서지는 혈련화를 바라보며 휘는 만양을 무겁게 털어냈다. 순간, 휘의 신형이 사라지고 허공에는 만양에서 생겨난 아홉 송이의 붉은 혈련화만이 가득 찼다.

　최근에야 펼칠 수 있게 된 천심화였다!

　휘는 목구멍 가득 차 오르는 선혈을 꿀꺽 삼켜 버리고 이를 악물었다. 승부를 길게 가져갈 수 없다. 일격에 타격을 주고 승기를 잡아야 한다!

　화르르르…….

　아홉 송이의 꽃송이가 회오리처럼 휘돌더니 흐릿한 무음살마제의 그림자를 에워쌌다.

　"허엇!"

　무음살마제의 입에서 당혹한 쇳소리가 새어 나왔다.

　자신의 장기인 신법을 펼칠 공간이 막혀 버렸다. 전후좌우 상하 어디에도 빠져나갈 틈이 없다. 그런데다 중앙에 떠 있던 한 송이 커다란 선홍빛 혈련화가 요요로운 빛을 뿜어내며 가슴으로 달려들고 있다.

　무음살마제의 머리카락이 하늘로 솟구쳤다. 당혹과 분노로 점철된 만도가 천지사방을 향해 휘둘러졌다.

　스스스스…….

　부서지고 부서지고, 잘라지고 으스러진다. 붉은 꽃잎이 하늘 가득 너울거린다.

　하지만 그토록 강력한 일도로도 마지막 한 송이 혈련화만은 부수지를 못했다.

퍼어억!!

"으음……."

가느다란 신음성을 흘리며 무음살마제의 신형이 빠르게 튕겨진다. 그러자 휘의 신형이 안개처럼 흩어지는가 싶더니 찰나간에 무음살마제의 앞에 나타났다. 순간, 붉은 번개가 치더니 허공이 열십자로 갈라져 버렸다. 단천락과 절혼광이 동시에 펼쳐진 것이다!

쩌저적!

"크윽!!"

"으음……."

또다시 뒤로 튕겨진 무음살마제를 바라보는 휘의 눈이 가늘게 떨렸다.

산발한 머리, 어깨에서 뿜어진 핏물이 가슴을 적시고 있는 무음살마제가 보였다. 그가 눈을 부릅뜨고 자신을 응시하고 있다, 행여나 또다시 달려들까 봐 만도를 치켜세운 채.

그의 옆에는 혈령마신 염가왕이 새우처럼 몸을 웅크리고 고개를 쳐들고 있다.

마지막 일격만 더하면 끝장을 낼 수 있을 것도 같다. 그러나 두 사람이 같이 손을 쓴다면, 자신 역시 치명적인 부상을 각오해야 한다. 자칫하면 한동안 움직일 수 없을지도 모른다.

또는 죽을 수도…….

그것만은 절대 안 된다. 그러면 연연이는 누가 구한단 말인가?

휘는 치솟는 기운을 지그시 누른 채 나지막이 가라앉은 목소리로 입을 열었다.

"끝을 보고 싶으면 덤비시오!"

천근만근 무겁게 짓누르는 휘의 말에 무음살마제의 안면이 푸들거린다.

언제 자신에게 이런 상황이 닥칠 줄 상상이나 해봤던가. 누가 감히 자신에게 저런 말을 할 수 있단 말인가?
그럼에도 되받아칠 수 없는 자신이 한심하기만 하다. 젠장!
"흥! 네놈도 정상은 아닐 텐데?"
기껏해야 상대의 약점을 물고 늘어지는 말을 할 수 있을 뿐이다.
"확인하려면 덤비라 했잖소!"
"이, 이… 네놈이 감히……!"
"덤비기 싫으면 가시오. 나도 바쁘니까."
"……."
가라고? 바쁘니까 그냥 가라?
"이 시건방진……."
붉으락푸르락하는 표정으로 씨근덕거리던 무음살마제는 문득 드는 생각에 옆을 바라보았다.
혈령마신의 입가로 선홍빛 핏물이 흐르고 있다. 게다가 잔뜩 일그러진 고통스런 표정, 아마도 선천지기조차 타격을 입은 듯하다. 자신에게 일어난 일을 아직도 믿지 못하겠는지 입을 열지 못하고 있다.
서서히 무음살마제의 표정이 차분하게 가라앉았다.
처연한 혈영마신의 눈빛을 보니 자존심을 지키기 위해 계속 싸운다는 것이 아무런 의미도 없게 느껴진다. 게다가 다시 싸운다 해서 이긴다는 보장도 없다. 잘해야 동귀어진, 박살나지 않으면 그나마 다행일 것이다.
상처 입은 어깨가 우신거리자 씁쓸한 마음에 한숨만 새어 나왔다.
'다 늙어서 호승심은 무슨…… 대체 이게 무슨 짓인지…….'
"후우……. 좋아. 우리는 물러가지. 한데……."
무음살마제가 궁금한 표정으로 입을 열었다.
"혹시, 오보천환인가?"

조금은 떨리는 음성이다.

"놀랍군요. 오보천환을 알아보시다니."

"진짜 오보천환이라고? 오보추혼 이명각하고…… 아니지, 오보천살 이진생하고는 어떤 사이지?"

무음살마제가 놀란 목소리로 물어왔다.

"그분은 저에게 아저씨뻘이 되지요."

"아저씨라고? 그는 오래전에 죽었다 들었는데?"

"혈령마신도 살아 있고 귀하도 살아 있지 않소?"

"…지금도 살아 있나?"

"물론이오."

'내 마음속에 살아 있소.'

"그런가? 그렇군. 크크크……. 결국 나의 무음신행으로는 오보천환의 벽을 넘을 수 없는 것인가? 오십 년을 노력했거늘……."

무음살마제는 처연한 음성으로 웅얼거리며 힘없이 돌아섰다. 그리고 혈령마신을 부축하고는 휘를 바라보았다.

"이 친구가 한 약속은 지켜야겠지. 나와 이 친구는 구정마원의 아홉 원로 중 둘이다… 내가 해줄 수 있는 말은 거기까지 뿐이야. 나머지는 네가 알아내도록 해라."

무음살마제가 혈령마신을 떠메고 떠나갔다. 하지만 그가 던져 준 충격은 작지가 않았다. 그 충격으로 산신각 앞 공터에 잠시 침묵이 흘렀다. 그러다…….

"세상에! 저런 고수가 아홉이라고? 아니지, 하나가 무너졌으니 이제 여덟인가……?"

휘가 고개를 저으며 입을 열자 그제야 여기저기서 신음이 흘러나왔다.

"당홍! 괜찮아?"

재빨리 당홍에게 다가간 초평우가 분노에 몸을 떨었다.

"나쁜 놈의 늙은이! 비겁하게 여자의 가슴을 공격하다니! 아무리 튀어나와서 베기가 좋다고 해도 그렇지, 어디서……."

"늑대… 조용해……."

한쪽에선.

"영호 낭자, 피가 너무 많이 흘렀소. 금창약이 어디 있더라?"

풍인강도 그답지 않게 냉정을 잃어버렸다. 그때!

"배 대주……."

휘의 목소리가 조용히 울리자 모두가 입을 다물고 한쪽을 바라보았다. 배기담이 소나무에 등을 기대고 앉아 있었다. 그의 주위로는 시뻘건 핏물이 가득했다.

휘가 명문혈을 통해 내력을 집어넣자 배기담의 눈이 가늘게 뜨였다. 동공이 풀어진 눈동자가 휘를 향하고.

"문주님……. 그르륵. 사는 것처럼… 살았는데… 형제들을…… 그륵……."

안간힘을 짜내 입을 열던 그의 머리가 천천히 기울어지고 있다.

"배 대주!"

배기담의 명문을 통해 내력을 집어넣던 휘는 이미 배기담의 혼이 육신을 떠나가고 있음을 알 수 있었다. 팔이 잘려 너무 많은 피를 흘린 데다, 내장마저 조각나서 산다는 것 자체가 기적을 바라는 일이었다.

모두가 말을 잊고 배기담을 바라보았다.

그가 웃고 있다. 죽어가는 사람이 웃고 있는 것이다. 그것이 모든 사람의 가슴을 더욱 아프게 하고 있었다.

그때였다.

"문주, 문주는 할 일이 있잖소. 몸을 추스르시구려."

적인풍이 어깨에서 가슴까지 이어진 상처를 옷으로 대충 싸매고 굳은 표정으로 휘에게 말했다.

다른 사람들은 미처 느끼지 못하고 있지만 그만은 알 수 있었다, 휘의 내상이 결코 가볍지 않다는 것을.

가만히 서서 배기담의 웃는 얼굴을 바라보던 휘가 천천히 고개를 끄덕였다.

슬픔은 슬픔이고, 해야 할 일은 해야 할 일이다. 그리고 그가 해야 할 가장 급한 일은 몸을 추스르는 일인 것이다.

휘는 아무런 말도 없이 그대로 서 있던 자리에서 가부좌를 틀고 앉았다. 그러자 다른 사람들도 말없이 각자의 상처를 돌보기 시작했다.

들끓어오른 기운을 억지로 눌러 놓아서인지 운기가 순조롭지 않았다. 하지만 휘의 내력은 다른 사람의 내력과는 기운의 근원 자체가 달랐다. 그래선지 운기로 상처를 치료하는 방법도 다를 수밖에 없었고, 또한 치유되는 속도도 남달랐다.

천양을 일깨워 상처 입은 혈맥을 다스리고, 지음의 기운을 일으켜 다스려진 혈맥을 쓰다듬는다.

풍령신주를 얻기 전 같으면 두 기운이 충돌을 일으키는 바람에 감히 시도할 수 없는 일이었지만, 풍령신주를 얻은 이후로는 그런 걱정을 할 필요가 없었다.

두 가닥 기운을 마음껏 끌어내 치유에 전념한 지 한 시진, 휘의 몸 주위를 맴돌던 붉고 하얀 기운이 안개가 스며들 듯 휘의 전신 모공으로 빨려 들어갔다.

그러고도 일각이 더 지나서야, 휘가 천천히 눈을 떴다.

완전치는 않지만 칠팔성 정도는 회복이 된 듯하다. 시간이 더 지나면 그럭저럭 구성 이상의 내력을 회복할 수 있을 것이다. 하지만 워낙 충격이 심해서 완전히 정상이 되기에는 족히 이삼 일은 더 지나야 할 것 같다. 문제는 그럴 여유가 없다는 것이다.

안타까운 마음을 속에 눌러 놓고 주위를 둘러보았다.

그런데…… 자신을 빤히 바라보는 사람들의 시선이 어째 이상하다.

"왜 그러십니까?"

"예? 아, 아닙니다."

초평우가 급히 고개를 돌리더니 하늘을 바라보고, 풍인강은 태연한 표정으로 자신의 진천검을 쓰다듬는다, 눈알은 휘를 향해 최대한 돌리고.

힐끔거리는 눈빛이라도 숨기고 모르는 체하든지 할 것이지…….

'그런데 왜 웃음을 참지 못하는 표정이지?'

하지만 다 그런 것은 아니다. 당홍처럼 궁금함을 참지 못하는 사람도 있다.

"문주, 사람 맞아요?"

엥? 무슨 소리?

"하. 하. 내가 사람이 아니면, 그럼 괴물이란 말이오?"

"음, 내가 봐서는……. 생각해 봐요, 혈령마신을 무너뜨리고 무음살마제를 개 쫓듯 쫓아버린 사람이 괴물이 아니면 뭐죠? 게다가 그 얼굴까지…….."

"응?"

휘의 손이 얼굴로 올라갔다. 헛! 면사가 없다. 고개를 숙이자 무릎에 떨어져 있는 면사가 보인다.

"그건……."

휘가 구원을 바라는 눈빛으로 적인풍을 바라보았다. 그러자 적인풍이 뚫어지게 휘의 얼굴을 보며 천천히 입을 열었다.
"혈령마신과 무음살마제는 삼십 년 전에도 전설처럼 회자되던 사람들이었소. 한데 그런 그들이 한 사람에게 무너졌소. 전설이 무너졌단 말이오, 천하제일 미남 고수에게."
그리고 창백한 얼굴에 슬며시 웃음을 지으며 말했다.
"문주, 나는 문주가 사람이 아니라는데 내 전 재산을 다 걸겠소."
"……."
"큭……."
뜻밖의 농담에 영호련의 입에서 웃음이 터져 나왔다. 절대 웃을 것 같지 않던 당홍의 입가에도 슬쩍 웃음이 걸렸다. 초평우와 풍인강은 적인풍의 천하제일 미남이라는 말에도 휘의 손이 올라가지 않은 것이 신기해 웃었다.
소나무에 등을 기댄 채 죽어 있는 배기담의 입가에 서린 웃음도 더욱 짙어진 듯 보였다.
휘는 고소를 베어 물었다. 이들이 농담 같지도 않은 농담을 하는 이유를 휘가 모를 리 없다.
안내를 하던 배기담이 죽고 대부분이 부상을 당했다. 침체될 대로 침체된 지금 상황이 비록 최악은 아니지만, 그렇다고 좋은 상황도 절대 아니다. 그런데도 가야 할 길은 아직도 멀지를 않은가.
이런 상태에서 서두르다가는 실패할 확률이 높아질 수밖에 없다.
게다가 자신들의 합공을 장난하듯이 가지고 논 무음살마제, 그리고 그와 같은 고수가 여덟이나 존재한다는 구정마원을 생각하면 싸울 의욕 자체가 떨어질 판이니…… 이들은 짓눌린 자신들의 마음을 달래주기 위해 어설픈 농담이나마 하지 않을 수가 없는 것이다.
휘는 그런 이들의 마음을 알기에 결단을 내려야만 했다.

어차피 벗겨진 것, 면사를 쓰지 않고 품속에 집어넣은 휘가 단호한 목소리로 입을 열었다.
"여러분은 여기서 돌아가십시오. 납특하에는 나 혼자 가겠습니다!"
느닷없는 휘의 명령 아닌 명령에 모두의 안색이 굳어졌다.
초평우와 풍인강이 말도 안 된다는 듯 동시에 소리쳤다.
"휘 형님, 그럴 수는 없습니다!"
"휘 대형 혼자 가시는 것은 너무 위험합니다."
적인풍이 벌떡 일어서서 두 사람의 의견에 힘을 실어줬다.
"문주님, 여기까지 와서 저희만 돌아간다는 것은 말도 안 됩니다. 다시 한 번 생각해 보십시오."
휘가 적인풍을 바라보았다. 깊어진 눈은 이미 결심을 굳힌 듯 무저의 심해처럼 가라앉아 있었다.
"나에게 의(義)와 정(情) 중 하나를 포기하라 하지 마시오! 연연이가 나와 정으로 엮인 사이라면, 여러분은 나와 의로서 이어진 사람들이오. 오늘도 봤다시피 적들은 강하오. 앞으로 어떤 강자들이 나타날지 아무도 모르는 상황이오. 이런 상황에서 여러분과 같이 가는 것은 정을 구하기 위해 의를 잃을 각오를 해야만 하오. 아니면…… 의를 구하기 위해 정을 포기해야만 할지도 모르오. 그건 나에게 너무 가혹한 선택이오."
"그런 상황이 닥치면, 우리를…… 아니, 저를 포기하는 것이 당연합니다, 형님!"
초평우가 격동해 부르짖자 휘가 무거워진 눈빛으로 초평우를 바라보았다.
"초 형은 나를 동생을 구하기 위해 의형제를 버리는 파렴치한으로 만들고 싶소?"
"그, 그게 아니라……."

"만일 말이오……. 연연이의 목숨과 여러분 모두의 목숨을 바꿔야 할 상황이 온다면, 내가 어떻게 할 것 같소?"

모두가 입을 다물었다.

무어라 대답을 한단 말인가. 도저히 벌어질 상황이 아니라면 가볍게 답을 던질 수도 있을지 모르지만, 그러한 상황이 능히 벌어질 수 있다는 것을 모두가 알고 있는데.

한참만에 풍인강이 쥐어짜듯이 입을 열었다.

"형님은 저희더러 어려운 상황이 닥치면 스스로 살아남아야 한다 했지 않습니까? 대신 저희들에 대한 복수는 형님이 해주신다고 말입니다!"

"그러한 상황이 닥친다면 나는 또 그렇게 말할 거요. 그러나 지금은 그런 상황이 아니오. 그리고 만일 좀 전에 말한 그런 상황이 닥친다면…… 나는 너무나도 어려운 선택을 해야 할지도 모르오."

침묵이 숲 속을 무겁게 내리눌렀다.

휘의 말은 연연이를 포기할지도 모른다는 말이다. 어쩌면 그럴지도 모른다, 지금까지 봐온 휘의 성격대로라면. 휘는 한 사람을 구하려고 만인을 죽일 수도 있지만, 다수를 구하기 위해 한두 사람을 포기할 수도 있는 사람인 것이다.

사람들이 침울한 기색으로 말문을 닫고 있자 휘가 다시 입을 열었다.

"그리고 나 혼자 움직이면 최악의 경우라도 몸을 빼낼 수는 있으니 너무 걱정은 안 하셔도 됩니다."

하긴 혈령마신을 무너뜨리고, 신법으로 천하제일을 다투는 무음살 제로 하여금 고개를 숙이게 만든 사람이 도망을 간다는데 누가 잡을 수 있으랴.

끝내 초평우가 볼이 퉁퉁 부은 채로 한마디했다.

"그걸 말이라고 하슈? 형님이 도망가면 귀신도 포기하고 뒤돌아서

겠수!"

 결국 휘는 혼자 떠나기로 했다. 그렇다고 나머지 사람들이 무작정 돌아가기로 한 것은 아니었다. 어차피 모두의 부상이 심하게 움직일 상황이 아니었기에 상처부터 돌보기로 했다.
 일단 몸을 추스르고 나면 납특하 인근에 접근해서 돌아가는 상황을 파악하고 급할 경우 연락을 취하기로 한 것이다. 그것은 적인풍의 강력한 요구에 의해서 결정되었다.
 휘도 무작정 안 된다고만 할 수 없어서 그렇게 하라고 했다. 하지만 함부로 납특하에 들어와서는 안 된다는 못은 확실히 박아놓았다.

5

 깎아지른 듯한 절벽 아래 이십 채가 넘는 목옥(木屋)이 지어져 있었다.
 들락날락하는 무사들의 숫자로 대충 헤아려 보니 한 채에 대여섯 명에서 열 명 정도가 기거하고 있는 듯했다. 그렇다면 대충 헤아려 봐도 백 명이 넘는 인원이다.
 군장청은 절벽의 맞은편 숲 속에 도착하자마자 드나드는 적의인들의 행동을 유심히 살펴보았다. 다름이 아니라 상대의 실력을 가늠해 보기 위해서였다. 군장청 정도 되는 고수라면 무사들의 행동거지 하나만으로도 어느 정도 그 실력을 판단할 수 있기 때문이었다.
 "하나같이 발걸음이 가볍다. 아우, 단숨에 몰아치지 않으면 피해가 늘어날 것이다. 수하들에게 단단히 각오를 하라 해라."
 군장청의 말에 예후상이 고개를 끄덕였다. 계곡 안으로 들어오면서 보초무사들을 해치울 때부터 느꼈던 바다. 그들을 소리없이 죽이기 위해 열 명의 청심우현당(靑心友賢堂) 고수를 비롯해 군장청과 자신이 직접 나서야 했을 정도였다.

"놀랍군요. 생각보다 훨씬 강해 보입니다."

"어느 정도 손해는 감수해야 할 듯하군. 시작하지!"

군장청의 말이 끝나기 무섭게 예후상의 오른손이 올라갔다. 그리고…….

촤아아악…….

숲이 갈라지며 백이십 명의 청심장 정예 무사들이 일시에 몸을 날렸다.

선두에는 열 명의 중년인이 달리고 있다. 청심장의 빈객들인 청심우현당의 고수들이었다. 그들의 좌우로 빠르게 뒤따르는 무사들은 청심장의 네 개 기둥 중의 두 곳인 청운검대와 청명검대의 무사들이었다. 소리없이 움직임이 그들의 화후가 결코 약하지 않음을 말해주고 있다.

군장청은 이번 공격에 청심장의 힘 중 사 할 이상을 쏟아 부었다. 더하여 자신과 예후상마저 함께하고 있으니 사실상 반 이상의 힘이라 할 수도 있었다.

그가 예상외로 강한 힘을 동원한 이유는 다름이 아니었다. 자식을 죽인 원수의 피를 보기 위해서, 그리고 이 기회에 자신의 가슴속에 묻어두었던 꿈을 이루기 위해서였다.

그는 청운검대와 청명검대의 뒤를 따라가며 자납게 외쳤다.

"모두 죽여라! 한 놈도 빼놓지 말고 죽어서 정아와 동료들의 원수를 갚아라!"

무사들이 빠르게 나아간다. 그들의 굳은 표정에는 지그시 깨문 입술이 터져 나갈 정도로 비장한 각오가 새겨져 있다.

그리고 마침내, 그들이 숲을 빠져나와 목옥 앞으로 뛰어들자마자 곧바로 첫 번째 비명이 터져 나왔다.
"적이다!"
"으아악!!"
"웬 놈들이냐?!"
고함 소리와 함께 비명이 울린다.
병장기 부딪치는 소리, 살이 찢기고 뼈가 부서지는 소리가 비명 소리와 섞여 메아리친다.
그렇게 평온하던 계곡이 욕망에 물든 인간들로 인하여 지옥도가 그려지기 시작했다.

*   *   *

양관위가 이끄는 일백오십의 웅천문 무사가 평산장을 덮치자 조용하던 장원은 한순간에 아비규환이 되어버렸다.
웅천문의 무사들은 동료들의 원수를 갚기 위해 손속에 사정을 두지 않았다. 느닷없는 급습인데다 상대의 실력을 감안하고 데려온 무사들이었기에 잔마혈전 평산지부의 무사들은 제대로 저항조차 해보지 못하고 무너지고 있었다.
하지만 그것은 처음에만 그럴 뿐이었다. 시간이 갈수록 냉정을 되찾은 잔마혈전의 고수들이 자신들의 실력을 마음껏 발휘하기 시작한 것이다.
피가 뒤고 살이 찢어진다. 질려진 팔이 허공으로 튀어 오르고 발이 잘라지며 힘없이 거꾸러진다.
"아악!"
"으아악!!"
"크흑! 이놈!!"

비명과 신음이 평산장의 하늘에 울려 퍼진다.

바닥에는 적들의 피와 아군의 피로 뒤범벅되어 있다. 그것은 또 하나의 지옥도였다.

*　　　*　　　*

쩌정!!

일격을 마주친 두 사람이 이 장의 거리를 두고 마주섰다.

"네놈들은 누군데 감히 본 보를 난입한 것이냐?!"

"홍! 잔마혈전이라 했던가? 그동안 흉악한 짓을 저지르고도 잘도 숨어 있었겠다?! 어디 오늘 죽어봐라!"

"네, 네놈이 어떻게……?"

"우흐흐흐……. 지금쯤 잔마혈전인지 지랄인지 아주 사방 군데서 작살나고 있을 것이다. 그러니 네놈도 그만 죽어!"

"뭐야?!"

적의의 초로인이 대경하며 한 걸음 물러서자 상대동은 끝이 구부러진 자신의 기형도를 휘두르며 신형을 날렸다. 단숨에 상대의 목을 날려 버리겠다는 듯.

하지만 적의 무위는 결코 상대동에 비해 크게 떨어지는 실력이 아니었다, 한 수 겨룸에 조금의 이득도 보지 못한 걸 봐서는.

상대동은 자신의 기형도를 옭아매는 적의 시커먼 편(鞭)을 보고서야 자신이 상대하고 있는 자가 누군지 알 수 있었다.

"흑사마편 안궁명?"

"흐흐흐……. 그렇다. 내가 바로 안궁명이다. 네놈은 스스로 죽을 자리를 찾아온 것이다."

"죽을 자리? 우하하! 나 상대동이 흑사마편 따위에게 죽는다면 난주의 거지들도 내 얼굴에 침을 뱉을 것이다! 죽으려거든 네놈이나 뒈져!"

상대동이 대소를 터뜨리며 기형도를 옆으로 틀자 기형도가 흑편을 떨치고 미꾸라지처럼 빠져나왔다. 그때부터 상대동의 장기인 구유칠살귀도가 귀신이 춤추듯 허공을 누볐다.

하지만 상대동이 안궁명을 상대하는 사이, 구유도문의 도귀들도 급습의 이점이 사라지면서 하나둘 쓰러지고 있었다.

상대동이 무사의 자존심을 지키겠다며 안궁명과 정면 대결을 벌이면서 벌어진 일이었다.

그리고 거기서부터 계획이 살짝 어긋나기 시작했다.

6

"뭐야!!"

마극초가 벌떡 일어서더니 눈에서 불길을 뿜어냈다.

"무슨 소리야?! 지부 세 곳이 동시에 공격을 받고 있다니!"

잔살당주 요동걸은 고개를 푹 숙이고 잽싸게 말을 이었다.

"조금 전에 전서구가 날아왔습니다. 청심장이 벽상지부를, 응천문이 평산지부를, 그리고 구유귀도 상대동이 곡하지부를 습격했다고 합니다. 피해가 상당한 듯……."

"놈들이 그곳을 어찌 알고?!"

"그게……."

"네놈은 뭐 했어? 그런 대규모 병력이 움직였는데. 네놈은 뭐했난 말이다! 너! 그 시간에 계집 엉덩이 두드리고 있었지?!"

"헉! 설마요?"

'귀신같은 늙은이…….'

요동걸은 가슴이 뜨끔했지만 여전히 고개를 숙인 채 보고를 올렸다.

"진조여휘의 행방을 찾기 위해서 무사들을 동원하다 보니……."

"지금 그놈이 문제야? 우리 잔마혈전이 다 작살나게 생겼는데, 그깟 놈에게 신경 써야 돼?!"

"그러면……."

"빨리 애들 소집해! 싸그리 끌어 모아서 놈들을 추적하란 말이야! 이 멍청아!"

휙! 샥!

목침이 바람을 일으키며 귀밑을 스치고 지나간다. 그때였다.

"너…… 한 번만 더 피하면……."

"헉!

요동걸의 눈이 더할 수 없이 커졌다. 미치광이 전주 마극초가 천 근이 넘는 커다란 청동향로를 머리 위로 들어올리고 있었다.

'저, 저 미친…… 아예 죽이겠다는 말이잖아?'

요동걸이 놀라든 말든, 마극초는 시뻘게진 얼굴로 으르렁거렸다.

"아예 포를 만들어서 내년 네 제사상에 올려놓을 거다!!"

"위대하시고 영명하신 전.주.님! 용서를!"

휙! 빡!

'크헉!'

끝내 요동걸의 이마는 투척용 목침에 무참히 깨지고 말았다. 그나마 다행이었다, 향로가 안 날아온 것이.

"빨리 가서 놈들을 추적해!"

"예이……."

'씨발, 조또! 확! 똥물에 튀겼다가 다시 똥통에 석 달 열흘을 담가놓아

과거의 전설과 새로운 전설이 **만나다** 111

도 시원치 않을 놈의 새끼! 무공만 어지간해도 당주 서넛이 모여서 작살을 내버리는 건데, 다섯이 모여도 가망이 없으니……. 내가 어쩌다 이런 거지발싸개 같은 곳에 들어와서……. 크흑!'

눈물이 앞을 가린다. 나이 마흔다섯에 엿 같은 상관을 만나 목침에 머리나 깨지고 다녀야 하다니……. 그래도 속으로나마 한바탕 욕을 퍼붓고 나니 속이 조금은 시원해진다.

요동걸이 슬쩍 눈물을 닦으며 잔마혈전의 본당을 나설 때였다.

"전주님!"

한 명의 중년인이 구르듯이 안으로 들어왔다.

"또 뭐야?!"

"궁에서 손님들이 오셨습니다!"

"뭐야? 이런! 하필 이런 때……."

그때였다.

"뭐가 하필 이런 때란 말이오?"

묵직한 음성이 잔마혈전을 울렸다. 음성의 주인은 삼십대 초반 정도로 보이는 자였다. 눈보다 더 하얀 백의를 입은 백의인은 잔마혈전을 들어오며 마극초를 향해 다시 물었다.

"묻지 않소?"

마극초는 머릿속에서 불길이 솟는 것만 같았다. 열받은 머리가 식지도 않았는데, 나이도 새파란 놈이 다시 불을 지피는 것이 아닌가.

"네놈들은 누구냐?"

마극초의 일갈에 대답은 백의인의 뒤에서 들려왔다.

"네놈들? 저놈이 방금 분명히 '들' 이라고 했지?"

"분명 그렇게 들었어. 저놈이 완전히 미친 모양이야."

늙수그레한 음성이었다. 그것도 두 명의 음성. 마극초는 작심했다.

'오늘 오랜만에 피 맛을 보리라! 내 웬만하면 늙은이의 피는 보려 하지 않았는데, 어쩔 수 없지!'

마극초가 눈을 부릅뜨고 소리쳤다.

"어떤 늙은 놈드ㅡ드. 으.으.으……."

한데 일순간, 대갈을 터뜨리던 마극초의 두 눈이 튀어나올 정도로 커졌다.

부들부들……. 덜덜덜…….

전신은 학질이라도 걸린 듯 부들부들 떨렸다. 백의인의 좌우로 어슬렁거리며 걸어나오는 두 명의 땅딸막한 노인을 보면서부터였다.

두 명의 노인 중 붉은 도관(道冠)을 쓴 땅딸막한 노인이 고개를 모로 꼬며 말했다.

"너 어디 아프냐? 그러게 뭐하러 골치 아픈 전주를 한다고 지랄을 떠냐. 쯔쯔쯔……."

그러자 푸른 도관을 쓴 땅딸막한 노인이 말했다.

"지금 그게 문제야?! 저놈이 분명 '들' 이라고 했단 말이야!"

"청도(靑道)야, 제자 놈이 오랜만에 본 스승을 몰라볼 수도 있지, 뭘 그러냐."

"흥! 스승을 몰라보는 놈은 적어도, 한쪽 팔, 한쪽 다리를 부러뜨려야 돼! 홍도(紅道), 너는 너무 마음이 약해서 탈이야."

"너무 그렇지 마라. 떠는 게 불쌍하잖아. 그냥 손가락만 부러뜨리고 말아라."

두 노인이 팔다리를 부러뜨리니, 손가락을 부러뜨리니 하며 옥신각신하자 전각을 나서던 요동걸은 발이 꼬여 넘어질 뻔했다.

'마… 맙소사! 저 미치광이 전주의 사부라고? 이거… 이대로 도망가

버릴까? 가만? 그래도 미치광이 뼈다귀 부러지는 것은 구경하고 가야겠지? 크크크…….'

그때였다. 전각을 뒤흔드는 굉량한 음성!
"스승님! 옥체 평안하셨는지요!!"
빡!
엎드린 마극초의 이마에서 불똥이 튀었다. 청도의 손에 들린 한 자 반 길이의 황금색 봉이 허공을 날아 마극초의 이마를 때린 것이다.
"흠… 피하지 않는 것이 그래도 조금은 공경의 마음이 남은 것 같긴 하군."
되돌아온 봉을 손에 쥔 홍도가 백의인을 돌아보았다.
"삼공자, 이제 물어보시구려."
하지만 홍도의 말을 들은 마극초의 안색은 흙빛으로 물들었다.
삼공자라니, 천하에 무서울 것이 없는 괴물, 혼원쌍도가 공자라 칭할 사람이 누가 있겠는가. 마극초도 그 정도 머리는 굴릴 줄 알았다.
"삼가, 잔마혈전의 마극초가 천궁의 삼공자를 뵈오이다!!"
삼공자라면? 바로 그였다.
철.군.명!
그가 마침내 사십사 일간의 극마동 수련을 마치고 신마천궁을 나서서 본격적인 행보를 시작한 것이다.

한편, 밖에서 마극초의 팔다리든, 손가락이든 부러지기만을 기다리고 있던 요동결은 이를 부드득 갈며 뒤돌아섰다.
'쓰벌 놈! 들! 그러고 보니, 그 국물에 그 건더기였어! 미친놈 지랄 같은 짓거리를 어디서 배웠나 했더니…….'

결국, 요동걸의 소원대로 팔다리가 부러지지는 않았지만, 홍도에게 이마를 다섯 대 더 얻어맞은 후에야 마극초는 철군명에게 자신이 들은 사실을 털어놓았다.

"감숙의 삼대세력이 동시에 지부를 공격했단 말이오?"

"그렇습니다."

"그동안 아무런 대처도 못하던 자들이 느닷없이 세 군데를 동시 공격했다?"

"저도 그것이 좀 이상해서 즉시 조사하라 했습니다만……."

눈살을 찌푸리고 생각에 잠겨 있던 철군명이 일각만에 다시 물었다.

"진조여휘는?"

"그게……."

요동걸에게 들은 사실을 그대로 털어놓자 철군명의 시선이 싸늘하게 굳어졌다.

"결국 그의 행방을 놓쳤단 말이군."

"놓친 것까진 아니고… 분명 탁록으로 향하는 하하로 간 것은 확인을 했습죠."

"그들이 하하를 지난 다음의 행로에 대해선 조사해 보았소?"

"청해로 넘어오는 비흘령을 들어선 것까지 보고가 들어왔습니다."

"으음……."

비흘령을 들어섰다면 탁록으로 향한 것이 분명하다. 그런데 왜 이리 불안한 것일까.

"혹시… 납특하 쪽의 소식은 따로 들어온 것이 없소?"

"그쪽에선 아직 놈들의 흔적을 발견치 못했습니다."

"공격당한 곳 중에 곡하가 있다 하지 않았소? 곡하와 납특하는 무인들의 걸음으로 하루거리도 안 되는 곳이 아니오? 그런데 곡하의 지부를 공격한 놈들이 납특하의 지부를 모른다는 것이 말이 되오?"

"아직 발견 못했을 수도······."

"그래도 혹시 모르니 납특하에 연락을 취해 인질을 다른 곳으로 옮기라 하시오."

"알겠습니다, 삼공자."

마극초의 대답은 들은 척도 않고 철군명은 혼원쌍도를 바라보았다.

"내일 바로 탁록으로 출발해야겠습니다. 아무래도 진조여휘의 움직임이 마음에 걸립니다."

철군명이 자리에서 일어서자 마극초가 미적거리며 입을 열었다.

"저··· 진조여휘와 청심장의 군장청이 군장청의 아들인 군호정의 죽음 때문에 한 번 만난 적이 있었습니다만······."

딱!

다시 청도의 황금색 봉이 허공을 날았다.

"그걸 왜 이제 말하는 거야! 이 멍청한 놈아!!"

"그 후론 만나지 않았기 때문에 그랬습죠!"

"어쭈? 너 지금 게기는 거냐?"

"저도··· 이제 환갑이 다 되었······."

퍽!

"끄억!"

"나이만 먹으면 다냐? 정신연령은 스물도 안 되는데!"

'그러는 사부들 정신연령은 열 살도 안 되잖아!'

목구멍까지 치밀어 오르는 말을 안으로 씹어 삼킨 마극초는 생전 처음으로 부처에게 소원을 빌어봤다.

'부처 양반, 당신이 정말로 있다면, 저 늙은이들 이달이 가기 전에 꼭

지옥으로 인도하슈! 그럼 내 당신을 믿겠수!'
 마극초가 간절한 마음으로 부처를 찾을 때다. 철군명이 다시 자리에 앉으며 은은한 마광이 일렁이는 눈빛으로 마극초를 직시했다.
 "천천히… 자세하게 말해보시오, 마 전주. 처음부터, 사소한 것이라도 빼놓지 말고."

 잔마혈전의 하늘로 한 마리 전서구가 떠올랐다. 전서구는 잔마혈전의 전각을 한 바퀴 돌더니 북쪽으로 방향을 잡고 빠르게 날아갔다. 그리고 전서구가 날아간 지 한 시진도 되지 않아 잔마혈전에서 하루를 머물겠다던 철군명과 혼원쌍도를 비롯한 십여 명이 잔마혈전을 떠나갔다.
 그들이 떠나가자 마극초는 요동결에게 큰 소리로 명을 내렸다.
 "요동결! 소금 한 가마니 가져 와! 아낌없이 모두 뿌려!!"

4장
눈이 안 보이니 보이는 것

1

납특하(拉特河).

청해성 남동부, 아니마경산맥(阿尼瑪卿山脈)을 휘돌아 협곡 사이를 구불거리며 빠져나온 황하의 싯누런 황톳물이 호호탕탕 설원을 가로질러 달리기 시작한다.

황하 건너에는 만년설을 머리에 인 아니마경산맥(阿尼瑪卿山脈)의 이만척 준봉들이 황하의 거친 물결과 어깨를 나란히 한 채 천 리를 질주하고, 몰아닥친 추위로 목동들의 피리 소리가 사라진 대평원에는 먹이를 찾는 이리들의 울음소리만이 을씨년스럽게 울리고 있다.

상현달 은빛 물결에 눈 덮인 평원이 은비단을 깔아놓은 것만 같다.

짐승의 발자국만이 점점이 찍힌 고요한 설원의 끝자락, 느닷없이 오십여 장을 꺾어져 내린 낭떠러지가 가는 이의 발길을 돌리게 한다.

한데 짐승조차 다가설 것 같지 않은 절벽 위, 한 사람이 오연히 서서 저 멀리 유등 불빛이 새어 나오는 마을이 보고 있었다.

"마침내…… 납득하인가?"

그의 입술을 뚫고 흘러나온 한마디에 거칠기만 하던 바람이 숨을 죽였다.

"누구도… 용서치 않을 것이다. 피를 뒤집어써야 한다면 그리할 것이다. 연연이를 구할 수만 있다면… 사부님과 사모님의 얼굴에 다시 웃음이 돌아올 수 있다면… 그대들이 나를 악마라 부른다 해도 망설이지 않을 것이다."

쏟아지던 달빛이 진저리를 치며 물러선다. 슬금슬금 다가오던 이리들이 꼬리를 말고 뒷걸음질을 치고 있다.

그리고 눈 섞인 삭풍이 절벽 위를 쓸고 지나가자, 아무도 없는 절벽 위에는 은색 달빛만이 조심스럽게 내리비추고 있었다.

2

달빛을 받으며 검은 그림자들이 빠르게 흘러간다.

간간이 새어 나오는 거친 숨결, 이글거리며 타오르는 분노의 눈빛.

이십여 명의 무사가 말 한마디 나누지 않고 쉼없이 치달린다.

얼마나 달렸을까, 완만한 언덕길의 정상에 올라섰을 때였다. 달빛 내리는 어둠 속에 마을이 보였다.

막상 마을을 눈앞에 두자, 무사들의 눈빛이 차갑게 가라앉기 시작했다.

목적지가 저 앞에 있다, 동료들의 목숨을 앗아간 잔마혈전의 비밀 지부가.

선두를 치달리던 황의인은 마을이 보이자 걸음을 늦추고 눈을 빛냈다. 뒤따르던 무사들도 서서히 속도를 늦추고 지시가 떨어지기만을 기다렸다.
저곳에서 동료들의 핏값을 받아내리라. 그리하여 구천을 떠돌고 있는 동료들의 원혼을 위로하리라.

상대동은 뒤를 돌아보았다.
눈빛에 혈기가 돌고 있다. 분노의 눈빛이다. 이제는 물러서기에도 늦었다. 죽기 아니면 까무러치기다.
'이게 바로 난주의 무사혼이다! 군장청!'
군장청은 납특하의 공격에 신중을 기하라 했었다. 그러나 수하들을 반 가까이 잃은 마당에 그러한 군장청의 충고는 상대동의 머릿속을 떠난 지 오래였다.
더구나 수하들의 눈을 보라, 복수에 불타는 눈을.
상대동은 목에 힘을 주고 무겁게 입을 열었다.
"침입과 동시에 놈들을 친다! 비겁? 그런 건 개밥으로 던져 버려라. 우리에게 필요한 것은 동료들의 원혼을 위로할 적의 모가지뿐이다!"
상대동의 말이 더해질수록 무사들의 눈빛에 광기가 돈다.
정면 대결을 고집했다가 스물두 명의 동료를 잃었다, 그것도 처참하게. 자부심을 가장한 오만함으로 인해 피바다 속에 동료의 시신을 남겨 놓아야만 했다.
그런 실수는 힌 번으로 족하다!
"가자! 핏값을 받으러!"

3

절벽 위에서 비상(飛上)한 야조(夜鳥)가 날개를 활짝 펼치고 바람을 탄다.
 절벽 아래서 불어오는 드센 바람에 사선을 그으며 허공을 활공한다. 그러다 활짝 펴진 두 날개가 허공을 가볍게 휘젓는 순간, 야조는 마을을 향해 빠르게 날아갔다.
 찬바람이 얼굴을 스친다. 수십 장 허공을 활공하니 답답하던 가슴이 뻥 뚫리는 기분이다. 휘는 창룡후라도 터뜨리고 싶은 기분을 억누르고 마을을 향해 날아갔다.

 납특하를 향해 오던 중의 일이었다.
 혈령마신과의 대결로 인해 시간이 지체된 데다, 설상가상 내상까지 입고 말았다. 마음은 다급한데 발걸음은 무겁기만 하다.
 문득 풍령의 기운을 이용하면 보다 힘을 덜 들이고도 빠르게 갈 수 있지 않을까 하는 생각이 들었다.
 '바람의 결을 이용할 수 있지 않을까?'
 뭔가가 될 법도 했다. 해서 오는 길에 시험을 해봤다.
 십 장 높이의 나무로 올라가 비월신영을 펼치며 신형을 날렸다. 바람의 결을 타고 날아가다가, 한순간 바람의 결을 거슬러 보기도 했다. 신형이 주춤하더니 떨어져 내리는 속도가 늦춰진다.
 양팔을 활짝 펴고 소맷자락에 내력을 주입해서 부드럽게 허공을 밀어내 봤다. 마치 새가 날개를 활짝 펼치고 휘젓듯이. 그러자 속도가 늦춰질 뿐만 아니라 기운을 방출하는 방향에 따라 날아가는 방향도 틀어진다 때로는 허공으로 치솟아 오르기도 한다.
 그렇게 몇 번을 반복하자 방향을 트는 것이 익숙해졌다. 또한 보다 작은 힘으로 먼 거리를 나아갈 수 있게 되었다. 일단 하나의 방법이 성공하자 새로운 생각이 꼬리에 꼬리를 물고 떠올랐다.

스스로 바람을 일으키는 방법에 대해 생각해 보았다.

바람이 불면 최상의 조건이지만, 바람이 불지 않아 펼칠 수 없다면 아무 소용도 없으니까.

얼마 지나지 않아 휘는 한 가지 방법을 찾을 수 있었다. 바로 천중무(天重舞)의 가공할 위력을 이용하는 방법이었다.

천중무는 허공을 대지라 생각하고 짓누르는 무공이자 신법이었다.

본래의 목적처럼 어느 한 곳을 노리고 펼치면 바위라도 부숴 버릴 수 있을 정도의 위력이다. 하지만 천중무의 위력을 넓게 분산시켜 펼치면, 발밑으로 거센 바람이 일어나면서 그 저항에 의해 몸이 떠오른다. 문제는 힘 조절.

반나절이 지나자 내력을 적절히 조절할 수 있게 되었다. 그때부터 휘는 보다 적은 힘으로, 보다 더 빨리 달릴 수 있게 되었다.

그리고 지금 역시도 휘는 그 방법을 이용해 마을을 향해 날아가고 있었다, 오십 장 절벽에서 몸을 날려 무려 이백여 장을 마치 한 마리 거대한 독수리처럼.

날개를 접고 마을의 동쪽에 내려선 휘의 두 눈이 가늘게 좁혀졌다.

지금은 모두가 잠든 축시 말, 자연의 속삭임 외에는 아무 움직임도 없어야 정상이다. 설령 마을 사람들의 움직임이 있다 해도, 기껏 뒷간을 간다든가, 아니면 남녀 간에 사랑 놀이를 한다든가 하는 정도일 것이나.

한데… 어디선가 어둠을 가르는 심상치 않은 움직임이 느껴진다. 매우 은밀한 움직임, 강렬한 살기, 밤짐승들조차 숨을 죽이고 고개를 처박는다.

'설마?'

휘의 가늘게 뜨인 두 눈에서 섬광이 번뜩였다.

눈이 안 보이너 보이는 것 125

스슥…….

일순간 휘의 신형이 어둠 속으로 녹아들어 갔다.

4

"크억!"

최초의 비명이 들린 것은 휘가 잔마혈전의 비밀 지부로 알려진 장원의 가장 큰 전각 지붕에 내려섰을 때였다.

뾰족이 치솟은 처마 끝에 서서 장원을 둘러봤다.

기다란 회랑으로 연결된 일곱 채의 전각 여기저기서 적의를 입은 무사들이 쏟아져 나오고 있다. 그들을 향해 황의를 입은 무사들이 광기를 흘려 내며 달려들고 있다.

소리없이 휘둘러지는 도검에서 싸늘한 광채가 솟는다.

번쩍! 쩌저저정!

무기가 정면으로 부딪치자 시퍼런 불똥이 사방으로 튀어 오른다.

스쳐 가는 검날에 선혈이 튀고 휘둘러지는 칼날에 사지 육신이 잘라져 나간다.

그때 어디선가 터져 나온 외침.

"우리 구유도문의 형제들을 죽이고 온전할 줄 알았더냐?! 놈들을 한 놈도 남기지 말고 죽여라!"

순간 두 무리의 혈전을 바라보던 휘의 두 눈이 무저의 빙동처럼 싸늘히 굳어졌다.

"그랬던가? 결국 내 말을 듣지 않았단 말이지?"

예상을 전혀 못한 바는 아니었다. 그럴 수도 있을지 모른다 생각은 했었다. 그래서 쉬지도 않고 급히 달려온 것이 아니던가.

스으으으…….

휘의 신형이 지붕 위에서 유령처럼 내려섰다. 누군가가 뛰어나오다 말고 기겁하며 주춤거린다. 일순 휘의 우수가 자연스럽게 뻗어나갔다.

"헉! 누……?"

와직!

미처 대항할 시간도 없이 휘의 일수에 잔마혈전의 무사로 보이던 자의 목이 반쯤 꺾어져 버렸다. 동시에 뿜어진 천양의 기운이 그의 전신을 억압했다.

"한 가지만 묻겠다. 대답을 하고 않고는 네 자유다."

휘가 공포에 질린 무사의 눈을 정면으로 직시하며 물었다.

"이곳에 철혈성에서 납치해 온 자그마한 여자 아이가 있을 것이다. 어디 있지?"

"그… 그……."

주르륵……. 극심한 공포에 오줌을 지린 무사가 눈을 돌리려 안간힘을 다했다. 그만큼 휘의 눈에서 쏟아지는 눈빛에서는 가공할 힘이 쏟아져 나오고 있었다. 마를 제압하는 힘, 천양의 기운이었다.

"어디에 있느냐!"

"저… 저쪽……."

간신히 입을 연 무사의 몸뚱이가 한쪽으로 날아갔다.

픽!

"꺼억! 귀신……."

벽을 뚫고 들어간 무사의 공포에 질린 목소리를 뒤로하고 휘의 신형이 좌측의 전각으로 스며들었다.

납특하 지부의 책임자인 오삼양은 한밤중에 들려 온 비명 소리에 대경실색했다.
"설마, 이런 일을 예상하고?"
그는 침상 머리맡에 놓여 있는 전서를 바라보았다. 자시가 다 되어서 날아온 전서구에 매여 있던 전서였다.

귀살당주 탁용 전.
지체없이 인질을 옮겨라. 누군가가 납득하의 인질을 노릴지 모른다. 이는 천궁의 삼공자님께서 직접 내린 명령이니 만큼 결코 시간을 지체해선 안 된다.

시간을 지체해선 안 된다고 했지만, 술을 과하게 먹은 오삼양은 그 서신을 한쪽에 던져 놓았었다. 귀신같은 인상의 귀살당주 탁용을 한밤중에 만난다는 것이 껄끄러웠기 때문이었다. 해서 아침에 전해줄 생각이었는데…….
"제기랄!"
다급히 방을 나선 오삼양은 지하 뇌옥이 있는 전각으로 신형을 날렸다.
사방에서 싸우는 소리가 들린다. 그러나 다행히도 뇌옥 쪽에선 싸우는 소리가 들리지 않는다. 아마도 놈들은 인질이 있는 곳을 모르거나, 아니면 인질과 상관없는 놈들일지도 모른다는 생각이 들었다.
오삼양은 지하 뇌옥으로 내려가며 큰 소리로 수하들을 찾았다.
"마충! 소강! 어디 있느냐?"
오삼양의 다급한 목소리에 두 명의 무사가 뇌옥 앞에서 졸고 있다가 후다닥 일어서며 물었다.
"부주님, 무슨 일입니까?"

"적이 침입했다! 구유도문 놈들 같아! 귀살당의 무사들은 어디 있느냐?!"

"그야 안에……."

"어서 문을 열어라."

뇌옥의 문이 열리자 안에서 나직한 음성이 들려왔다.

"무슨 일이오?"

"적이 침입했다! 지금 즉시 인질을 옮겨야 한다."

"적이 침입했으면 물리치면 될 일이 아니오?"

"전주님에게서 연락이 왔다. 인질을 옮기라는 전서다."

"당주의 허락이 없이는……."

"천궁에서 나오신 삼공자님의 특별 지시다! 탁 당주에게 갈 시간이 없어 즉시 온 거야!"

전각으로 들어서던 휘는 자신의 반대편에서 누군가가 들어서자 망설임없이 손을 휘둘렀다.

들어서던 자도 마주 손을 휘둘러 온다. 일순간,

쾅!

굉음이 일며 휘의 신형이 멈칫했다. 상대를 보니 삼 보를 물러나 놀란 눈으로 자신을 바라보고 있다.

'고수!'

휘의 두 눈에 가벼운 놀람의 빛이 떠올랐다. 하나 그뿐, 막으면 부순다!

후우웅!

천붕의 일 권이 앞을 향해 내질러졌다.

한편, 탁융은 느닷없는 외인의 침입에 만사를 제치고 지하 뇌옥으로 향하던 중이었다. 납특하의 지부가 박살이 나든 말든 자신에게 중요한 것은 오직 한 가지였다. 인질을 빼앗기지 않아야 한다는 것.

한데 막 전각으로 들어설 때였다. 누군가가 반대편에서 들어서는 것이 느껴졌다. 동시에 날아오는 기운, 그도 머뭇거리지 않고 일장을 내질렀다.

쾅!

탁융은 전각으로 들어선 자와 일장을 나누고 경악하지 않을 수 없었다.

단 일 장이었다. 일장에 자신은 세 걸음을 물러났다, 속이 울렁거리는 충격을 느끼며. 그런데 상대는 한 걸음도 물러서지 않고 다시 일권을 내지른다. 대체 저자가 누구이기에…….

하지만 탁융은 머뭇거릴 여유가 없었다. 전신을 짓누를 듯한 권력이 코앞에 덮쳐 오고 있었다, 뒤로 물러설 틈도 없이.

"이익!"

이를 악문 탁융은 두 손을 번갈아 가며 허공을 향해 뿌려 댔다.

일시에 여섯 자루의 비도가 허공을 날았다, 내력을 잔뜩 실은 채. 탁융의 장기인 비도십팔살(飛刀十八殺)이었다.

투두두둥!

비파를 튕기는 소리가 연이어 일더니 비도는 천붕일권의 권력을 뚫지 못하고 사방으로 튕겨졌다.

비록 그 덕분에 천붕의 힘을 누그러뜨리긴 했지만, 다시 뒤로 두 걸음을 물러선 탁융의 얼굴은 펴질 줄을 몰랐다. 오히려 자신의 장기인 비도가 아무런 힘도 못쓰고 튕겨 나가자 맥이 빠질 정도였다.

탁융은 목구멍으로 솟구치는 핏물을 삼키고 이를 갈며 물었다.

"네놈은… 누구냐?"

순간.

"지옥에 가서 알아봐라!"

번쩍!

나직한 목소리와 함께 붉은 번개가 허공을 갈랐다. 붉은 번개가 환상처럼 허공을 가르는 순간, 탁융의 뇌리 속을 하나의 이름이 스치고 지나갔다. 그는 뒤로 신형을 날리며 경악한 눈으로 휘를 바라보았다.

"붉은 번개……. 너는 진.조.여.휘?"

두 눈을 부릅뜬 탁융이 뒤로 물러서자 휘의 신형이 그림자처럼 탁융의 전신을 덮쳤다.

"내가 바로 진조여휘! 그대들에겐 악마가 될 사람이다!"

콰아아!!

만양이 열십자로 그어지며 탁융의 전신을 휩쓸었다.

탁융은 망연한 눈으로 휘를 바라보았다. 곡중헌이 일 초에 죽었다는 말을 들었을 때도 설마 했었다. 심한 부상을 당한 상태였다면 그럴 수도 있다 생각했었다. 하지만 막상 부딪쳐 보니 이건 상상을 초월한다. 열십자로 그어진 붉은 번개가 전신을 휩쓸어오는데 자신의 능력으로는 막을 수도, 피할 수도 없다.

마지막이라는 생각으로 남은 열두 개의 비도에 혼신의 공력을 쏟아 넣었다.

"하아앗!!"

손을 털자 빗살처럼 날아가는 비도의 광채가 전각 안을 가득 메웠다.

쩡! 쩌저저저정!

열두 개의 비도가 붉은 번개에 부딪치더니, 잘려지고, 부서지고, 힘없이 튕겨졌다. 일순간, 허공을 가득 메웠던 비도가 사라져 버렸다.

"커억!"

거의 동시, 답답한 신음 소리를 흘리며 탁응의 신형이 무너져 내렸다. 번개에 스친 팔은 바닥에 떨어져 펄떡이고, 꿰뚫린 이마에는 한 점 붉은 선혈이 맺혔다.

망연한 탁응의 시선이 휘를 향했다. 그러나 휘의 신형은 이미 전각의 안쪽으로 사라지고 있었다.

오삼양은 귀살당의 무사들이 인질을 메고 나오자 고개를 갸웃거렸다.
"인질이 왜 그렇게 힘이 없지?"
"약을 먹여서 그렇소."
"약?"
"잠시 잠을 자게 만드는 약이오."
"거참, 귀찮게 약은… 그냥 혈도를 점하면 될 것을."
"혈도를 너무 오래 점하면 혈맥이 굳을 게 아니오? 그랬다간 우리 목이 달아날 것이오."
"약도 너무 많이 먹이면 안 좋을 텐데……."
"그런 걱정은 할 필요 없소. 아주 특별한 약이 있으니까."
"흠, 뭐 그렇다면야… 준비되었으면 가세!"

오삼양이 뇌옥의 문을 나서려 할 때다. 그는 괴이한 기분에 걸음을 멈추고 앞을 바라보았다.

"마충! 소강!"

수하들의 이름을 불러봤지만 아무런 대답이 없다.

뒤에서 귀살당의 두 무사가 그런 오삼양을 바라보며 재촉했다.
"안 갈 겁니까?"
"그… 그게……."

하지만 두 무사의 재촉에 마지못해 뇌옥을 나서던 오삼양은 더 이상 대답을 할 수가 없었다.

지하로 향한 계단을 소리없이 내려가던 휘의 두 눈에 희미한 유등불이 비추는 뇌옥 안에서 두 사람이 투덜거리며 걸어나오는 것이 보였다. 수옥무사로 보이는 자들이다.

휘는 걸음을 멈추지 않은 채 좌수를 들어올렸다. 세워진 검지에 천양의 기운이 모였다 싶은 순간, 선홍빛 구슬이 두 사람을 향해 튕겨졌다.

뽁!

괴이한 소리와 함께 두 사람이 멍한 눈으로 다가오는 휘를 바라보며 쓰러진다. 휘는 두 사람을 소리없이 바닥에 눕히고 뇌옥으로 들어갔다.

그때였다. 휘의 눈과 안에서 나오던 사람의 두 눈이 마주쳤다.

휘는 아무런 말도 없이 눈앞에 서 있는 자를 향해 손을 뻗었다.

"헉!"

그러자 놀란 숨을 들이킨 상대가 쌍장을 휘둘러 온다. 강력한 힘이 실린 장력, 상당한 고수다. 그러나 조금 전 입구에서 마주친 자에 비한다면 손색이 있다. 그렇다면······.

'일격에 끝낸다!'

휘의 손가락이 교묘하게 오삼양의 장력을 헤집고 들어가더니, 미처 피할 사이도 없이 오삼양의 가슴을 짚어버렸다.

콰직!

"컥!"

오삼양은 믿을 수 없는 상황에 눈을 부릅뜨고 앞을 바라보았다.

아무리 다급하게 내력을 끌어올렸다고는 하나, 자신의 장력에는 바위라도 능히 부술 수 있는 힘이 실려 있다. 한데··· 상대는 아무렇지도 않다는 듯 자신의 장력을 뚫고 들어와 가슴을 부수어 버렸다, 대항할 시간조차 없이.

"너……."

오삼양이 기가 막혀 안간힘을 짜내 입을 열려 할 때다. 휘의 손이 다시 휘둘러졌다.

퍽!

비명도 지르지 못하고 이 장 밖으로 튕겨진 오삼양의 쩍 벌린 입에서 덩어리진 핏물이 뿜어졌다.

"우웩!"

휘는 기습이나 다름없는 공격으로 오삼양의 가슴을 부수어 버리고, 그의 뒤에 서 있는 두 사람에게 눈길을 돌렸다. 그리고 마침내, 그중 한 사람의 어깨에 걸쳐져 있는 연연이의 모습을 볼 수 있었다.

"내려놓아라. 그 아이는 네놈들이 그리 다룰 사람이 아니다."

혼을 짓누르는 듯한 목소리.

냉막한 휘의 음성에 귀살당의 두 무사는 온몸을 떨었다. 그것은 단순히 상대가 고수였기에 그런 것이 아니었다. 그들로선 알 수 없는 기운, 천양의 기운이 휘의 전신에서 뿜어져 나와 마공을 익힌 자들의 혼을 억압하는 것이다.

더 이상 참지 못하겠는지 주먹코의 무사가 발악을 하는 몸집으로 검을 들어 연연이의 몸을 겨눴다.

"우리를 죽이려 하면, 이 계집이 먼저 죽을 것이다."

덜덜 떨리는 입을 열어 마지막 발악을 하는 무사를 바라보던 휘가 천천히 고개를 저었다.

"네놈들은 뭔가를 오해하고 있군."

"흐으으……. 우리를 죽이지 않겠단 말은 아니겠지? 그런 거짓말은……."

"내 말은… 네놈들은 어차피 죽을 거라는 말이다. 그 아이를 죽이면 네놈의 상관들이 너희들을 죽일 것이고, 곱게 넘기지 않으면 내가 네놈들을 죽일 테니까. 나는 나의 동생이 조금이나마 충격을 덜 받기를 바랐을 뿐이야."

"흥! 네놈이 칼을 내려놓고 물러나면 될 것이 아니냐!"

주먹코의 무사가 연연이의 몸에 검을 들이대며 위협하자 휘의 눈빛은 더욱 깊게 가라앉았다.

"아직도 모르겠나? 너희들은 그 아이를 죽일 수 없단 말이다. 그 아이를 죽이면 너희 역시 죽을 테니까!!"

"크하하! 이판사판이다! 이년을 죽이고 우리도 죽으면 돼! 그러니 이년을 죽이기 싫으면 칼을 내려놓고 물러서!!"

놈들이 미친 듯이 검을 휘두르며 소리친다. 이판사판 광란의 몸짓.

행여나 연연이의 몸에 상처가 날까봐 휘는 한 걸음 물러섰다. 그러자 놈들의 두 눈에 살 수 있다는 희망의 빛이 떠오른다.

하지만 그럴수록 휘의 눈은 깊어져만 갔다.

'한순간에 끝내야 한다. 그래야 연연이가 다치지 않는다.'

결정은 내려졌다. 어차피 여기서 물러날 수는 없는 일!

일단 놈들의 가슴에 희망의 불씨를 던져 줬다.

"그 아이를 죽이겠다고? 그 귀여운 아이를? 하면 내가 물러서면 그 아이를 해치지 않겠단 말인가?"

말을 하는 도중에 휘의 좌수가 가볍게 흔들렸다. 순간 무형의 장력이 좌측 벽에서 타오르고 있는 유등불 쪽으로 쏘아져 갔다.

미처 그러한 일을 깨닫지 못한 주먹코의 무사는 희망에 찬 목소리로 입을 열었다.

"물론 그대가 물러서면 죽이지 않겠다. 우리도 살고 싶으니까."

주먹코 무사의 말이 끝남과 동시에 뇌옥을 울리는 일갈.

"하지만, 내가 그대들을 용서할 수 없구나!"

뇌옥을 울리는 목소리가 가라앉기도 전이었다. 좌측의 유등불이 꺼질 듯이 흔들리며 일시간 뇌옥 안이 어두워졌다.

당황한 듯 연연이를 메고 있던 자의 눈빛이 격하게 흔들리고, 검으로 연연이를 위협하던 주먹코의 무사가 자신도 모르게 좌측 벽을 향해 눈길을 돌렸다. 찰나!

스으으……. 휘의 신형이 흔들리는 어둠 속으로 사라졌다. 동시에 만 양의 붉은 그림자가 뇌옥을 휩쓸었다.

피하고 자시고 할 겨를이 없었다. 오보천환이 극성으로 펼쳐지자 뇌옥 안은 온통 휘의 그림자로 뒤덮여 버렸다.

스팟!

언제 잘렸는지 연연이를 향해 검을 들이댔던 팔뚝이 바닥에 떨어져 펄떡거린다.

"끄헙!"

"케엑!"

둥실, 하나의 머리통이 피분수를 뿜어내며 허공으로 튀어 올랐다.

그 옆에는 연연이를 메고 있던 무사가 초점이 사라진 눈을 부릅뜨고 휘가 서 있던 자리를 바라보고 있다. 그의 이마에는 붉은 선이 하나 길게 그어져 있다.

쿵!

이미 혼이 빠져나간 귀살당의 무사가 바닥에 쓰러지자, 좌측 벽의 유등불이 다시 몸을 키워 타오르기 시작했다.

찰나의 시간, 연연이의 몸을 빼내어 한 팔로 안은 휘가 뇌옥의 입구 앞에 내려섰다.

안색이 약간 창백해진 휘는 고개를 숙여 연연이를 바라보고는 두근거리는 가슴으로 연연이를 불러봤다.

"연연아……."

마침내 연연이를 구해낸 것인가?

휘는 떨리는 손으로 연연이의 볼을 쓰다듬었다.

"다행이다. 다행이야……. 많이 다치지는 않은 것 같구나."

사부님께서 이 소식을 들으면 얼마나 좋아하실까. 사모님의 얼굴에도 다시 웃음꽃이 피시겠지?

다행히도 정신만 잃었을 뿐 다른 곳에 이상은 없어 보인다.

잠이 들었는지 고른 숨소리가 들린다.

"일단 연연이를 깨워야 하는데……."

조심스럽게 연연이를 바닥에 내려놓고 내력을 주입했다. 일단은 연연이의 상태를 정확히 알아야 움직일 수 있기 때문이었다.

일각 가량이 흐른 후, 휘는 연연이에게서 손을 떼고 곤혹스런 표정을 지었다.

"수혈이 막힌 것도 아니고, 마혈이 막힌 것도 아니다. 대체……."

무엇 때문인지 연연이는 깨어나지 않고 있다. 분명 숨소리가 고른 것을 봐서 몸은 정상인 듯한데도…….

대체 지놈들이 무슨 수작을 부린 것일까?

휘는 고개를 돌려 쓰러진 귀살당의 두 무사를 바라보았다.

그때였다. 연연이를 메고 있던 무사의 가슴에서 무언가가 굴러 나와 있는 것이 보였다. 손바닥만한 것이 약상자처럼 보인다.

'약상자? 혹시?'

휘가 손을 내뻗자 거무튀튀한 상자가 손으로 빨려 들어왔다.

상자는 아무런 장식도 없고 쓰여진 글도 없었지만, 대신 은은한 약향이 묻어 나오고 있었다.

"무슨 약상자지?"

뚜껑을 열자 하얀 분말이 떡처럼 덩어리져 뭉쳐 있는 것이 보였다.

'독일까? 아니지, 가슴에 아무렇게나 보관한 것으로 봐서 독은 아닌 것 같은데, 그럼 뭐지?'

문득 어디선가 본 것만 같다.

어디선가… 조금 전에… 바로 곁에서…….

휘는 고개를 돌려 연연이를 바라보았다. 정확히는 연연이의 입술을.

입술 가에 하얀 약 가루가 묻어 있다. 입술 여기저기에 묻은 것으로 봐서 다급하게 먹인 듯하다.

대체 무슨 약일까. 그나마 호흡도 고르고 혈맥도 이상이 없는 것이 독은 아닌 것 같은데……. 하지만 왠지 불안한 마음이 드는 것은 어쩔 수 없다.

"일단 나가자! 의원을 찾아 이 약을 보이면 무슨 약인지 알 수 있겠지."

휘가 연연이를 끌어안고 지하 뇌옥을 빠져나오자 몇 명의 무사들이 전각 안으로 쏟아져 들어왔다.

"웬 놈이냐?"

"수상한 놈이다! 침입자들과 한 패거리 같다! 막아라!"

휘는 그들에게 이러쿵저러쿵 말을 섞고 싶지가 않았다. 한시가 급한 것이다. 연연이에게 먹인 약이 무엇인지 모르는 이상은.

"막으면 죽는다!"

한 손으로 연연이를 어깨에 걸친 채 안아 들고 빠르게 전진했다.

"감히 여기가 어디라고! 죽여라!"

몇 놈이 겁도 없이 휘의 앞을 가로막았다.

휘는 걸음을 멈추지 않고서 만양을 휘둘렀다. 초식도 필요없었다. 그저 막으면 막는 대로 모두 부수고 나가면 그만이다.

연붉은 검강이 허공을 가로질렀다.

쩌정! 콰광!!

"으악!"

"크어억!"

단 두 번의 검격에 세 명의 적의인이 자신들의 무기와 함께 무너져 내렸다.

휘가 계속 앞으로 나아가자 나머지 적의인들이 주춤 뒤로 물러섰다. 모두 다섯 명, 휘는 망설임없이 오보천환으로 나아가며 만양을 떨쳤다.

쩌저적!

일 장 길이로 뻗친 연붉은 검강이 지나는 곳에선 모든 것이 잘려 나갔다. 검도, 도도, 사람들의 몸뚱이도. 그야말로 일말의 인정도 없는 손속.

털썩, 푸아악!

잘려져 나간 몸뚱이에서 피분수가 솟구친다. 흐릿한 불빛 속에서 비릿한 피냄새가 코를 찌른다. 그럼에도 휘의 표정은 여전히 차갑기만 하다.

'막으면 그게 누구든, 다 죽인다!'

밖으로 나왔을 때까지도 싸움은 어전히 진행 중이었다. 마음 같아서는 모두 죽여 버리고 싶은 심정이다. 잔마혈전의 무리들도, 구유도문의 무리들도, 모조리!

하지만 연연이를 생각하면 시간을 지체할 수가 없다.

휘는 신형을 날려 지붕 위로 올라가 사위를 쓸어 보았다.

무기 부딪치는 소리, 고함치는 소리, 처절한 비명 소리가 사방에서 들러온다. 인정사정없이 죽고 죽이는 혈투에 마을 전체가 숨을 죽이고 있다.

오직 피냄새를 맡은 수백 마리의 까마귀들만이 허공을 선회하며 어리석은 인간들이 쓰러지기만을 기다리고 있을 뿐이다.

"만일 연연이가 먹은 약으로 인해, 연연이에게 무슨 일이 생긴다면 구유도문도 세상에서 사라질 것이다."

구유도문이 오지 않았다면 약을 먹이지 않았을 것이라는 것이 휘의 생각이었다. 결국 구유도문도 결과의 책임을 면할 수 없다는 말.

휘는 하늘을 올려다보았다.

적인풍을 비롯한 일행들은 어디쯤 왔을까. 상처를 손보고 오려면 날이 밝아야 할 것이다. 생각지도 않았던 구유도문의 침입으로 일이 급하게 진행되긴 했지만, 아마 그들이 도착했을 때쯤에는 장원에서 벌어지는 싸움도 끝나 있을 터였다. 누가 이기든.

휘는 품속에서 잠들어 있는 연연이를 바라보며 속삭였다.

"가자, 연연아. 그들을 기다리기에는 시간이 없구나."

5장
사천행로

1

 하상(河上)은 납특하에서 육십 리 아래쪽, 황하가 넘실거리는 강가에 자리잡은 근방 백여 리 안에서 가장 커다란 마을이었다.
 일천 호가 넘는 마을이었기에 의방만도 네 곳이나 있었다. 그중에서도 우가의방은 의방의 주인인 우진당의 실력이 뛰어나 청해 동부에서는 가장 유명한 의방이다.
 그런 우가의방에 아침이 밝아오자 한 명의 손님이 찾아들었다. 아니, 정확히는 두 명의 손님이었다. 그 손님은 들어오자마자 잠시 기다리라는 어린 의생의 말을 무시하고 안으로 밀고 들어갔다.
 "어이구! 아직 의원님은 일어나지 않으셨다니까요! 조금만 기다리시면……."
 신마천궁의 정보망에 걸릴 각오를 하고 마을을 찾아들었다. 아니, 어쩌면 벌써 놈들이 자신을 발견하고 연락을 했을지도 모른다. 그럼에도 의방을 찾기 위해선 어쩔 수가 없었다. 오직 연연이를 위해서. 그런데 의원의 늦잠 때문에 기다려야 한다고?

자신을 가로막은 어린 의생을 밀치고 들어가던 휘가 차가운 눈으로 의방 안을 보며 말했다.

"내가 기다려서 내 동생이 무사할 수 있다면 얼마든지 기다릴 수 있다. 하나, 지금은 환자의 상태가 의원의 아침 늦잠보다 더 중요한 듯하니 어쩔 수가 없구나."

의원의 늦잠을 신랄하게 비꼬는 말에 어린 의생은 말도 못하고 발만 동동 굴렀다. 그러자 방 안에서 늙수그레한 노인의 음성이 들려왔다.

"허허허. 이 늙은이의 늦잠으로 환자에 대한 조치가 잘못 된다면 그 또한 이 늙은이의 잘못, 들어오시구려. 초아야, 가서 따끈한 차 좀 내오거라."

"예, 스승님."

연연이의 맥을 짚고 진맥한 지 일각여, 우진당은 감은 눈 그대로 눈살을 찌푸리며 연연이의 손을 놓았다.

"어떻습니까?"

휘의 물음에 우진당은 눈을 뜨고 휘를 바라보았다.

아침 일찍부터 찾아왔을 때는 매우 다급했기 때문이었을 것이다. 그런데도 진맥하는 일각 동안 아무런 말도 없이 고요히 앉아 있더니, 손을 놓는 걸 보고서야 묻는다.

우진당은 새삼 눈앞에 앉아 있는, 여인보다 더 아름다운 젊은이가 예사 인물이 아님을 알 수 있었다. 급할 때 급하게 행동하고, 기다려야 할 때는 마음조차 가라앉힌 채 기다린다는 것은 아무나 할 수 있는 일이 아닌 것이다.

"아무래도 수면 약물을 복용한 듯하오. 한데 그 양이 과해 아직 깨어나지 못한 것 같구려. 무슨 약인지 알면 좋으련만……."
　우진당의 말에 휘는 품속에서 약상자를 꺼내 들었다.
　"이 속에 든 약이 아무래도 동생이 복용한 약 같습니다. 한번 봐주시겠습니까?"
　딸각.
　약상자가 열리고 떡처럼 뭉쳐진 하얀 분말이 드러났다. 잠시 휘의 손에 들린 약상자의 속을 들여다보던 우진당이 손을 뻗어 약상자를 집어 들었다. 그는 검지를 이용해 약상자 속의 분말을 조금 찍더니 혀에 대고 눈을 감았다.
　그러던 어느 순간, 우진당은 눈을 번쩍 뜨고는 찻물을 입에 머금고 분말을 씻어냈다.
　"맙소사! 이것은!"
　우진당이 놀라 소리치자 휘는 우진당이 이 정체불명의 약에 대해 안다고 확신했다.
　"뭡니까, 의원님? 설마… 독은 아니겠지요?"
　우진당은 그때까지도 놀람을 가라앉히질 못했는지 고개를 저으며 침음성을 흘렸다.
　"으으음… 대체 이것이 어떻게……?"
　"제 동생을 잠재우기 위해서 먹인 듯합니다만……. 솔직히 말씀해 주시지요."
　휘의 간곡한 목소리에 우진당은 고개를 들고 입을 열었다.
　"내 기억이 잘못되지 않았다면, 이것은 오래전에 사라진 한 부족의 제례에 사용되던 미약이오."
　"미약(迷藥)이라니요? 미약이라면 단순히 상대를 혼절시키는 약이 아닙니까?"

"문제는 이 미약, 초혼몽(超魂夢)이 일반적인 미약과는 그 성질이 달라서 효능은 매우 뛰어난 반면 환각 작용까지 하기 때문에 잘못 사용하면 부작용이 심각하다는 것이오."

휘의 눈이 잘게 흔들렸다.

"부작용이라 하시면?"

"후우… 어쩌면 이 소저도 그 부작용을 겪고 있는 게 아닌가 싶소."

"그 부작용이라는 것이 어떤 식으로 나타나는 것입니까, 의원님?"

"어쩌면… 앞을 볼 수 없을지도 모르오."

"…앞을 볼 수 없단 말입니까? 제 동생이… 봉사가 된단 말입니까?"

"초혼몽은 시력에 많은 영향을 미치오. 본래가 환각 작용을 겸하는 약인지라 그럴 수밖에 없소. 그러다 보니 과다하게 복용하면 눈을 망치는 경우가 많소. 그래서 이 약이 효능은 좋아도 금지약이 되어 있는 것이오."

"하면… 치료할 수 있는 방법은 없습니까?"

휘의 절실한 표정에 우진당은 잘게 떨리는 눈을 돌려 햇살이 들어오는 창문을 응시했다.

"여기서는 불가능하외다."

"그럼 어디서……?"

햇살이 창살 사이로 새어 들어와 우진당의 주름진 얼굴을 환하게 비춘다. 일순간, 휘는 우진당의 노안이 가늘게 떨리는 것처럼 느껴졌다.

"의원님……."

"후우……."

휘의 간절한 재촉에 우진당은 한숨을 내쉬며 고개를 끄덕였다.

"사천성에 있는 성수곡(聖手谷)을 아시오?"

"성수곡이요?"

"청성산 서북쪽의 금천(金川)에서 이백여 리를 내려가면 소금(小金)이라는 곳이 나올 것이오. 소금에 가서 연수의방을 찾아가시구려. 그곳의 주인인 연약신에게 우진당이라는 이름을 말하고 성수곡에 가고자 한다 말하시오. 그럼 그가 성수곡으로 안내해 줄 것이오."

"소금의 연약신……?"

"그는 나의 사제가 되는 사람이오. 그럴 리는 없지만, 만일 그가 탐탁지 않게 생각하거든 초혼몽을 건네주시구려. 그는 절대 초혼몽을 거절하지 못할 것이오. 그가 바로 사라진 부족, 강미족의 몇 안 되는 생존자 중 한 사람이니까 말이오."

*　　　*　　　*

연연은 두 시진이 더 지나서야 정신을 차렸다.

"으으음……."

연연의 신음 소리에 휘는 반색하며 연연이를 불렀다.

"연연아! 내 말 들려?"

"오… 빠?"

"정신이 들어? 오빠 여기 있다!"

"오빠? 정말 휘 오빠야?!"

휘는 허공을 향해 휘젓는 연연이의 손을 거머쥐었다.

"그래, 오빠다. 오빠 목소리도 벌써 잊었어?"

"오빠가 나를 구한 거야? 그 나쁜 놈들한테서? 그래서 오빠가 나와 함께 있는 거야? 응?!"

"그럼! 오빠가 연연이를 구했지. 놈들이 감히 우리 연연이를 납치했으니 오빠가 가만 놔둘 수 없잖아? 놈들을 아주 혼내줬지!"

"…그런데 왜 안 보이는 거야? 응? 오빠가 왜 안 보이지? 지금 밤이야? 오빠! 대답해 봐! 지금 밤이야?"

"연연아……."

"왜 대답을 않는 거야? 연연이가 묻잖아?! 오빠!"

"밤이… 아니다, 연연아……."

휘는 눈물이 나오려는 것을 억지로 참고 연연이의 손을 자신의 볼에 가져다 댔다.

가늘게 떨리는 손길을 느꼈는지, 연연은 말을 잊고 초점이 잡히지 않는 눈으로 멍하니 허공만 바라본다. 그러다 무언가가 생각난 듯 떨리는 입을 열었다.

"…오빠, 나… 눈이 이상해. 얼마 전부터 희미하게 보이다 이젠 아무것도 안 보여……."

"……."

"나… 이제 맹인이 되는 거야? 그런 거야? 오빠, 왜 대답을 안 해?"

"…아직은 아냐, 연연아……."

아마도 증상은 며칠 전부터 진행되었던 듯하다. 자신의 눈이 안 보인다는 것을 알고 얼마나 두려웠을까. 아무도 없는 곳에서 얼마나 두려움에 떨었을까.

'죽일 놈들! 얼마나 약을 많이 먹였기에……. 내 가만두지 않으리라! 만일 연연이가 이대로 맹인이 된다면, 설령 혈하(血河)가 흐른다 해도 내 용서치 않으리라!!'

휘의 전신에서 싸늘한 냉기가 쏟아지자 연연이 가늘게 떨었다.

"추워……. 왜 이렇게 몸이 떨리지?"

"음? 어… 겨울이잖아."

휘는 재빨리 기운을 거두고 연연이의 이마에 솟은 식은땀을 닦아주었다.

"곧 괜찮아질 거야. 오빠가 연연이 눈 고칠 수 있는 곳을 의원님에게 물어서 알아놨거든. 오빠 믿지?"

"눈을 고칠 수 있는 곳? 그곳이 어디에 있는데? 빨리 가. 나 오빠 보고 싶단 말이야. 그동안 무서워서 얼마나 혼났는지 알아? 아빠도 보고 싶고, 엄마도 보고 싶고. 연연이 울음이 나오는 걸 참느라고 얼마나 힘들었는데. 응? 오빠 빨리 그곳에 가. 약도 잘 먹을 거야. 아파도 꾹 참고 침도 맞을 거야. 오빠…… 흑, 흐흑……."

"그, 그래. 오빠하고 가자. 그런데 조금 멀거든? 연연이 참을 수 있지? 오빠하고 멀리 여행을 가야 하는데."

"여행? 그럼! 오빠하고 여행을 가면 더 좋지. 근데… 볼 수 있으면 더 좋을 텐데……."

"오빠 보고 싶으면… 오빠 얼굴 만지면 되지 뭐. 눈 나을 때까지는 손으로 봐."

연연이의 손을 얼굴에 가져다 대자 연연은 손을 움직여 휘의 얼굴을 쓸어 만졌다.

"오빠 얼굴 손으로 만지니까 기분 좋다. 헤헤."

어느새 슬픔도 잊고 휘의 얼굴을 만지며 좋아하는 연연에게 휘가 다시 말했다.

"그리고 정치 구경은 눈 나으면 하면 되니까 너무 걱정 마."

"정말… 나을 수 있을까? 오빠?"

"그으럼! 오빠가 무슨 수를 써서라도 우리 연연이의 눈은 꼭 낫게 할 거야! 걱정 마!"

시간이 지나 연연이의 마음이 가라앉자 휘는 연연이에게 간단한 음식을 먹였다. 눈이 보이지 않는 것도 문제였지만, 그동안 정신적인 충격으로 몸이 많이 약해져 있었다.

하긴 뭘 제대로 먹었으랴. 두려움에 휩싸인 소녀의 목으로 무엇이 넘어갈까. 그나마 연연이가 무공을 익혔기에 이 정도일 터. 보통 소녀였다면 움직일 수도 없었을 것이다.

휘는 가느다란 연연이의 팔을 볼 때마다 가슴 저 깊은 곳에서 하늘조차 베어 버리고 싶을 정도로 강렬한 살기가 끓어올랐다. 연연이 앞에서는 내색할 수 없어 가슴 깊이 묻어두기는 했지만, 언제고 이 빚을 갚으리라 다짐하고 또 다짐했다.

그러나 어쨌든 복수는 차후의 문제였다. 일단은 연연이의 건강을 먼저 찾아야 했다. 더구나 먼 길을 여행하기 위해서는 건강이 최우선이 아닌가 말이다.

휘는 일단 급한 대로 내력을 불어넣어 연연이의 기를 활성화시키고는 우진당이 가져다준 단약을 복용시켰다.

한 시진여가 흐르자 연연이의 얼굴에 화색이 돌았다. 어느 정도는 기운을 차린 듯했다.

이제 더는 지체할 수 없었다. 날이 밝은 지 두어 시진이 지났다. 놈들이 연락을 취했다면, 지금쯤 잔마혈전의 총단에 소식이 전해졌을 터, 그렇다면 놈들은 분명 자신을 찾기 위해 전력을 기울일 것이다.

휘는 연연이를 업고 우가의방을 나섰다. 떠나려는 휘에게 우진당이 서찰 한 장을 건네주었다.

"연약신에게 전해주시구려."

"도움에 감사드립니다. 의원님 덕분에 동생이 활기를 찾았으니 이 은혜는 나중에 꼭 갚도록 하겠습니다."

"도움이 되었다니 다행이오. 공자의 동생 분이 꼭 눈을 뜨기를 바라겠소이다."

"그러길 바랄 뿐입니다. 아니, 분명 그렇게 될 것입니다. 그럼……."

2

적인풍 등이 상처를 손보고 납특하에 도착했을 때는 이미 해가 중천을 향해 떠오르고 있었다.

납특하에서 나온 사람들의 말에 의하면, 마을의 동남쪽에 있는 장원에서 새벽녘부터 큰 싸움이 벌어졌는데, 아무도 다가가지 못하고 싸움이 멈추기만을 기다리고 있다고 한다.

멋모르고 들어갔던 마을 사람 두 사람이 주검으로 변한 이후로 마을 사람들은 감히 장원 근처에 다가갈 엄두도 내지 못하고 두려움에 떨고 있다고 한다.

적인풍 등은 즉시 장원으로 달려갔다.

휘의 예상대로 싸움은 끝나 있었다. 피바다를 이룬 장원의 내부에는 싸움이 얼마나 처절했는지 제대로 사지 육신을 지닌 시신이 없을 지경이었다.

부르르……. 모두가 몸을 떨었다.

"지독하게 싸웠군. 세상에……."

이를 지그시 깨문 적인풍은 사위를 둘러보았다. 늦었다 생각했을 때부터 예상한 대로 휘는 보이지 않았다. 대신 친구인 상대동이 수하인 듯한 무사 세 명과 함께 피바다의 한가운데에 넋 놓고 서 있는 것이 보였다.

적인풍이 놀라 소리쳤다.

"대동! 자네가 여기에 어쩐 일인가??"

상대동은 홱 돌아서서 달려들려다 말고 눈을 휘둥그렇게 떴다.

"어? 적인풍?! 그러는 자네는 웬일인가?"
"혹시 여기에서 잘생긴 청년 못 봤나?"
"잘생긴 청년? 못 봤는데. 늑대 새끼처럼 생긴 놈만 봐서……."
상대동은 말을 하다 말고 한쪽을 바라보며 소리쳤다, 자신의 도를 움켜쥐고.
"진짜 늑대 같은 놈이다!!"
잠시 후.
"내가 늑대처럼 생겼다고 해서 당신이 보태준 것 있어? 엉? 나와! 나하고 칼로 이야기하자고! 나오라니까!!"
발광하는 초평우를 겨우 진정시킨 적인풍이 상대동에게 무거운 목소리로 물었다.
"진조여휘 공자께서 분명 납특하에는 손을 대지 말라고 했을 텐데?"
"흥! 나 상대동이 언제 남의 말을 듣고 움직였나?"
"그래? 그럼 자네는 나를 친구로 생각하지 않았나 보군."
적인풍의 신중한 말투에 상대동이 뚱한 표정을 지었다.
"무슨 말인가? 자넨 나 상대동의 친구가 분명하네!"
"글쎄, 그럴까? 진조여휘 공자는 내가 모시는 분일세. 자네가 나를 친구로 생각했다면 한 번쯤 그분의 말씀을 생각해 봤을 것이네. 하지만 자네가 한 행동을 보니 자넨 나를 친구로 생각하지 않은 것 같아."
"원 자네도… 한데 자네 같은 사람이 어째서 철혈성의 일개 단주 밑으로 들어간 짓인가? 알다기도 모르겠네."
상대동이 눈살을 찌푸리며 답답하다는 표정으로 말하자 적인풍이 자신의 가슴팍 옷을 걷었다.
"이 상처가 누구에게 난 것인지 아나?"
"헛! 어디서 다친 것인가? 하마터면 큰일날 뻔했군. 대체 어떤 놈이야? 감히 수류도의 가슴에 상처를 입히다니!"

"무음살마제."

"무음살마제? 그게 어떤 놈인데? …응?"

뒤늦게 뭔 생각이 난 듯 고개를 갸웃거리던 상대동의 입이 쩍 벌어졌다.

"무.음.살.마.제?! 살왕? 설마……."

"맞네. 바로 그야. 그에게 죽을 뻔했지, 진조여휘 공자가 도와주지 않았다면."

"무슨… 그 작자, 죽은 지가 언젠데……."

그때였다.

"저 인간은 친구의 말도 못 믿나 보군."

초평우였다. 초평우의 비아냥거림에 상대동은 눈을 치켜떴다. 하지만 그의 눈빛에 겁먹을 초평우가 아니었다. 오히려 한마디를 더해서 상대동을 기절 직전까지 몰고 갔다.

"훗! 혈영마신까지 있었다고 하면 기절하게 생겼군."

"뭐, 뭐라고? 혈영마신? 삼십 년 전에 죽은 혈영마신 염가왕?"

"아아! 믿지마, 당신에게 믿으라고 하는 소리 아니니까."

적인풍이 두 사람의 장난 같지도 않은 싸움으로 시간이 지체되자 더 이상 참지 못하고 두 사람 사이로 끼어들었다.

"상대동! 정말 진조여휘 공지를 보지 못했던 말인가?!"

적인풍이 빽 소리 지르자 상대동이 움찔하며 대답했다.

"그게… 진조여휘 때문인지는 모르겠지만, 저쪽 뇌옥이 있는 건물에서 몇 명의 고수들이 죽어 있는 것을 봤네. 주위의 흔적을 살펴봤는데… 후우… 솔직히 엄청난 고수들의 싸움이 있었던 듯하네. 그런 싸움이 있었는데도 우리는 눈치채지 못하고 싸우고만 있었으니……."

"뇌옥이라고?"

상대동은 고개를 끄덕였다. 나중에야 알았지만 만일 그들의 싸움에 끼어들었다면 자신들은 전멸을 당했을 것이다. 상대동은 그 생각을 하자 씁쓸한 웃음이 떠올랐다.

적인풍은 즉시 상대동이 가리킨 전각으로 들어가 봤다. 그리고 그는 그곳에서 휘가 펼친 무공의 흔적을 발견할 수 있었다.

첫 번째 흔적은 입구에 있었다. 가공할 검격에 전각의 벽면이 예리한 날에 잘린 것처럼 길게 그어져 있었다. 그 흔적은 한 자 두께의 벽면 밖에도 남아 있었다. 한마디로 통째로 잘렸다는 말. 그것만으로도 검격의 무서움을 능히 짐작케 하기에 부족함이 없었다.

또한 자루의 끝만 보이고 석벽에 박혀 있는 비도 역시도 섬뜩할 정도의 위력이었다. 아마도 휘를 상대하던 자의 무기인 듯했다.

두 번째 흔적은 지하 뇌옥에 있었다. 두 명의 무사가 이마에 구멍이 뚫린 채 죽어 있었다. 마치 예리한 첨도로 도려낸 것만 같은 구멍. 결코 이곳에 있는 누구도 흉내 낼 수 없는 고도의 무공 흔적이었다.

안으로 들어가자 세 구의 시신이 더 있었다. 그들 역시 가공할 무공에 당한 흔적이 여실히 남아 있었다.

결론은 휘가 이곳 뇌옥을 다녀갔다는 말이다. 그렇다면······.

"아가씨를 구해 떠나신 것 같다. 우리도 즉시 이곳을 떠난다. 언제 놈들이 몰려올지 모르니 서둘러리! 돌아가서 문주님의 연락을 기다린다!"

적인풍의 결정에 아무도 토를 달지 않았다. 초평우와 풍인강은 연연이가 구해졌다는 말에 벙긋거리며 두 주먹을 치켜들었다.

"그럼 그렇지! 형님이 나섰는데 천하의 누가 감히 막는단 말야!"

그러자 상대동이 피식 웃었다.

"흥! 그러다 천하제일고수라는 말까지 나오겠군."

초평우가 씩 웃으며 답했다.

"흐흐흐! 혈영마신이 아작나고, 무음살마제가 꼬리를 말고 도망갈 정도면 그리 말해도 충분하지 않겠수?"

"…뭐?"

"귀까지 먹었나 보군."

그때, 신이 나서 상대동을 약 올리던 초평우를 향해 당홍이 소리쳤다.

"늑대! 뭐해? 안 갈 거야?!"

"어? 가야지! 가자구, 홍매."

사람들이 우르르 나가도록 넋을 놓고 있던 상대동이 풀썩 웃었다.

"짜식, 늑대? 그럼 그렇지. 거짓말도 어지간해야 믿지……. 오죽하면 여자가 늑대라고 부를까?"

3

파안객납산맥(巴顔喀拉山脈)의 서북쪽에서 발원한 황하는 서장인들이 조상의 대신(大神)이라 부르는 아니마경산맥(阿尼瑪卿山脈)을 남동쪽으로 한 바퀴 휘돈 후, 다시 서북쪽으로 천 리를 내달리다 본격적으로 동진한다.

사천으로 가기 위해서 휘는 언언이를 업고 황하를 거슬러 가며 남동쪽으로 내려가야 했다, 저 멀리 황하 건너편에서 자신을 묵묵히 바라보고 있는 아니마경산맥의 흰머리를 벗 삼아.

하상의 우가의방을 출발한 지 세 시진이 넘었다.

하늘이 붉게 달아오르자 만년설도 밝은 홍색으로 달아오른다.

"하아! 참으로 자연의 위대함은 대단하구나!"

사위를 둘러본 휘의 입에서 절로 무거운 탄성이 흘러나왔다.
눈앞에 보이는 것은 만년설을 이고 자신을 굽어보는 거대 산봉들뿐이다. 붉게 달아오른 산봉들이 병풍처럼 둘러서서 자신을 밟고 넘어가려는 휘를 가소로운 듯 내려다보고 있다. 하지만 휘의 마음을 무겁게 만드는 것은 결코 눈에 보이는 장애물 따위가 아니었다.
산이 막으면 넘으면 되고, 물이 막으면 건너면 된다. 그까짓 것은 문제가 아니었다. 문제는 바로 연연이, 여린 연연이의 마음속에 쌓인 슬픔이 휘의 가슴을 무겁게 짓누를 뿐이었다.
반 시진여를 더 나아갔다.
구불구불 휘어진 협곡에서는 황하가 굉음을 토하며 흐르고, 천 장 절벽 사이를 누비던 이름 모를 산새들도 저마다의 비행 실력을 뽐내며 새끼들이 기다리는 집으로 돌아가고 있었다.
휘는 주위를 둘러보며 쉴 곳을 찾기 위해 우진당의 말을 되새겨 봤다.
동남으로 뻗은 길을 따라 이백 리 정도를 가다 보면 깎아지른 듯한 절벽에 십여 개의 동굴이 뚫린 지역이 있다고 했다. 고개를 넘는 길손들이 쉬어 가는 곳이라 했었다. 길은 외줄기, 결코 잘못 왔을 리는 없다.
아니나 다를까, 십 리 정도를 더 가자 우진당이 말한 절벽이 나왔다. 깎아지른 절벽에는 크고 작은 동굴들이 십여 개 있었다. 휘는 그중에서도 그나마 깨끗해 보이는 동굴 하나를 골라 안으로 들어갔다.
"연연아, 오늘밤은 동굴에서 지내야 할 것 같다."
"동굴?"
"그래, 그런데 춥지 않아?"
"응, 오빠 등이 너무 따뜻해. 너무 따뜻해서 자꾸 잠이 와."
"이런 잠꾸러기……."
휘는 연연이를 내려놓고 그녀의 몸에 천양의 기운을 불어넣어 주었다.

혈맥을 타고 도는 천양의 기운으로 인해 아마 한 시진 정도는 추위를 느끼지 않을 것이다.

그래도 이대로 밤을 새울 수는 없었다. 추운 겨울날의 노숙은 아픈 연연이에게는 무리일 수밖에 없는 일이었다.

연연이 잠들자 휘는 밖으로 나가 땔감을 찾아봤다. 의외로 고사한 나무둥치들이 군데군데 뿌리를 박고 서 있었다.

"땔감 걱정은 안 해도 되겠군."

고사목이 제아무리 도끼 날도 들어가지 않을 정도로 단단하다 해도 휘에게는 금간 대나무나 마찬가지였다.

번쩍! 단천락에 갈라지고, 절혼광에 잘라졌다. 만양이 단 두 번 휘둘러지자 들고 가기 벅찰 정도의 장작이 만들어졌다.

"초식 아껴서 뭐해?"

장작을 만들기 위해 절초를 펼친 것이 무안한지, 한 소리 내지른 휘는 장작을 들고 동굴로 돌아갔다.

화르르르!

기세 좋게 타오르는 장작불을 보며 휘는 고요히 생각에 잠겼다.

불꽃의 예측할 수 없는 몸놀림은 가히 만변(萬變)이라는 말로도 부족했다. 하지만 불꽃의 정수는 변화가 아닌 뜨거움. 그리고 진정한 뜨거움은 붉은 불꽃이 아니다. 눈앞에 보이는 화려한 불꽃도 뜨겁지만, 저 깊숙한 곳에서 보이지 않게 타오르고 있는 숯불이야말로 진정한 뜨거움을 간직하고 있다.

화려한 불꽃은 결코 쇠를 녹이지 못한다. 그러나 고요한 숯불의 열기는 쇠를 녹일 수 있다. 모든 것이 그러하다. 고요함 속에 진정한 힘이 있다.

자신이 지니고 있는 천양의 기운 역시도 마찬가지다. 지금 지니고 있는 천양은 화려한 불꽃과도 같다. 진정한 천양의 기운은 화려하지도 않고, 드러나지도 않으면서, 천지를 태워 버릴 수 있을 정도의 뜨거움을 간직한 하늘의 불이다.
　지음의 기운 역시도 그러할 것이다.
　"천양신주와 지음신주를 얻어야만이 진정한 삼령의 힘을 얻을 수 있다."
　휘는 혼잣말을 하며 곤혹한 표정을 지었다.
　"어디에 있단 말인가? 삼령의 힘을 완성해야만이 삼악의 힘을 막을 수 있거늘……."
　얼마 전만 해도 득화의 경지만으로도 가능하지 않을까 생각했었다. 그러나 최근 며칠 사이, 자신의 생각이 얼마나 터무니없는지를 확실히 깨달았다.
　신마천궁의 고수 두 명의 합공이면 무너질 힘으로 무엇을 한단 말인가.
　"후우……!"
　휘가 한숨을 내쉬며 상념을 정리할 때였다.
　"으응… 오빠."
　연연이가 잠에서 깼는지 웅얼거리는 소리를 내며 휘를 불렀다.
　"그래, 나 여기 있다. 더 자지 그래."
　"피이… 내가 뭐 잠만 자는 잠꾸러긴가?"
　"엉? 내 동생은 잠꾸러기 맞는데? 이상하네."
　"훗!"
　연연이 휘의 농담에 가볍게 웃는다, 그 어느 때보다 예쁘게. 휘는 연연이의 웃음만으로도 모든 피로가 다 풀리는 듯했다.

"오빠."

"어, 왜?"

"나… 앞이 안 보이니까… 마음이 편해."

"뭐? 그게 무슨 말이야. 힘내야지. 오빠가 고쳐 준다니까!"

"그게 아니고… 앞이 안 보이니까, 오빠랑 오래 같이 있잖아."

"……."

"차라리 안 보이더라도 계속 같이 있으면 더 좋겠는데……. 안 되겠지?"

"당연히 안 되지! 사부님이랑 사모님이 얼마나 슬퍼하실 텐데……. 다시는 그런 말하지마, 연연아."

"알아, 나도… 알아. 그냥 해본 소리야."

왠지 모르게 가슴이 아릿하다.

'눈이 안 보이니까 다른 것이 보여, 오빠. 이상하지? 왜 이제야 보일까? 오빠에게 연연이는 그냥 동생일 뿐인데……. 왜 전에는 몰랐을까? 그런데 말이야, 알고 나니까 연연이 마음이 많이 아프다, 오빠……. 흑…….'

언뜻 연연이의 눈가에 이슬이 맺혔다. 참으려 해도 복받치는 슬픔에 절로 맺힌 이슬이었다.

연연이의 마음을 알 길 없는 휘는 손을 뻗어 연연이의 눈가에 맺힌 이슬을 닦아주었다.

"그런 소리 말고, 빨리 눈 나아서 집에 갈 생각을 해, 연연아."

연연이는 입을 열면 울음이 나올 것 같아 고개만 끄덕였다.

"……."

"그러고 보니… 우리 연연이, 잠꾸러긴 줄 알았더니 울보였네?"

"피이……."

4

쾌청한 아침 햇살에 고산준봉들의 흰머리가 환하게 밝아왔다.
연연이를 업고 동굴을 나선 휘는 시원한 바람을 가슴으로 끌어안고서 빠른 걸음으로 산길을 올라챘다.
들은 대로라면 동굴에서 마곡(瑪曲)까지 삼백 리 정도 된다 했다. 혼자라면 하루면 충분히 갈 수 있는 거리였다. 그러나 연연이를 위해서 도중에 쉬었다 가야만 하니 족히 이틀은 잡아야 했다.
반 시진을 달려 능선에 올라선 휘는 잠시 하늘을 올려다보았다.
구름 한 점 없는 하늘에서는 금방이라도 파란 물이 뚝 떨어질 것만 같다. 솔개 한 마리가 파란 하늘에 점처럼 떠 있다가 먹잇감을 발견했는지 곤두박질을 친다.
"연연아, 배고프지?"
"아니."
"아니긴, 조금만 기다려라. 쉴 만한 곳을 찾아볼 테니까."
절벽을 따라 구불구불 이어진 고갯길은 어디가 끝인지 보이지도 않았다. 저 멀리 보이는 숲도 수십 리는 가야 할 것 같았다. 일단 가까운 곳에 동굴이 있나 살펴봤지만, 동굴은커녕 하다못해 움푹 파인 곳도 보이지 않았다.
하는 수 없이 계속 내려가자 천 장 깊이 까마득한 절벽 아래에서 물 흐르는 소리가 아스라이 들려온다. 휘는 물소리를 벗 삼아 절벽 중간에 난 좁은 길을 따라갔다.
길은 어찌나 좁은지 두 사람이 비켜 가기도 힘들 정도였다. 삐끗하면 낭떠러지 아래로 떨어질 정도로 위험천만한 길이었다.

그런 길을 따라 십여 리를 더 가자 겨우 절벽 길이 끝나더니 제법 넓은 공터가 나왔다. 넓이가 족히 이십 장은 되어 보인다. 그리고 그 공터의 구석에는 누군가가 다듬어놓은 듯한 석굴이 하나 있었다.

"연연아, 여기서 쉬었다 가자. 힘들었지?"

"아냐, 등이 따뜻하니까 좋은데 뭐."

마음 같아서는 오빠 등에서 내리기 싫었다. 하지만 해결(?)해야 할 일이 있으니 마냥 업혀 있을 수만도 없었다.

그런 연연이의 속을 모르는 휘는 반가운 마음에 석굴 쪽으로 신형을 날렸다.

그때였다. 뭔가 불쾌한 느낌이 휘의 신경을 자극했다.

'뭐지?'

걸음을 멈추고 조용히 주위를 둘러봤다. 연연이도 휘의 행동이 이상하게 느껴졌는지 몸을 움츠리고 나직한 목소리로 물었다.

"오빠, 왜 그래?"

"연연아, 무슨 일이 벌어져도 침착하게 오빠에게 업혀 있어야 한다."

"응? 응."

떨리는 연연이의 대답을 들으며 휘는 올라오는 길 쪽을 바라보았다.

누군가가 고갯길의 구비를 돌아오고 있었다. 한데 일반적인 느낌과는 다른, 뭔가 불길한 느낌이 전해온다. 게다가 불길한 느낌과 함께하고 있는 거대한 기운.

'누구지? 누군데 저런 기운을 자연스럽게 뿜어내는 것이지?'

적어도 절정 이상의 기운이다. 휘는 조용히 서서 자신을 향해 다가오고 있는 기운을 향해 정신을 집중했다.

'둘… 셋?'

거대한 기운의 주인은 셋이다. 그리고 탁한 기운의 주인이 십여 명.

그들이 코앞으로 다가온 듯하다.

휘는 번쩍 눈을 빛내고 전면을 쏘아봤다. 순간! 휘의 눈이 부릅떠졌다.

"철군명? 철.군.명!!"

이십여 장 앞, 뒷짐을 진 채 구비를 돌아오고 있는 자, 분명 철군명이다, 자신의 눈이 잘못 되지 않았다면.

"오랜만이구나, 진조여휘!"

철군명의 냉랭한 말에 휘는 놀란 마음을 가라앉히고 무심한 음성으로 답했다.

"결국 마백의 개가 되었나?"

"제법 많은 것을 알고 있군. 한데 어쩌나? 이제 더 갈 곳이 없으니 말이야. 후후후……."

눈은 분노하고 있으면서도 입은 웃고 있다.

휘는 그러한 철군명을 스쳐 지나 그의 옆에 서 있는 땅딸막한 두 명의 도인을 바라보았다.

'강하다! 하나라면 몰라도 둘은 힘들다. 더구나 저 흑의인들은……'

휘가 나름대로 전력을 평가하고 있을 때다. 철군명이 비릿한 조소를 머금고 휘의 등을 바라보며 말했다.

"놀랍군, 놀라워. 본 궁의 이목을 감쪽같이 속이고 그 아이를 구하다니 말이야. 뭔가 수상해서 옮기라 했거늘, 멍청한 것들이 말을 듣지 않아서 뺏기고 말았군 그래."

그 말에 휘는 일이 어디서부터 시작됐는지를 조금이나마 알 수 있었다. 휘가 북풍한설보다 더 차가운 목소리로 입을 열었다.

"너였더냐? 네가 이 일의 배후에 있었더냐, 철군명! 네가 연연이를 납치하라 시켰더냐?!"

휘가 내지른 차가운 분노의 외침에 철군명은 가느다란 웃음을 머금었다.

"후후후! 내가 직접 하지는 않았지만 그렇다고 해도 무방하겠지."

"왜! 왜?! 힘없는 아이를 납치했던 것이냐? 나를 직접 상대할 자신이 없었나?"

"글쎄, 좀 편하게 처리하려고 했다고나 할까?"

"흥! 이제는 자신이 생겨서 나선 것인가?"

"훗! 혈영마신이 당했다는 말을 듣고 준비가 소홀할까 걱정했는데, 너의 몸 상태를 보아하니 너무 많은 준비를 한 것 같군. 뭐, 천려일실이라는 것도 있으니 굳이 나쁠 건 없겠지."

"어떻게 내가 가는 길을 알았는지 모르지만 네 맘대로 되지는 않을 것이다, 철군명!"

"하하하! 사실 멍청한 것들 때문에 하마터면 길이 엇갈릴 뻔하기는 했지. 하지만 너로 보이는 자가 하상 쪽으로 내려갔다는 정보와 납특하가 피에 잠겼다는 연락이 동시에 들어오더군."

철군명은 설명하는 것이 즐거운 듯 입가에 웃음을 머금은 채 말을 이었다.

"그런데 말이야, 하상에서 감숙으로 넘어가는 길은 외길, 바로 이 길밖에 없거든. 연연이를 위해서라면 가장 빠른 길을 택할 거라 생각했지. 흐흐흐, 알겠나? 결국 너와 나는 만날 수밖에 없었단 말이다. 진조여휘! 여기가 바로 네 무덤 자리란 말이나!!"

철군명의 말이 끝나자 뒤쪽에 포진해 있던 흑의인들이 날개를 펴듯이 철군명의 옆으로 늘어섰다.

하나같이 일류 중에 일류고수들, 눈동자에 맺힌 붉은 그림자를 보아하니 아무래도 제정신이라 볼 수 없는 자들이다.

휘는 망귀들을 상대해 보았기에 제정신이 아닌 자들이 얼마나 상대하기 까다로운지를 잘 알고 있었다. 더구나 눈앞의 흑의인들은 망귀들과 달리 철저하게 훈련을 받은 자들인 듯하다.

"이들로 나를 막을 수 있다고 생각하느냐?!"

"걱정 말게. 준비는 철저히 했으니까!"

아마도 자신의 옆에 있는 두 명의 땅딸막한 도인을 말하는 것일 터이다, 휘의 신경을 예민하게 건드리고 있던 자들. 결코 혈영마신이나 무음살마제에 비해 그리 떨어지는 자들이 아니다.

정녕 신마천궁의 숨은 힘이 얼마나 되는지 두려울 지경이다.

휘는 이를 지그시 깨물고 연연이에게 전음을 보냈다.

"연연아, 절대 내 등에서 떨어지면 안 된다. 꽉 붙잡고 있어라."

고개를 끄덕이는 연연이의 몸짓이 느껴진다.

휘는 천양과 지음의 기운을 동시에 끌어올렸다. 그러자 풍령의 기운이 두 기운 사이에 스며들었다.

삼령의 기운은 이상이 없다. 문제는 신체적인 부상이 완벽히 낫지 않았다는 것. 그래도 할 수 없다. 무리를 해서라도 최대한 빨리 끝내야만이 빠져나갈 방도가 생긴다.

휘의 몸에서 세 가지 기운이 한꺼번에 일자 지나가던 바람조차 숨을 멈추고 고요해졌다.

그때 철군명이 일갈을 내질렀다.

"시작해라!"

순간, 흑의인들이 빠르게 움직이며 휘를 에워쌌다.

촤아아아…….

순식간에 휘를 에워싼 열두 명의 손에서 사슬낫이 솟구쳤다.

여섯 자루는 하늘로, 여섯 자루는 수평을 이루며 휘를 향해 덮쳐들었다. 찰나!

휘의 신형이 흐릿하니 사라진다 싶더니 덮쳐들던 사슬낫이 허공에서 주춤거리며 뒤로 튕겨졌다.

그 사이로 붉은 번개가 솟구쳤다.

따다다다당!

수평으로 날아오던 세 개의 사슬낫이 땅바닥으로 곤두박질쳤다. 그러나 여전히 나머지 세 개의 사슬낫은 흐릿해진 휘의 환영을 가르며 허공을 난자했다.

뒤로 튕겨졌던 여섯 개의 사슬낫도 다시 휘의 환영을 향해 날아든다. 철저히 유기적인 공세, 한 치의 틈도 허용치 않겠다는 필살의 공격!

휘는 오보천환을 펼치며 허공에서 환영을 분리시켰다. 찰나간에 수십의 환영이 허공을 가득 메웠다. 수십의 환영이 일제히 만양을 떨치며 흑의인들의 사슬낫 사이로 스며들었다.

만양에서 떨쳐진 붉은 번개가 날아듦에도 여전히 흑의인들의 동작에는 흔들림이 없다. 두려움이 없다는 것, 그것이 바로 흑의인들의 무서운 점이었다.

떠더더덩! 파앗!

서너 개의 사슬낫이 하늘로 튕겨지고, 두 명의 흑의인이 피를 뿜으며 물러섰다. 하지만 휘는 머뭇거릴 여유가 없었다. 흑의인들의 공세가 여전히 멈출 줄을 모르고 계속되고 있었던 것이다.

빙글, 휘의 신형이 이 장 허공에서 한 바퀴 휘돌았다. 순간, 한줄기 붉은 선이 허공에 그어졌다. 절혼광!

<u>ㅊㅊㅊㅊ</u>…….

떵! 쩌정! 츠팟!

절혼광에 정통으로 가격 당하자 세 개의 낫과 사슬이 한꺼번에 잘라져 버렸다.

"하앗!"
 일성 기합 소리와 함께 전면을 향해 검강의 다발이 폭발했다.
 폭멸혼!
 콰아아아!!
 "끄으으……"
 "꺼억!"
 세 명의 흑의인이 폭멸혼에 휘말려 전신에서 피를 뿜으며 뒤로 튕겨진다. 일순간, 휘의 신형이 허공으로 솟구쳤다.
 찰나간의 차이로 발밑을 지나가는 사슬낫을 바라보며 휘의 신형이 삼장 허공에서 뒤집혔다.
 유성난산분! 붉은 유성이 지상으로 쏟아져 내린다.
 유성탄천파! 쏟아져 내리던 유성이 사방으로 튕겨진다.
 한폭의 그림처럼 아름다운 검무에 한쪽에서 굳은 얼굴로 관전하던 철군명이 자신도 모르게 입을 벌렸다.
 "멋지군!"
 하지만 그 멋진 무공에 남은 일곱 명의 흑의인 중 세 명이 힘없이 쓰러져 간다.
 "쌍도 어르신, 준비해 주셔야겠습니다."
 "켈! 정말 대단한 놈이군. 십이흑마군(十二黑魔軍)이 십 초도 버티지 못하고 쩔쩔매다니."
 "어디시 지런 괴물이 니온 거지? 혈영마신이 쓰러졌다고 해서 그 늙은이도 이제 한물갔다 생각했는데… 그게 아니었군."
 쌍도가 천천히 전장을 향해 걸음을 옮기자 휘는 다급한 마음이 들었다. 연연이로 인해 행동에 제약을 받는 상황에서 네 명의 흑의인과 두 명의 도인을 상대한다는 것은 무리일 수밖에 없는 일이다. 결국 어느 쪽이

든지 한쪽을 먼저 결정지어야 한다는 말.

그때 문득 한 가지 생각이 뇌리를 스쳤다.

'가만, 그걸 이용한다면……?'

유성십팔검의 이초식을 연달아 펼치고 내려선 휘는 품속에서 한 가지 물건을 재빨리 끄집어냈다. 여섯 개의 못에 감긴 머리카락처럼 가느다란 실, 풍동에서 얻은 바로 그 실이었다.

재빨리 꺼낸 실을 좌수의 검지에 옭아매고 바닥에 늘어뜨렸다.

그 찰나의 시간에 네 명의 흑의인이 죽음을 무시하고 덮쳐든다, 사슬낫을 휘돌리며.

휘의 입가에 차가운 웃음이 걸렸다.

상대가 껄끄러운 것은 사슬낫의 사정거리가 길고 변화를 예측할 수 없다는 것. 자신이야 스친다 해도 큰 부상은 입지 않을 테지만 연연이는 그렇지 못하다. 그 때문에 내력 소모를 각오하고 멀리서 검강지기만을 사용했었다. 하지만 방법을 찾은 이상 이제는 상황이 달라질 터.

휘가 좌수 검지를 가볍게 휘돌렸다.

피리리릭!

못에 감긴 실이 일시에 풀리며 작은 바람이 일었다. 순간! 귀를 간질이는 소음이 마른 땅을 스친다 싶더니, 먼지구름이 일며 가느다란 광채가 허공을 휘어 감았다.

휘를 향해 쏘아서 오던 사슬낫의 사슬이 휘노는 실에 감겨 버렸다. 사슬이 실에 감겨 버리자 서슬 퍼렇게 날아오던 낫이 느닷없이 방향을 바꿔 곤두박질을 치고, 그 끝을 잡고 있던 흑의인들이 엉겁결에 딸려온다.

번쩍!!

만양이 번개를 뿜었다. 붉은 번개가 소리없이 허공을 갈라 버렸다.

연이어 좌수가 슬쩍 떨쳐졌다. 사슬을 휘감은 가느다란 실이 풀리며 허공을 수평으로 양단해 버렸다.

번개에 맞은 이마가 갈라지고, 실이 스쳐 간 곳에선 흑의인들의 허리가 짚단처럼 무너져 내린다. 생각보다 훨씬 강력한 위력!

츠으으으윽!

들릴 듯 말 듯 기묘한 소음이 허공을 가르자 느긋이 걸어오던 쌍도조차 대경하며 뒤로 물러섰다.

"뭐야? 이건?!"

쌍도가 뒤로 물러서자 휘의 신형이 쌍도를 향해 덮쳐들었다.

기회가 왔을 때 조금이라도 타격을 줘야 한다. 상대는 자신에 비해 크게 뒤지지 않는 자들, 게다가 그런 고수가 둘이다. 정상적으로 붙어도 승리를 장담할 수 없다. 한데 자신은 연연이까지 업고 있는 상황. 최선의 선택을 해야 할 때이다.

짚단처럼 허물어진 흑의인을 타넘어 휘가 달려들자 쌍도는 놀란 눈을 부릅떴다.

청도(靑道)가 황금봉을 들어 휘를 향해 내뻗었다. 홍도(紅道)도 불진을 들어 거세게 흔들었다. 황금빛 강기와 새파란 강기가 줄기줄기 몰려온다.

"차아앗!!"

찰나! 휘의 일성 기합 소리가 계곡을 울리더니, 검강 다발이 밤하늘의 유성우처럼 쌍도를 향해 터져 나간다.

콰과과광!!

"으음……."

"크으……."

동시에 주르륵 물러선 쌍도가 어이없는 눈으로 전면을 바라보았다. 자신들은 둘이 합공하고 서너 걸음씩 물러섰는데, 젊은 놈은 오 보를 물러선 데 그쳤다. 한마디로 일 대 일이면 밀린다는 뜻.
 그러나 두 사람은 놀라고 있을 수만은 없었다. 선홍빛 혈련화가 다시 피어오르고 있었다. 오 보를 물러선 휘가 이를 악다물고 혼신을 다해 다시 만양을 떨치고 있는 것이다!
 천심화! 아홉 송이의 혈련화가 빗살처럼 쌍도에게 날아갔다.
 "헉! 뭐 이런 놈이!"
 "감히!"
 청도의 황금색 봉이 휘황찬란한 빛을 뿜고, 홍도의 불진이 새파란 강기를 흘려내며 혈련화를 마주쳐 간다.
 쿠구구궁! 콰광!!
 혈련화가 터져 나가며 굉음이 인다.
 붉은 꽃송이가 꽃잎을 날리며 비산한다.
 그 사이로 하나의 커다란 혈련화가 선홍빛을 뿜어내며 쇄도했다.
 청도가 황금마곤을 떨치다 말고 아연히 입을 벌렸다. 자신의 황금마혼강기를 뚫고 눈앞으로 다가오는 혈련화에 기가 질린 것이다.
 "피해!"
 혈련화를 막아내고 두어 걸음 물러선 홍도가 놀라 소리치며 신형을 날렸다. 불진이 아지랑이 같은 강기를 흘려 내며 휘의 우측으로 몰려간다.
 휘는 입술을 깨물었다. 이대로 친다면 파란 도복을 입은 자에게 치명상을 안길 수 있다. 그러나 자신도 적지 않은 피해를 감수해야 한다.
 문제는 역시 등에 업힌 연연이었다. 등줄기를 타고 뜨뜻한 느낌이 전해진다.
 피다! 연연이가 피를 흘리고 있다. 그러면서도 행여나 싸움에 방해가 될까 봐 아무런 소리도 내지 않고 있다.
 '연연아!'

하는 수 없다. 연연이를 더 이상 힘들게 할 수는 없다.
"하앗!!"
일성 기합을 내지르며 만양을 흔들었다.
콰아앙!!
천심화의 마지막 꽃송이가 허공에서 폭발했다. 청도가 정신없이 물러나는 것이 보인다.

휘는 몸을 비틀어 좌측에서 덮쳐 오는 홍도의 불진을 향해 좌수를 흔들었다. 손에 매달려 있던 실이 천양의 기운을 실은 채 허공에서 춤을 춘다.

티리리링!!
실과 홍도의 불진에서 일어난 강기가 부딪치며 하늘에 불꽃이 일었다. 순간, 휘의 신형이 허공으로 솟구쳐 우측으로 빠르게 날아갔다.

그때였다.
"어딜!"
한 소리 단호한 외침이 계곡을 울리더니 한 자루 거검이 가공할 기세로 쏘아온다, 천지를 양단할 듯이!

철군명이었다!
상황을 주시하고 있던 그가 마침내 검을 뽑아 든 것이다.
한데 저 검은 뭐란 말인가? 철군명이 저토록 엄청난 검을 익히고 있었단 말인가?

쏘아오는 검을 바라보며 휘는 놀란 눈을 부릅떴다.
피할 길이 없다. 방법은 오직 하나!
좋다! 누가 이기나 한 번 해보자!
'연연아! 한 번만, 딱 한 번만 더 참아다오!!'
휘는 마음속으로 외치며 혼신의 힘으로 만양을 내뻗었다.

일순! 만양의 검첨에 사발만한 둥근 점이 시뻘겋게 피어난다. 천지간의 기운을 모두 빨아들이며! 귀천무종(歸天無終)!!

선홍빛으로 피어난 붉은 점이 공간을 좁히듯이 찰나간에 사라졌다. 찰나!

콰아아아앙!!

"헉! 어억!!"

"크으윽!"

두 기운이 거센 충돌음과 함께 사방으로 비산했다. 동시에 철군명의 비명이 계곡을 울리고, 휘의 신형은 거센 충격에 뒤로 튕겨졌다.

"내 눈!! 으아아아!!"

이 장을 굴러간 뒤 벌떡 일어선 철군명이 왼쪽 눈을 감싸 쥐고 처절한 비명을 터뜨렸다. 감싸 쥔 손 틈 사이로 시뻘건 피가 뭉클거리며 솟아 나오고 있다.

두 가닥 기운이 충돌한 순간, 가공할 기운의 파편이 그의 왼쪽 눈을 짓뭉개 버린 것이다.

철군명이 피를 토하듯이 비명을 내지르자 쌍도가 대갈을 터뜨리며 신형을 날렸다.

"삼공자!!"

"네놈이 감히!!"

충격으로 이 장여를 날아간 휘를 향해 쌍도가 달려들었다, 감히 사신들을 희롱한 휘를 찢어 죽이겠다는 듯이.

하지만 그들은 목적을 달성할 수가 없었다. 오히려 휘를 향해 달려들던 신형을 급급히 세우기에 정신이 없었다. 신형을 세운 두 사람은 어이없는 눈으로 앞을 바라보았다.

"저, 저 미친놈이……."

휘는 튕겨지며 결심을 굳혔다.

어차피 세 사람을 상대로 이기기는 힘든 상태다. 자신도 연이은 충격으로 심각한 내상을 입은 데다, 연연이마저 부상을 입은 듯 느껴진다. 게다가 철군명에게 가한 일격이 어느 정도 성공한 듯하다. 비록 죽이지는 못했지만, 들리는 비명으로 봐선 눈에 커다란 부상을 입은 것 같다. 그렇다면 망설일 것이 없다.

휘는 튕겨진 방향 그대로 신형을 날렸다, 우측의 천 장 낭떠러지를 향해.

죽일 듯이 달려들던 두 명의 도인이 뒤로 물러서는 것이 보인다. 어이 없다는 눈빛으로 미친놈 바라보듯이 바라보고 있다.

휘가 외쳤다, 입가로 피를 흘리면서도 악착같이!

"철.군.명! 다.음.에. 만.나.면, 반.드.시. 죽.인.다!!"

계곡을 울리는 휘의 외침에 거대한 산봉들이 몸을 떨며 메아리쳤다.

"크아아! 진조여휘!! 네놈을 용서치 않으리라!!"

계곡 위의 철군명도 처절한 외침을 토해냈다.

계곡 아래를 내려다보던 쌍도는 눈을 부릅뜨고 더듬거렸다.

"저, 저… 난다, 날아……."

그렇다. 휘가 날고 있었다. 비록 새처럼 자유롭지는 못했지만, 두 사람이 보는 관점으로는 날고 있었다.

"세상에! 뭐 저런 놈이 다 있어……. 저거 어떻게 쫓아가지?"

"쫓아가는 게 문제야? 산공자께서 눈깔 없는 병신이 되게 생겼는데?!"

"아 참! 삼공자! 눈깔은 괜찮……?"

"으아아! 쌍! 도!!"

5

계곡의 찬바람을 온몸으로 받아들였다.
 천양의 기운도 지음의 기운도 연이은 충격에 쉽게 움직이지를 못하고 있다. 남은 것은 오직 풍령의 기운뿐. 그나마 풍령신주의 기운이 끊임없이 휘돌고 있기에 낭떠러지로 몸을 날릴 결심을 할 수 있었다.
 하지만 몸이 정상이 아닌 것만은 분명하다. 바람의 결을 타기가 쉽지가 않다. 거기에 연연의 무게까지 더해지니 아무래도 떨어지는 속도를 조절하기가 쉽지가 않다.
 휘는 일단 멀리 나는 것보다 무사히 내려가는 것에만 주력했다.
 그렇게 계곡의 바람을 탄 지 얼마 지나지 않아 휘는 연연이를 업은 채 무사히 계곡 바닥에 내려 설 수 있었다.
 바닥에 내려서자마자 계곡을 따라 치달렸다. 들끓어오른 내기로 인해 전신의 혈맥이 터질 듯 날뛰고 있었지만, 휘의 신경은 온통 연연이에게만 있었다.
 이십여 리쯤 달렸을까, 절벽 아래에 시커먼 입을 벌린 동굴이 보였다. 급히 안으로 들어가 살펴보았다. 두 사람이 쉬기에는 그리 무리가 없어 보였다. 휘는 급히 주위를 치우고 연연이를 내려놓았다.
 "연연아! 괜찮아?"
 "으으음……."
 신음이 흘러나오는 연연이의 입가에 가는 핏자국이 보인다.
 괜찮을 리가 없다. 휘가 천양의 기운으로 보호했다고는 하나, 절대고수들의 싸움으로 인한 타격은 결코 약한 것이 아니었다. 당장 죽지 않은 것이 다행일 정도다.
 연연이의 신음 소리에 휘는 급히 연연이의 맥을 짚어봤다.
 맥이 약하게 뛰고 있다. 당장이라도 내력을 불어넣어 기운을 북돋아주고 싶지만 마음뿐이다. 자기 자신조차도 몸을 가누기 힘들 정도인 것이다.
'일단 내 몸의 기운부터 다스리고 보자. 언제 놈들을 만날 지 모르니까. 연연이를 지키기 위해서라도.'
"우웩! 퉤!"
일단 눌러 놓았던 핏덩이를 게워냈다. 속이 시원하게 느껴진다.
휘는 이를 지그시 깨물고 운기를 해봤다. 제대로 움직이지 못하는 천양의 기운을 억지로 일으키자 혈맥이 또다시 요동을 친다. 극심한 고통이 독맥을 치달린다. 자신도 모르게 떨리는 몸을 겨우 가누고 지음의 기운을 마저 끌어올렸다.
'제발!!'
기해에 뭉쳐 있던 지음의 기운이 조금씩 반응을 보였다.
그때였다. 가슴에서 풍령의 기운이 거세게 움직이기 시작했다. 풍령신주의 기운이었다. 풍령신주가 마치 살아 있는 생물처럼 스스로 움직이기 시작한 것이다.
마치 네가 못하면 내가 한다는 식이었다.
한 번 움직이기 시작한 풍령신주의 질주는 거센 해일과도 같았다. 힘이 쇠진한 휘로서는 막을 수도 멈출 수도 없었다. 휘가 제어하지를 못하자 풍령신주의 기운은 천양과 지음의 기운을 강제로 끌어내더니 전신 혈맥으로 끌고 들어간다.
가공할 기세다! 막힌 혈맥(穴脈)을 강제로 뚫고 있다!
진정 스스로 움직이는 것인가?
정녕 풍령신주가 살아 있는 것이란 말인가?
천양의 기운을 이끌고 척추 맨 아래 측 장강혈을 시작으로 명문, 중추, 영대혈로 치솟더니, 대추에 이르러 일부의 기운을 수삼양 족삼양으로 내리뻗고는 나머지 기운을 이끌고 풍부를 뚫고 올라가 끝내 백회에 이르렀다.

백회의 천령개가 열리는 듯하자 대기의 기운이 빨려 들어온다. 처음에는 잔잔히, 그러다 시간이 지날수록 강해졌다. 빨려 들어오는 기운이 강해질수록 휘의 고통도 커져만 간다.

하지만 그것도 잠시, 그렇게 들어온 기운이 다시 한 번 백회를 한 바퀴 휘돌더니 전중과 인중을 거쳐 은교혈에 다다랐다. 아득한 정신을 억지로 붙잡고 모든 것을 풍령신주의 움직임에 맡겨 버렸다. 그러자 풍령신주가 이끄는 천양의 기운이 그곳에서 임맥을 뚫고 올라오는 지음의 기운을 맞이해 갔다.

또 다른 한줄기, 기해에서 발원해 회음혈로 내려갔다 다시 치솟기 시작한 지음의 기운은 임맥의 혈을 따라 턱의 승장혈까지 오르더니 마침내 독맥을 따라온 천양의 기운과 맞대면하자 그 기세가 더욱 강해졌다.

결국 두 가닥 기운은 윗잇몸 속에 있는 은교혈에서 부딪쳤다.

쾅!!

"크흡!!"

콰광!

"웩!"

다시 한 모금의 핏덩이를 토해낸 휘는 자신도 모르게 온몸을 떨었다. 악다문 이사이로 신음이 설로 흘러나온다. 이미 자신의 의지로는 어떻게 할 수가 없는 상황이다.

너무도 고통스럽다. 비명이라도 지르고 싶은 마음이다.

툭툭 튀어오르는 혈맥은 금방이라도 터져 나갈 것만 같다. 혈맥이 가닥가닥 끊어질 것 같은 고통에 차라리 기절을 바랄 정도다.

살을 강제로 찢어발기는 듯한 고통, 뇌리를 하얗게 비우는 극렬한 충격.
 답답하다.
 처절한 고통의 시간은 너무도 느리게 흘러간다.
 하늘의 시간은 멈춘 것인가!
 젠장! 제기랄!!
 ……!
 어느 순간!
 쾅!
 다시 한 번 은교혈에서 천양과 지음이 거세게 충돌했다. 동시에 휘의 모든 의지도 끊겨 버렸다.

 얼마나 지났을까, 마치 억겁의 시간이 지나간 것만 같다.
 "으음……."
 하나하나 자신의 상태가 느껴진다.
 살을 강제로 찢어발기던 고통이 서서히 수그러드는 것 같다.
 더 이상 고통을 주기에도 지친 것일까?
 고통이 수그러들기 시작한 지 이각이 지나갔다.
 풍령신주의 기운이 가슴속에 똬리를 틀고 고요히 가라앉았다. 다시는 겪고 싶지 않은 고통의 시간이 마침내 끝난 듯하다.
 휘는 그제야 천양과 지음의 기운이 정상적으로 움직이고 있음을 느낄 수 있었다, 비록 약하긴 하지만. 한데 전보다 훨씬 맑게 느껴진다. 기분이 좋을 정도다.
 다시 일각이 지난 후, 숨을 크게 내쉬고 천천히 몸을 일으켰다. 그리고 몸을 가볍게 뒤틀어봤다. 그럭저럭 몸을 움직일 수 있을 만큼은 회복이 된 듯하다.

'후! 천만다행이군.'

안도의 한숨을 내쉬던 휘는 문득 드는 생각에 몸을 홱 돌렸다.

'아차! 연연이… 연연이는?'

시간이 얼마나 지났는지 알 수가 없다. 그렇지 않아도 상태가 좋지 않았는데…… 아무리 고통 때문에 혼절하다시피 했다 하지만, 멍청하게 연연이를 잊다니!

휘는 황급히 연연이에게 다가가 맥을 살펴보았다. 계곡의 차가운 바람 때문인지 연연이의 몸은 상태가 더욱 악화되어 있었다.

"이런! 이런 줄도 모르고 마음을 놓고 있었다니, 멍청한!"

자책하는 것도 나중의 일이다. 일단 연연이의 몸을 보살피는 것이 우선이었다.

휘는 천양의 기운을 연연이의 몸에 주입하며 굳어진 혈맥들을 풀어주었다.

일각이 지나자 연연이 신음을 흘리며 몸을 뒤척인다. 뒤척이는 연연을 바라보던 휘는 천양의 기운에 지음의 기운마저 끌어올렸다.

'공유유의 예로 보더라도 음양비결은 요상에 탁월한 것 같다. 한 번 해보자.'

천양의 기운만으로는 부족함을 느끼던 차에 문득 음양비결이 떠오른 것이다.

휘는 천양과 지음의 기운이 알맞게 섞여지사 곧바로 음양비결에 섞힌 요상결, 음양이 서로를 도와 조화에 이른다는 음양상지조화결(陰陽相至造化訣)을 펼쳤다. 그러기를 반 시진.

"쿨럭! 쿨룩!"

연연이가 한 주먹의 시커멓게 죽은피를 두어 번에 걸쳐 토해내고는 숨을 깊이 들이쉬었다. 휘는 그제야 연연이의 명문에서 손을 떼고 입가에 묻은 피를 닦아주었다.
 음양상지조화결의 효능은 휘가 생각했던 것보다 훨씬 뛰어난 듯했다. 어느덧 연연이의 얼굴에 홍조가 돌고 있다. 그리고 자신의 내기도 전보다 더 안정이 된 것 같다. 마치 운기라도 한 것마냥.
 생각보다 뛰어난 음양비결의 효능에 휘는 새삼 음양비결에 대해 깊이 연구해 봐야겠다는 생각이 들었다. 그렇게 휘가 음양비결에 대해 감탄하고 있을 때였다. 연연이가 신음 소리를 흘리며 깨어났다.
 "으으음…… 오빠……?"
 "그래, 나야. 괜찮아?"
 연연이가 깨어나자 휘는 눈물이 날 것만 같았다. 자신으로 인해 납치까지 당하고 이제는 눈마저 보이지 않는데, 설상가상 부상마저 입고 말았다.
 "미안하다, 연연아……."
 "아니야……."
 "아니긴……."
 "근데… 오빠 등 참 따뜻하더라, 어렸을 때 엄마 등에 업혔을 때처럼."
 엄마 등에 업혀본 적이 없는 휘지만, 연연이의 말처럼 엄마 등에 업히면 참 따뜻했을 거라는 생각이 들었다.
 "정말?"
 "응."
 "그럼 의원에게 갈 때까지 계속 업어줄까?"
 "응."
 휘는 연연의 이마에 맺힌 식은땀을 닦아주며 말했다.
 "그래, 우리 연연이가 원하는 것은 오빠가 다 들어줄 거다. 그러니까 연연이는 걱정 말고 몸 나을 생각이나 해. 응?"

"알았어……. 오빠, 약속한 거다?"

"그, 그래……."

다 들어준다는 말을 너무 쉽게 했나?

'뭐, 그래도 연연이가 나을 수 있다면야, 까짓것!'

5

"이월 초하루라고?"

"그렇습니다, 맹주! 저들이 제삼의 지역인 합비에서 회동을 하자 합니다."

"합비? 홍! 삼양신문과 결탁을 해놓고 삼양신문의 영역인 합비에서 만나자? 속 보이는 짓을 할 사공천이 아닌데…… 이상하군."

"아무래도 구대문파와 오대세가가 자신들도 이번 일을 좌시할 수 없다며 강력히 참여할 뜻을 밝히다 보니, 천검보의 영역에 불똥이 튀는 것을 막기 위해 그런 것 같습니다."

"게다가 삼양신문도 천하의 주목을 받을 기회를 놓치기 싫었겠지. 홍! 승냥이 같은 놈들."

"어쨌든 어느 곳이든 저희들에게 불리한 지역입니다, 맹주!"

"으음……."

신도문주 여만정의 말을 들으며 위지혁성은 호피 의자에 깊숙이 몸을 묻었다.

그랬다. 그가 아는 사공천은 속이 깊어 함부로 움직이는 자가 아니었다. 이미 들어온 정보를 봐도 이번 일의 주책임자는 천검보의 이공자인 사공명이었다.

그렇다고 사공명이 자신의 의지대로 모든 것을 움직이지는 않을 터, 분명 사공천의 뜻에 의해 움직이고 있을 텐데도 너무 속이 드러나 보이게 행동하고 있었다.

"대체 왜……?"

위지혁성은 궁금했다.

지금까지만 해도 천검보는 적지 않은 이득을 얻었다. 그중 하나가 바로 명예다. 자신들이 마치 강호 정파의 대표자인 것처럼 행동하고 있지 않은가?

게다가 여기서 조금만 더 밀어붙인다면 천도맹은 둘 중 하나를 택해야 할 지경이다, 싸우든 뭔가를 내놓든.

만약 저들이 용납하지 못할 정도의 것을 요구한다면 자신은 굴하지 않고 검을 들 수밖에 없다.

사실 마음 같아서는 당장이라도 칼을 들이대고 싶다. 하지만 그게 쉬운 일이 아니라는 것을 자신이 누구보다도 잘 알기에 성질을 누르고 참고 있는 것이다.

그렇다면 결국은 뭔가를 줘야 한다는 말. 크든 작든.

그런데… 이상하다. 코앞에 떨어진 이득을 남에게 던져 주다니.

삼양신문은 웬 떡이냐며 곧바로 안방을 내놨을 터. 대체 사공천은 무슨 생각을 하고 있는 것인가.

답답하다. 풀리지 않는 수수께끼처럼…….

"백아숙 선생은 뭐라 하는가?"

"그게… 조금 이상한 말씀을 하셨습니다."

"이상한 말?"

위지혁성은 몸을 바로 세우고 여만정을 바라보았다.

"한편의 경극을 보는 것 같으시다고……."

"경극, 경극이라……. 흠, 당연한 일이 아닌가? 십팔마마공은 우리 것이 아니네. 한데 야귀도는 우리 물건이 아닌 십팔마마공을 가지고 있었지. 누가 중간에서 바꿔치기 했거나, 처음부터 꾸민 일이 아닌 마당에야 일이 이렇게 흘러갈 이유가 없지 않은가?"

"문제는 그들이 무엇을 바라고 일을 꾸미는지 그것을 알 수 없다 하셨습니다."

위지혁성이 이마를 짚었다.

"후우… 나도 그것 때문에 머리가 아플 지경이라네. 굳이 억지로 이유를 가져다 붙이라면 천검보와 우리 천도맹 사이에 싸움을 붙이고 이득을 취하겠다는 것일 텐데……."

"칠패의 두 곳이 싸운다고 해서 어느 한 쪽이 당장에 전멸할 것도 아닌데, 그 사이에서 얻을 수 있는 이득이란 것이 십팔마마공보다 큰 게 무엇이 있겠습니까?"

"그러게 말이네. 기껏 혼란스럽기밖에 더 하겠나?"

"맹주, 강호에 혼란이 오면 서로가 힘들어집니다. 물론 구대문파와 오대세가는 과거의 영광을 찾을 기회라 생각하고 벌써부터 분주하게 움직이고 있지만, 그들 역시 피의 수레바퀴를 피해갈 수는 없을 것입니다."

"각오하고 달려드는 것이겠지."

이미 일은 커질 대로 커져가고 있다.

물찬 독에 계속 물을 부으면 넘칠 수밖에 없다. 결국 넘치는 만큼 다른 곳에다 퍼내야 한다. 그렇듯이 힘을 키운 세력들이 넘치는 힘을 분출할 곳을 찾으려는 이때, 마침 그들의 입맛에 맞는 좋은 먹이가 나타난 셈이다, 명예와 실리를 다 얻을 수 있는 좋은 먹이가. 먹이를 마련해 놓은 자의 각본에 따라. 누군지는 모르지만.

'어떻게든 쉽게 당하지는 않을 것이다!'

위지혁성은 생각을 가다듬고 여문정을 바라보았다.

"조령위에게서 연락은 왔는가?"

"조휘라는 자는 지금 청해에 가 있다고 합니다. 돌아오는 대로 본 맹으로 와달라는 부탁을 전하고 내려오고 있는 중이라 합니다."

"부탁이라……. 허! 언제부터 본 맹이 남에게 부탁이나 하고 다니는 처지가 됐단 말인가?"

"그리고… 맹주님, 혈천교에서 연락이 왔습니다."

"그들이?"

위지혁성의 눈에 신광이 번쩍였다. 칠패 중 스스로 나서서 도와주겠다는 단 하나의 세력, 그럼에도 꺼림칙한 것은 어쩔 수가 없다.

"고수들을 보내주겠다고 합니다. 장소만 마련해 주면 그곳에 머물며 필요할 때 돕겠다고 합니다."

"흥! 우리를 위한 것처럼 보이지만, 결국은 자신들 나름대로 움직이겠단 말이겠지."

"어떻게 하시겠습니까?"

혈천교의 행사가 마음에 들 리 없다. 그러나 지금 당장은 하나의 손이라도 필요한 상황.

위지혁성은 미간을 찌푸리며 고개를 끄덕였다.

"일단은 안의에 있는 정안산장을 비우고 그들을 머물게 하게. 혹시 아나? 피에 굶주린 미친개들이 멍청한 멧돼지를 잡을 수 있을지."

"알겠습니다."

"그리고… 사공천에게 서신을 보내게, 합비에서 만나자고."

　　　　　*　　　*　　　*

"아버님, 그들이 승낙을 해왔습니다."

사공명의 말에도 사공천은 말없이 하던 일을 계속 했다.

그러기를 일각여, 한 폭의 매화도를 완성한 사공천이 천천히 고개를 들고 사공명을 바라보았다.

"위지혁성은 성격이 호탕하고 급한 성격으로 알려져 있지만 이 아비의 생각은 다르다. 그가 호탕하게 보이는 것은 강함으로 인해 자신감이 넘치다 보니 그리 보이는 것이고, 급한 성격으로 알려진 것은 그가 판단이 빠르다 보니 그렇게 보일 뿐이다. 그렇지 않다면 십파의 연합인 천도맹을 저토록 완벽하니 통솔할 수가 없었을 것이다."

"이미 주사위는 던져졌습니다, 아버님. 한데 왜 장소를 합비로 정하라 하셨는지요?"

이해할 수 없다는 표정의 사공명을 바라보며 사공천은 나직한 목소리로 입을 열었다.

"삼양신문에 너무 많은 것은 주는 것 같아서 그러느냐?"

"꼭 그런 것은 아닙니다만……."

"얻기 위해선 줄줄을 알아야 한다. 더구나 큰 것을 얻기 위해선 큰 것을 줘야 한다, 받는 사람이 부담을 느낄 정도로."

사공천의 눈빛이 깊게 가라앉았다.

"그래야 되받을 때 떳떳이 받을 수 있고, 주는 상대도 자신이 손해 봤다는 생각을 안 하는 법이다. 당장의 이익만 바라보다가는 큰 것을 놓칠 수 있다."

"명심하겠습니다, 아버님!"

"특히 뒤탈이 있을 것 같은 이득은 될 수 있는 한 많은 사람이 나눠 가져야 한다."

사공천을 말을 마치고 자신이 그려 놓은 매화도를 쳐다보았다.

'매화는 찬바람을 맞아야 더욱 아름답게 피어난다. 이 아이도 이번 일을 겪고 나면 더욱 성숙해질 것이다.'
"명아야, 머지않아 더 큰 일이 있을지 모른다. 그때를 위해서 힘을 아낀다는 의미도 있느니만큼 절대 무리해서 일을 진행시키지는 말아라."
"그리 하겠습니다."
사공천은 문득 한 사람이 생각났다.
'조휘, 그 친구가 보고 싶군. 그라면 뭔가 다른 말을 해줄 법도 한데… 쩝, 생각할수록 아깝단 말이야. 있을 때 희령이를 무조건 넘겨 버렸어야 하는데……. 에잉.'
"희령이는 지금 어디 있느냐?"
"항주에 있다 들었습니다."
"그래? 녀석… 좀 확실히 붙들지 않고는……. 쯔쯔쯔. 험! 그건 그렇고, 네 형은 언제 나온다 하더냐?"
사공명의 눈썹이 가늘게 떨렸다.
"형님은 아마도 이월이 되기 전에 나올 듯합니다."
"음, 그래? 후에게는 따로 맡길 일이 있으니 이번 일은 네가 최선을 다해 진행시키거라."
사공명은 속으로 안도하며 고개를 숙였다.
"최선의 결과가 나오도록 하겠습니다, 아버님!"

6장
초혼몽(招魂夢)의 비밀

1

휘는 감숙성 마곡(瑪曲)에서 청심장이 운영하는 청심표국의 지국을 찾아 들어갔다. 그들에게 정체를 숨긴 채 섬서로 떠나는 표행에 한 장의 봉인된 서신을 맡겼다. 성곤의 삼상객잔으로 보내는 서신이었다.

그곳에 서신이 전해진다면, 즉시 물상만가에 연락이 취해질 것이다. 사실 곧바로 물상만가로 보낼까도 생각했었다. 하지만 혹시 모를 추적은 피해야 했기에 그리 한 것이었다.

보낸 서신에는 고봉천에게 전하는 내용도 있었다. 연연이를 구했으니 너무 걱정 말라는 내용이 담긴 서신이. 하지만 눈이 안 보인다는 내용은 전하지 않았다. 어떻게든 낫게 해서 보낼 생각이니까.

그러고는 성수곡으로 가기 위해 바로 사천으로 내려갔다.

사천은 겨울이라 하여도 날씨가 그리 차갑지가 않았다. 마치 겨울이 지나가고 봄이라도 온 듯하다.

오는 도중 들은 소문으로는, 감숙 삼대세력의 공격으로 엄청난 피해를 입은 잔혈마전이 곳곳에서 삼대세력 휘하의 지부들을 공격하고 있다고 한다. 그 바람에 감숙의 남부 무림은 전쟁터처럼 시끄러워 칼 찬 사람만 보면 양민들이 피할 정도라고 했다.

오죽하면 군부가 개입할지도 모른다는 소문이 돌 지경이겠는가.

그 와중에 청심장주 청심대협 군장청의 이름은 하늘 높을 줄 모르고 치솟고 있었다.

그는 잔혈마전을 공격한 삼대세력 중 가장 적은 피해로 적을 완벽하니 제압한 데다, 적들의 거처에 있던 자들 중 무공을 모르는 자는 결코 죽이지 않았다는 것이다.

사람들은 그를 인의청심(仁義靑心)이라 부르며 감숙 제일의 대협이라 손꼽히기를 주저하지 않았다.

반면에 상대동은 피를 좋아하는 늑대귀신, 낭혈귀라는 이름을 새로 얻었다. 납특하의 혈전에 대한 소문이 단 며칠 사이에 감숙까지 퍼지며 생긴 이름이었다.

응천문의 양관위는 적혈단의 지부를 공격하다 적지 않은 상처를 입었다 한다. 그가 부상을 입자 그의 아들인 양추산이 전면에 나서서 잔혈마전과의 전쟁을 선포했다고 한다. 어쨌든 이래저래 감숙은 잔마혈전과 삼대세력 간의 물고 물리는 싸움터가 되어버렸다.

휘는 오히려 그 점이 다행스럽게 생각되었다.

"당분간 철혈성에 대해선 걱정을 덜 수 있겠군."

신마천궁이 섬서 쪽으로 가기 위해선 감숙을 통과해야만 했다. 전쟁 전이었다면 소리 소문 없이 통과할 수 있었을 것이다. 그러나 이제는 그것이 불가능해져 버렸다. 전쟁터라는 곳은 본래 하나의 정보라도 더 얻기 위해 수많은 눈이 번뜩이는 곳이니까.

아직 안심할 정도까지는 아니지만, 전에 비하면 훨씬 나아진 상황에 사천으로 발걸음을 옮기는 휘의 마음도 그 어느 때보다 편안해져 있었다. 다만 외숙부와 모용서하에 대한 소식을 알지 못한다는 것이 마음에 걸릴 뿐이었다.

이런저런 생각으로 길을 재촉하다 보니 금천을 지났다. 이제 소금까지는 이틀 거리다. 단파(丹巴)로 돌아가려다 임안(林安)에서 산길을 탔기 때문에 하루 정도는 단축이 될 듯했다.

구두령을 넘어가는 길이 험하기는 했으나 휘에겐 평지와 별 차이가 없었다.

구두령의 정상에 오르자 남쪽에서 따뜻한 바람이 불어온다.

"연연아, 여기는 벌써 봄이 온 것 같다."

"피이, 아직 일월이 지나가려면 멀었는데, 무슨 봄? 사천은 남쪽인데다 북쪽이 산으로 막혀서 원래 따뜻하대."

"그래? 그런데 나는 왜 모르고 있었지?"

"공부를 안 했으니까 그렇지! 오빠는 공부를 더 해야 돼. 내가 나으면 하루에 두 시진, 아니 세 시진은 공부시킬 거야!"

"허윽! 연연아, 조금 줄이면 안 될까?"

"안 돼! 틈만 생기면 모용 언니 생각만 할 텐데, 뭐. 연연이 약 올라서 안 돼!"

"……."

충격으로 머리가 멍해졌다. 세상에, 연연이가 모용서하에 대한 말을 하다니…….

휘가 말문을 열지 못하고, 걷는 걸음조차 느릿해지자 연연이가 나지막한 목소리로 말했다.

"근데 오빠……. 모용 언니 예뻐?

"…어."

"보고 싶지?"

"…어. 그런데… 어떻게 알았어?"

"내가 뭐, 그 정도 눈치도 없는 줄 알아? 쳇!"

눈이 안 보이다 보니 지난 일을 생각하는 것으로 하루를 보낸다. 그러다 보니 문득 휘 오빠가 아버지에게 말했던 모용서하에 대한 이야기가 생각났던 것이다.

그래서 한 번 꺼내봤다. 그런데 대답을 하는 휘의 등이 떨리는 것처럼 느껴진다. 심장이 크게 뛰어서 그런 것일까?

귀를 대어봤다. 평소보다 큰 심장의 고동 소리.

조금은, 조금은 서운한 마음이 든다.

'에이……. 천하제일 여장부가 쪼잔하게…….'

연연이는 서운한 마음을 털어내고 웃음을 지었다.

"한 번 봤으면 좋겠다. 헤헤……."

'연연아…….'

어찌 연연이의 마음을 모를까. 휘는 미안한 마음에 가슴이 아련히 아파왔다.

"근데 오빠……. 여자는 마음이 고와야 한대. 엄마가 그러는데, 마음이 곱지 못한 여자는 남자를 힘들게 한대……. 또 인상도 좋아야 하는데, 쌀쌀맞은 여자는 마음도 차갑대. 정말 그럴까?"

그렇지 않은 여자도 있다. 당홍처럼……. 이년가? 그저 치기워 보일 뿐인가?

"그리고 여자가 남자의 일에 너무 관여하면 남자가 싫증을 느낀대, 오빠도 그렇게 생각해?"

"글쎄……."

"내가 생각해 보니까 모용 언니는 마음이 고울 것 같아. 그러니까 오빠가……."

끊임없는 연연이의 말에 휘는 고소를 지었다.

가슴이 아픈가 보다. 막상 말을 꺼내긴 했는데, 내 마음을 확실히 알게 되니까 견디기가 힘드는가 보다, 자꾸 수다를 피우는 것이.

'연연아, 그래도 오빠는 너를 사랑한단다. 너는 영원한 내 동생이잖아!'

휘가 연연이의 엉덩이를 받친 손에 힘을 주며 마음속으로나 연연이를 위로할 때였다. 눈앞에 확 트인 정경이 눈에 들어왔다. 이때라는 듯 휘가 말했다.

"연연아! 오빠가 날아볼까?"

"또 낭떠러지가 있어?"

"어……."

어제도 낭떠러지에서 날았었다.

"높은가 보네?"

"어……."

그곳도 높았었다.

좌우간 눈치는 초절정고수다. 눈이 안 보이고 난 후로 이제는 절대의 경지에 이른 것만 같다. 절대눈치고수 연연이가 소리쳤다.

"좋아! 날아봐, 오빠!"

"꽉 잡아! 간다!!"

"이야! 날아라! 진조여휘!!"

2

소금의 연수의방(延壽醫房)은 자그마한 규모였다. 그럼에도 많은 사람들이 들락거리고 있었는데, 대부분이 시골의 농민들이었다.

붉은 구름이 서산머리에 걸친 석양 무렵, 휘는 연연이와 함께 의방의 입구에 서서 자신의 차례가 돌아오기를 기다렸다. 우진당에게 받은 서찰이 있어 먼저 들어갈 수도 있었으나, 고통을 호소하는 사람들을 앞질러 들어간다는 것이 죄스럽게만 느껴졌기 때문이었다.

기다리길 이각여, 어스름한 어둠이 깔려올 때쯤에서야 안으로 들어가 의원을 만날 수 있었다.

"우진당?!"

연약신은 놀란 표정으로 휘를 바라보았다. 휘는 품속에서 한 장의 서신을 꺼내 연약신에게 건네주었다.

연약신은 한참 동안 서신을 읽더니 고개를 푹 숙이고 말했다.

"사형께서 모함을 당해 성수곡을 떠난 후 많이 찾았었소. 이십 년을 찾아도 찾지 못했었는데, 이렇게 소식을 알게 되다니……."

연약신은 고개를 들고 휘를 보며 물었다.

"평안하시오?"

"예, 편안한 모습이었습니다."

"정말 고맙소. 소식을 전해줘서."

"별말씀을……."

"한데 성수곡을 가시겠다고?"

"예, 그리고 이것……."

휘가 품속에서 약상자를 꺼내 보이자 연약신은 의아한 눈으로 약상자를 바라보았다.

"이게 뭐요?"

"한 번 보시지요."

조심스럽게 약상자를 받아 든 연약신은 천천히 약상자의 뚜껑을 열었다. 순간,

"헉! 이것은?!"

"아마 연 의원님이 제일 잘 아실 거라 하셨습니다."

"그렇소! 내 어찌 이것을 모르겠소! 초혼몽을! 세상에, 초혼몽을 만드는 방법이 아직도 세상에 남아 있었단 말인가?"

"혹시 어디에서 만든 것인지도 알 수 있겠습니까?"

"으음… 어디서라……. 시간을 주시구려. 초혼몽은 세상에서 사라졌던 물건이오. 누가, 왜 만들었는지는 모르겠지만, 시간만 주어지면 알아낼 수 있을 것이오. 한데……. 어떻게 공자가 이것을?"

휘는 한쪽에 단정히 앉아 있는 연연이를 바라보며 말했다.

"누군가가 제 동생에게 그 약을 과다 복용시켰습니다. 그 바람에 제 동생이 눈을 못 뜨고 있습니다."

말을 하는 휘의 전신에서 싸늘한 기운이 흘러 방 안을 감쌌다.

"오빠……."

"아! 미안하다. 연연아."

휘는 급히 기운을 갈무리하고 연약신을 바라보았다.

"부탁드리겠습니다. 그 약의 출처를 알아봐 주십시오. 은혜는 잊지 않겠습니다."

"그런 일이… 음, 내 알아보리다. 아니, 꼭 알아보겠소. 반드시! 우리 부족의 명예를 위해서라도 말이오."

조금은 지나치다 할 정도의 반응을 보이는 연약신을 보며 휘는 차갑게 눈을 가라앉혔다.

연연이를 구해오면서도 한 가지 아쉬운 점이 있었다면, 놈들의 본거지까지 가보지 못했다는 것이다. 덕분에 연연이를 생각보다 빨리 구했으니

오히려 다행인지도 모르지만.
 그런데 어쩌면, 엉뚱한데서 실마리가 잡힐 듯하다.
 '그걸 알면 놈들에게 한발 더 다가갈 수 있을 것이다. 그렇게 한 발, 한 발 다가가다 보면 몸통이 보이겠지. 기다려라, 마백이여!'

 연약신은 늦었으니 하루 쉬고 다음날 떠나자고 했다. 휘도 연연이를 편히 쉬게 하고 싶어 하루를 쉬기로 했다.
 그날 저녁, 뜻밖의 사람이 연수의방으로 찾아왔다.
 "서 호법님?"
 휘는 눈을 휘둥그렇게 뜨고 의방에 들어온 사람을 바라보았다. 철마귀 서수장이 문간에 서 있는 것이 아닌가?
 "문주님을 뵈오."
 "그러지 마시고 들어오시지요."
 "예."
 안으로 들어온 서수장을 보며 휘는 궁금함을 물었다.
 "어떻게 아시고 오셨습니까?"
 "한중을 떠날 때 전서구를 가지고 떠났었소. 혹시라도 급한 연락을 할지 몰라서 말이오. 그리고 열흘 전 전서구를 다시 한중으로 돌려보냈었소, 내가 알아낸 사실을 적은 서찰과 함께. 한데 사흘 전 전서구가 되돌아왔지 뭐겠소. 허, 딱 한 번 간 길을 되돌아오다니, 비록 시간 날 때 간간이 지형을 익히도록 훈련을 시키기는 했지만서도……."
 서수장은 감탄을 금치 못하며 말을 이었다.
 "서신이 달려 있었소, 문주께서 소금을 거쳐 청성산 성수곡 쪽으로 가신다는 내용이 적힌 서신이."
 서수장은 그 소식을 듣고 당문을 나와 거의 쉬지 않고 달렸다. 그리고 사흘 만에 소금의 연수의방에 당도한 것이다.

휘는 서수장이 말하지 않았어도, 그가 얼마나 다급하게 달려왔는지 느낄 수 있었다. 그의 행색이 결코 편하게 달려온 사람의 행색이 아니었던 것이다.

"오시느라 수고하셨습니다. 한데……."

문득 서수장이 뭔가를 알아냈다는 말이 생각났다.

"알아내셨다는 것은?"

"아! 그 귀면촉에 대해 당가의 가주인 당한문과 이야기를 해봤소. 그도 잘 모르고 있더구려. 해서 당가의 최고 원로인 당수경 선배를 찾아뵈었는데 그분께서 오래된 한 권의 책을 보여주었소. 그 책에 귀면촉의 그림이 있었소. 짧은 설명과 함께 말이오."

왠지 모르게 서수장의 음성이 가늘게 떨리는 것만 같다. 휘가 아무런 말 없이 바라만 보자 서수장이 천천히 입을 열었다.

"아수라혈전(阿修羅血箭), 귀면촉의 이름은 아수라혈전이었소. 삼백 년 전, 사천과 청해 일대를 피에 잠기게 해놓고 어느 날 갑자기 사라져 버린 수라마궁의 마물이라 하더구려."

"아수라혈전……."

휘가 다시 그 이름을 되뇌이자 서수장이 가볍게 어깨를 떨었다.

"한데 왜 당가의 가주가 모르고 있었을까요? 비록 오래된 일이라지만, 당가의 가주라면 수라마궁의 대표적인 마물을 충분히 알 수 있었을 텐데 말입니다."

"그게 또 그렇지 않은 것이 당수경 선배의 말에 의하면, 수라마궁의 이름을 입에 담는 것조차 오래전부터 금기시했다 하오. 그러다 보니 당금의 가주인 당한문은 모르는 것이 당연하다 하더이다. 사실 당수경 선배도 내가 만일 귀면촉을 보이지 않았다면 결코 보여주지 않았을 거라 했었소."

"당가에선 어떤 반응을 보입니까? 분명 뭔가 움직임이 있을 법한데요. 혹, 저를 만나자고 하지는 않던가요?"

서수장은 감탄한 눈으로 휘를 바라보았다.

"그렇소, 문주. 당수경 선배가 문주를 한 번 만나보고 싶다고 했소."

휘는 천천히 고개를 끄덕이며 말했다.

"아마도 서 호법님께 모든 것을 말하지는 않은 것 같군요. 하긴, 자신들만이 아는 비밀을 쉽게 남에게 말할 사람들이 아니지요."

"비밀이라면?"

"당금 강호에서 수라마궁의 발호를 제대로 알고 기억하는 사람이 얼마나 되겠습니까? 심지어 천하제일의 장인이라 할 수 있는 서 호법님도 수라마궁이나 귀면촉에 대해서 모를 정도가 아닙니까?"

"그건 그렇소만……."

서수장이 깊이 생각에 잠기며 눈살을 찌푸리자 휘가 계속 말했다.

"그렇다면 수라마궁의 발호는 매우 짧은 기간이었을 테고, 그 짧은 기간에 무림의 강대 세력들이 모여 있는 사천무림이 농락을 당했으니, 그 심정이 어떻겠습니까? 더구나 그런 수라마궁이 한순간에 사라졌다 하니……."

"음……."

"어쩌면 비밀이기도 하면서, 치부라 할 수도 있을 겁니다."

"하면, 문주는 어찌하실 생각이오?"

"일단은 연연이를 성수곡에 데려가 치료하는 것이 우선입니다, 천하의 그 어떤 일보다. 그 다음에 당가에 가겠습니다."

그때였다.

"오빠… 나는 괜찮아."

누워서 듣고만 있던 연연이가 일어나며 말했다. 그러자 휘가 강하게 고개를 저었다.

"아니다! 괜찮지 않아. 네가 나아야 오빠도 마음 놓고 움직일 수가 있거든. 그러니 나에겐 네가 최우선일 수밖에 없는 거야. 다시는 그런 말하지 말아라, 연연아."

"오빠……."

휘는 연연이를 향해 부드럽게 웃어주고는 서수장을 바라보았다.

서수장의 눈이 크게 흔들렸다. 조금 전, 어린 여아를 바라보며 웃어주던 때와는 또 다른 눈빛, 천하 삼귀 중 철마귀 서수장의 전신이 짓눌릴 정도의 무게가 실린 눈빛이었다.

"어쩌면 당가에서부터 신마천궁과의 싸움이 시작될지 모르겠습니다. 결과는 아무도 짐작할 수 없습니다. 그만큼 놈들은 강하니까요. 놈들이 움직이기 시작하면…… 천하가 진저리를 칠 것입니다. 저는 그런 그들을 맞아 싸울 생각입니다. 각오하셔야 할 것입니다, 서 호법님."

"각오하고 있소이다, 문주!"

서수장은 가슴이 뛰었다. 어린 문주를 만나 가벼운 마음으로 시작된 일이 이제는 천하를 향한 폭풍이 되려 한다.

자신이 마치 삼십 년은 젊어진 것만 같다. 서수장은 그런 기분이 좋았다.

서수장의 변하지 않을 깃 같던 굳은 얼굴에 희미한 웃음이 걸렸다. 휘도 마주보며 하얀 웃음을 지었다.

"그리고 개인적으로 한 가지 부탁할 일이 있습니다."

"말씀하시구려."

"혹시, 의수(儀手)를 만들어본 적이 있으십니까?"

"의수요?"

문득 무슨 생각이 들었는지 서수장의 입가에 웃음이 더욱 짙어졌다.
"이 늙은이가 바로 철마귀외다, 문주. 뭐든 마음먹으면 못 만드는 것이 없소이다. 허허허."
"제가 술 한잔 멋지게 사겠습니다. 부탁합니다, 서 호법님."
"이거 문주의 술 한잔 제대로 얻어먹으려면 멋지게 만들어야겠구려."

3

성수곡은 청성산의 노군봉에서 서쪽으로 팔십여 리 떨어진 곳에 있었다.
이만척 사고낭산(四姑娘山) 남쪽을 돌아 등생(鄧生)에서 성수곡 쪽으로 방향을 잡았다. 성수곡으로 가는 계곡 길은 어찌나 꼬불꼬불한지 이십 장마다 한 번씩 꺾어져야 했다.
그렇게 꺾어지며 들어가길 두 시진, 갑자기 앞이 환하게 트이더니 계곡 안이라고는 생각조차 할 수 없을 정도의 넓은 분지가 나타났다. 족히 십만 평은 되어 보인다.
그 분지 안을 수십 채의 목조 건물들이 가득 메워져 있었다. 주위의 풍광과 어우러진 목조 건물들은 단순한 목조 건물이라 하기에는 그 모습이 너무도 아름다웠다. 뛰어난 장인의 손을 거친 듯 처마나 기둥에 새겨진 조각들이 마치 살아 숨쉬는 듯하다.
휘의 마음을 눈치챈 듯 연약신이 입을 열었다.
"병을 고친 사람들이 성심으로 지어준 건물들이오. 오래된 것은 이백 년이 넘은 건물도 있소이다."
안으로 들어가자 지나던 사람들이 연약신을 향해 고개를 숙였다.
"사숙 어르신, 강녕하셨는지요?"

"오랜만에 뵙습니다."

그때마다 연약신은 웃음 띤 얼굴로 가볍게 고개를 끄덕이며 휘를 안으로 안내했다.

그렇게 걷기를 반 각여, 그는 휘를 데리고 수십 채의 목조 건물들 중에서도 가장 오래되어 보이는 건물로 들어갔다.

"이곳이 곡주님이 계신 곳이오, 공자."

깨끗이 정돈되어 있을 뿐, 별다른 장식 하나 보이지 않는 별실의 모습은 마치 성수곡주의 성격이 어떠한지를 보여주는 것만 같았다. 게다가 의원의 집이 아니랄까 봐 싸한 약 냄새가 곳곳에 배어 있었다.

휘는 별실에서 연연이와 함께 연약신이 나오기를 기다렸다. 그는 무엇 때문인지 제법 오랜 시간을 성수곡주의 방에서 보내고 있었다.

내력을 끌어올려 안에서 하는 이야기를 들어볼까 했지만, 아쉬운 부탁을 하러온 마당에 남의 이야기를 엿듣는 것은 예의가 아닌 것 같아 그냥 기다리기로 했다.

내실로 들어간 연약신이 밖으로 나온 것은 근 이각이 넘어서였다. 그는 별실로 나오더니 조금은 굳은 얼굴로 휘와 연연이를 방 안으로 안내했다.

"이분이 우 사형의 서신을 가져오신 공자입니다, 곡주님."

"흠, 참으로 고마운 분이시구먼. 거 앉으시구려."

"만나주셔서 감사합니다."

한 명의 키가 작고 수더분한 인상을 지닌 황의 노인이 휘의 인사에 빙긋 웃음을 지었다. 조금의 가식도 담기지 않은 웃음이었다.

성수곡주 황방, 당금 천하에서 가장 유명한 의원 중 한 사람이자, 무림에서 인심성의(仁心聖醫)로 불리는 이가 바로 그였다.

초혼몽(招魂夢)의 비밀

"그럼 이야기를 나누십시오. 저는 할 일이 좀 있어서……."

연약신이 가벼운 인사를 건네고 밖으로 나가자 휘는 깊게 가라앉은 눈으로 탁자 건너편의 황방을 바라보았다.

편안한 인상, 자연스러운 웃음. 과연 인심성의라는 칭호에 부끄럽지 않은 첫인상이었다. 게다가 상당한 내력까지.

휘와는 달리, 휘의 옆에 앉은 연연이는 막상 성수곡주의 방에 들어오자 뭐가 불안한지 표정이 굳어 있었다. 걱정이 되나보다, 행여나 고칠 수 없다는 말이 나올까 봐 그런지…….

그런 연연이를 보고 황방이 말했다.

"흠… 아이들은 의원을 만나면 누구나 겁을 먹지. 그러나 아이야, 의원은 병을 고치려는 사람이지, 나쁜 사람이 아니란다."

차분한 황방의 말에 연연이는 휘에게서 조금 떨어졌다.

"저는 겁을 먹은 것이 아니에요."

"그래? 그렇다면 다행이구나. 병을 고치려면 마음이 먼저 편안해야 하거든."

황방은 빙그레 웃으며 휘를 바라보았다.

"동생에 대한 것은 연 사제에게 들었소. 너무 걱정 마시오. 아직 시신경이 상한 지 오래되지 않았다 하니 고칠 수 있을 듯하오."

"아! 정말 다행입니다. 부탁드리겠습니다, 곡주님!"

막상 성수곡주 황방의 입에서 고칠 수 있다는 말이 나오자, 휘는 떨리는 기쁨을 억제할 수가 없었다. 그동안 마음 한 켠에 높다랗게 쌓인 불안감이 우르르 무너져 내리는 소리가 들리는 것만 같았다.

연연이를 바라보았다. 눈을 뜰 수 있다는 말에 연연이의 연약한 어깨가 떨리고 있다.

휘는 어깨를 떨고 있는 연연이의 머리를 쓰다듬었다, 가늘게 떨리는 손끝으로.

 황방은 그런 휘를 보며 미미하게 고개를 끄덕였다.

 오래전 소식이 끊긴 우진당 사형으로부터 소식을 가져오더니, 사라진 것으로 알려진 초혼몽을 들고 나타났다. 더구나 미녀라 착각할 정도의 절세미남에, 그 지닌바 내력은 자신의 능력으로도 추측이 불가능하다.

 놀라운 사람이다. 자신의 입에서 자연스럽게 공대가 나올 정도의 신비감이 전신에 어려 있다.

 '대체 이 공자가 누구이기에 저런 능력을 지녔단 말인가?'

 거기에 동생을 지극 정성으로 사랑할 정도의 맑은 심성…….

 '그래, 이런 사람이라면…….'

 성수곡주 황방은 모종의 결심을 굳히고 입을 열었다.

 "그리고 공자는 어찌 생각할지 모르지만 초혼몽이 나타난 것은 단순한 문제가 아니외다."

 연 의원이 늦게 나오더니 초혼몽에 대해 이야기를 나눈 듯하다.

 한데 단순한 문제가 아니다?

 휘는 의아한 눈으로 성수곡주 황방을 바라보았다. 그러자 황방이 말을 이었다.

 "초혼몽은 단순히 수면 작용만 하는 것이 아니라, 두어 가지 또 다른 작용을 하오. 그리고 그 때문에 과거 강미속이 멸족을 당하기에 이르렀던 것이외다."

 휘는 처음 듣는 말에 눈을 빛냈다. 우진당도 연 의원도 그런 말은 하지 않았었다. 그렇다면 뭔가 이유가 있을 터.

 황방이 웃음을 지우고 입을 열었다.

 "그중에 하나가 환각 작용이오. 그에 대해선 공자도 안다 들었소이다."

"예, 들어 알고 있습니다."

"또 다른 한 가지는 초혼몽을 다른 기물에 혼합했을 경우, 혼을 강제하는 작용을 하오."

"혼을 강제한다……?"

황방이 고개를 끄덕였다.

"혼을 강제하면 자신들의 의도대로 육신을 더욱 강하고 단단하게 만들 수도 있소. 흔히 말하는 활강시나 실혼인 역시 혼을 강제하지 않고는 만들 수가 없소. 그러니 초혼몽의 쓰임새가 잘못 쓰일 경우, 그 결과가 어찌 나타날지는 능히 알 수 있는 일이오. 과거 초혼몽을 만들 수 있는 유일한 부족인 강미족이 멸족당한 것도 누군가가 초혼몽을 자신들만의 도구로 쓰기 위해 행한 짓으로 알고 있소."

휘의 눈이 싸늘하게 빛났다.

"그럼 그 누군가는 활강시나 실혼인들을 보유하고 있을 수도 있겠군요."

"만들기가 쉽지는 않은 일일 테지만 아주 불가능한 일만도 아니오. 초혼몽과 또 다른 기물만 있다면. 그 두 가지를 주성분으로 만들어진 단약을 초혼혈단(招魂血丹)이라 한다 했소."

"초혼혈단?"

"초혼혈단을 복용시키고 천몽귀환대법을 펼치면 혼을 잃은 실혼인이 만들어진다 하오."

문득 고통을 모른 채 죽어가던 흑의인들이 생각났다. 밍귀들이아 마공을 익히다 그리 됐다지만, 분명 흑의인들은 인위적으로 이지를 상실한 자들이었다. 그렇다면…….

"그 기물의 이름이 무엇입니까?"

어차피 초혼몽과 초혼혈단에 대해서 다 말한 바에야 못 알려줄 것도 없다, 자신의 목적을 관철시키기 위해서라도.

"서장의 깊은 산중에서만 자생한다는 혈태(血苔)라는 것이오."

"혈태는 쉽게 구할 수 있는 것입니까?"

"뛰어난 약초꾼이라 해도 십 년을 헤매야 한 주먹 정도 구할 수 있을 것이오."

"매우 귀한 것이군요."

"그렇소. 아주 귀해서 부르는 것이 값일 정도요."

"그렇다면 초혼몽을 만든 자들이 그것으로 뭔가를 하려 해도 쉽지 않겠군요."

"어렵긴 하겠지만 할 수 없는 것은 아니오."

휘는 눈을 빛내며 단도직입적으로 물었다.

"곡주님께서 제게 바라시는 것이 있으신 것 같군요. 무엇인지요?"

느닷없는 물음에 황방의 눈이 움찔 떨렸다.

"분명 곡주께서 하신 이야기는 성수곡에서도 비밀에 속한 이야기일 것입니다. 그런데도 그런 중요한 비밀을 제가 묻지도 않았는데 먼저 이야기하실 때는 뭔가 저에게 바라시는 것이 있는 듯합니다만."

황방은 조용히 휘의 눈을 마주보았다. 흔들림없는 두 사람의 눈이 가운데서 마주쳤다. 황방은 마주친 눈을 피하지 않고 조용히 입을 열었다.

"우 사형이 성수곡을 떠나간 이유가 모함을 받았기 때문이라는 것은 연 사제에게 들었을 줄로 아오."

"들었습니다."

"사형이 사라지고 우리는 사형을 모함한 사람을 알아냈소. 하나 그때는 이미 그가 사라지고 난 다음이었소. 한데 그가… 두 가지 물건을 가지고 갔소."

황방은 숨을 크게 내쉬고는 다시 말을 이었다.
"하나는 한 권의 책이오. 제혼초강록(制魂草講錄)이라는 책으로 너무 사이한데다 잘못 사용하면 많은 물의를 일으킬 수 있는 책인지라 금서로 지정되어 있었소. 문제는 그 책에 초혼혈단의 제조법이 적혀 있다는 것이오. 그리고 다른 하나는 바로 혈태요. 두 근의 마른 혈태."
휘의 눈이 꿈틀거렸다. 황방의 말을 조금은 알아들은 것이다.
"두 근이면 양이 어느 정도입니까?"
"후우⋯⋯. 혈태를 말리면 깃털처럼 가벼워진다오. 그러니 두 근의 마른 혈태면⋯⋯."
황방은 한쪽에 놓여 있는 침목을 가리켰다.
"저 크기로⋯⋯."
침목의 크기는 한 자 길이에 다섯 치 정도의 높이였다. 휘는 그 정도 혈태로 과연 얼마만큼의 초혼혈단을 제조할 수 있을지 생각해 봤다. 그리 많지는 않을 것 같다는 생각이 들었다. 한데,
"저 크기로 열 개 정도는 될 거요."
"두 근이⋯ 그렇게 많은 양입니까?"
생각했던 것의 열 배라면 그 생각 자체가 무의미해진다. 휘가 자신도 모르게 놀라서 묻자 황방이 고개를 끄덕이며 고소를 지었다.
"지금까지는 혈태가 워낙 귀한 것인지라 그가 돈 욕심으로 가져갔다 생각했소. 하나, 초혼몽이 나타난 이상은⋯⋯. 후우⋯⋯."
"그가 진짜 팔기 위해서 가져갔을 수도 있지 않습니까?"
"그랬다면 천하 어디에서고 혈태를 대량으로 구했다는 소문이 돌았을 거요. 하지만 지난 이십 년 동안 어디에서고 그런 이야기는 들려오지 않았소."
"아⋯⋯."

침음성을 흘리며 생각에 잠긴 휘를 보며 황방이 입을 열었다.
 "동생을 고치는 대가라 생각해도 좋소. 욕심 많은 노인네의 욕심이라 생각해도 좋소. 부탁하리다, 공자. 제혼초강록을 회수해 주시오."
 휘는 황방의 눈을 직시했다. 노안이 가늘게 떨리고 있었다.
 제혼초강록으로 인해 발생할 일을 막아야 한다는 인의지심 때문에?
 아니면… 행여나 제혼초강록으로 인해 큰일이 생길 경우 성수곡이 져야 할 책임을 피하기 위해서?
 '어떤 이유로든 강호에 미칠 악영향을 막기 위해서라도 그러한 책은 회수되어야 하겠지.'
 휘는 무겁게 고개를 끄덕였다.
 "최선을 다해서 노력해 보겠습니다. 제가 드릴 수 있는 답은 현재 그 정도인 것 같습니다."
 "고맙소."
 "그리고 한 가지, 저에겐 상대해야 할 적들이 있습니다. 한데… 그들이 곡주님께서 말씀하신 초혼혈단을 이미 사용하고 있는 것은 아닌지 의심스럽습니다. 혹시라도 도움을 청할지 모르겠습니다."
 휘가 간략하게 흑의인들에 대해 말하자 황방이 놀란 얼굴로 고개를 끄덕였다.
 "허, 그런 일이! 알겠소, 우리가 도울 수 있는 일이라고 해봐야 병자를 고치는 일이지만, 도울 수 있는 데까지는 돕겠소."
 "감사합니다, 곡주님."
 휘는 진심으로 깊이 허리를 숙였다.
 강호에서 첫째 둘째를 다투는 뛰어난 의원 집단의 도움을 받을 수 있다는 것은 천군만마를 얻은 거와 다름이 없기 때문이다.
 뜻밖의 장소에서 뜻밖의 원군을 얻었다는 생각에 휘는 기분이 좋아졌다, 자신이 지금 이곳에 왜 앉아 있는지도 잊을 정도로.
그런 휘의 마음을 알았는지 연연이 뾰로통한 표정으로 말했다.
"피이… 오빠는 너무 기분이 좋아서 연연이가 옆에 있다는 것도 잊은 거야?"
헉! 너무 심각하게 이야기를 하다 보니 깜빡 잊었다.
"그럴 리가! 오빠가 우리 연연이를 잊다니! 천벌을 받지!"

4

"놈의 행방은?"
"감숙으로 넘어간 뒤에 마곡까지는 뒤쫓았는데, 그곳에서 행방을 감췄습니다, 삼공자!"
"행방을 감춰? 섬서로 가지 않았단 말이냐?"
"그것이……."
쾅! 와직!
내려친 일장에 한 자 두께의 자단목이 힘없이 부서져 내렸다.
하얀 천으로 왼쪽 눈이 가려진 철군명은 엎드려 있는 비탐향의 향주를 바라보며 이를 갈았다.
"그놈을……. 으드득! 그놈을 찾아라! 찾아!! 빨리 나가서 찾아봐!"
"알겠사옵니다, 삼공자!"
떨리는 몸짓으로 비탐향주가 마향각의 비밀 석실을 나가자 천군명은 의자에 깊숙이 몸을 파묻고 온몸을 떨었다.
"놈! 감히! 감히 내 눈을……. 절대 그냥 죽이지 않겠다!"
철군명이 외눈에서 새파란 독기를 뿜어낼 때다.
"진조여휘는 철혈성으로 돌아가지 않았다."

석실 입구에서 냉랭한 음성이 들려왔다. 혁수명이었다. 철군명은 혁수명이 뜻밖의 말을 하자 놀란 눈을 크게 뜨고 물었다.

"아! 아버님, 무슨 말씀입니까? 그놈이 철혈성으로 돌아가지 않았다니요?"

"방금 철혈성의 마접으로부터 연락이 왔다."

"철혈성에서요?"

"그래, 고봉천에게 그로부터 서신이 왔다고 한다."

철군명, 아니, 이제는 혁군명이 된 그의 눈에서 불길이 일었다.

"어디 있다고 합니까?"

"그는 성수곡에 있다 한다, 고연연의 눈을 치료하기 위해서."

"성수곡? 사천의 성수곡 말씀입니까?"

"그렇다."

혁수명이 고개를 끄덕이자 혁군명이 벌떡 몸을 일으켰다.

"마침내 알아냈군! 제가 가겠습니다. 가서 직접 죽이겠습니다!"

"하지만 너는 가면 안 된다."

갑작스런 혁수명의 말에 혁군명이 외눈을 부릅떴다.

"아, 아버님?!"

"야율무궁은 네가 다친 것을 고소해하고 있다. 이런 상황에서 네가 나선다면 오히려 박수치며 좋아할 것이다."

"하지만……"

"지금 너의 상태로는 진조여휘를 상대할 수 없다. 그건 네가 더 잘 알 것이다."

"분하지만 그건 사실입니다. 하나 아버님도 아시다시피 저에겐 다섯의 천살귀령을 움직일 수 있는 권한이 있습니다. 쌍도와 다섯의 천살귀령이면 충분히 진조여휘를 죽일 수 있습니다. 아버님, 제가 가야 합니다.

가서 그놈의 숨통만큼은 제가 직접 끊어야 합니다!"

 혁수명은 원한에 불타는 혁군명을 바라보며 천천히 고개를 저었다.

 "네 마음을 어찌 내가 모르겠느냐. 하나… 지금은 네 몸을 아껴야 할 때다, 군명아."

 "아버님……."

 "왜인지 아느냐?"

 혁군명의 간절한 외침은 들은 척도 않고 혁수명이 광기 서린 눈빛을 쏟아내며 말했다.

 "나는… 그를 혼으로 움직일 수 있는 천살천귀령으로 만들기로 결심했다. 그를……."

 "예? 아! 그러면 혹시……?"

 "준비 기간만 십오 년이 걸렸다. 대부분이 그자의 강력한 의지를 누르기 위해 걸린 시간이었지. 후후후, 그자만 천살천귀령으로 만들 수 있다면 승산은 우리에게 있다. 생각해 봐라, 일류고수도 천살귀령이 되면 절정고수의 무위를 발휘한다. 하물며 절대경지의 고수가 천살천귀령이 되면 누가 그를 상대할 수 있을까? 나는 참으로 그것이 궁금하구나. 크흐흐흐흐!"

 혁수명의 말을 들으며 천천히 분노를 식힌 혁군명이 차갑게 말했다.

 "궁주라 하여도 능히 대적할 수 있을 것입니다."

 "그래, 그러니 너는 그가 천살귀령이 될 때까지 궁을 나서서는 안 된다, 부상을 핑계 삼아서라도. 네가 그자의 혼주(魂主)가 되어야 하니까."

 두 사람의 광기 번뜩이는 눈이 마주쳤다.

 "좋습니다! 그를 얻기 위해서라면 잠시 진조여휘에 대한 원한을 묻어 두겠습니다."

"잘 생각했다. 남자의 복수는 십 년도 늦지 않은 법이다."
"하지만 그냥 놔둘 수도 없습니다. 쌍도에게 다섯의 천살귀령을 움직일 수 있는 귀왕령을 주어 진조여휘를 치겠습니다."
"음?"
"그래야 야율무궁이 좋아할 것 아닙니까? 요즘 신도연백 때문에 너무 신경이 날카로워져 있는 것 같은데, 저라도 그의 기분을 맞춰줘야지요."
"우하하하! 그렇구나. 아마 그는 기분이 너무 좋아서 우리가 무슨 일을 하는지 신경조차 쓰지 않을 것이다."
"그리고 이번 길에 쌍도와 천살귀가 놈을 죽이면 더없이 좋겠지만, 그렇다고 너무 무리해서 피해가 크면 그 또한 야율무궁의 놀림만 받을 터, 쌍도에게 무리하지는 마라 할 생각입니다."
"그래야겠지! 하하하! 과연 내 아들이다!"
"그사이, 저는… 무적철검 철운양의 주인이 되는 것입니다. 후후후후! 본격적인 패권 싸움은 그때부터입니다, 아버님!"

5

"훗! 철군명이 쌍도와 천살귀를 급파했다고?"
"그렇습니다, 주군!"
"하하하! 눈을 하나 잃더니 약이 잔뜩 올랐나 보구나. 자신의 가장 큰 힘이라 할 수 있는 그들을 기껏 한 사람 죽이겠다고 내보내다니. 아직 멀었어!"
"어떻게 하시겠습니까?"
야율단의 물음에 야율무궁은 하얀 웃음을 지었다.

"사천은 연백의 관할이다. 내가 관여하기는 좀 그런 지역이지. 하나 구경하는 재미를 놓칠 수야 없으니 어찌 되는지 상황 보고를 계속 올리라 해라."

"알겠사옵니다. 하옵고… 용혈궁의 광룡이 팽가를 끌어들이는 바람에 계획에 약간의 차질이 생긴 듯하옵니다."

"흥! 그 영감, 죽지도 않고 살아나더니 꽤 귀찮게 하는군."

야율무궁의 눈빛이 차갑게 가라앉았다.

"은룡 모용후의 능력을 너무 과대평가했나?"

"아무래도 동방백이 너무 욕심을 부리는 것이 아닌가 싶습니다."

"무슨 소린가?"

"동방백이 모용후를 돕는 조건으로 용혈궁 영역의 반을 요구하고 있다 합니다."

"반을? 흥! 아예 이 기회에 하남으로 진출하겠단 말이군."

"문제는 남북혈계가 진행되는 마당에 너무 시간을 끌어서는 안 된다는 것입니다. 해서 드리는 말씀입니다만, 고수를 몇 보내서 세력의 판도에 변화를 주는 것이 어떨까 합니다."

"판도에 변화를 준다?"

"그리하면 북두신검 동방백도 행여나 자신의 먹이가 작아질까 봐 적극적으로 달려들 수밖에 없을 것입니다."

"흠, 하긴 욕심이 많은 자일수록 자기 손에 든 떡이 작아지는 것을 참지 못하는 법이시."

야율무궁은 지그시 눈을 감고 생각에 잠겼다. 일각이 지난 후, 야율무궁은 야율단을 바라보며 고개를 끄덕였다.

"좋아! 너에게 전권을 주겠다. 관건은 광룡과 벽룡을 비롯해서 핵심 고수들을 누를 수 있는 힘이 없기 때문에 동방백도 욕심을 부리는 것일

터. 마침 무음살마제 한담 장로께서 친구인 혈영마신의 부상으로 실의에 빠져 있으니 그분을 모시고 가라. 그분이라면 광룡을 상대하는데 부족함이 없을 것이다."

"한담 장로님을 말씀입니까?"

놀란 야율단의 말을 뒤로 하고 야율무궁이 계속 명을 내렸다.

"또한 전마각주에게 북천로주의 명임을 전하고 전마팔혈을 내달라 해라."

"존명!"

"명심해라! 용혈궁은 남북혈계의 중요한 변수로 작용할 것이다. 목숨을 걸고 성공시켜라!"

성공하지 못하면 죽으라는 말, 야율단은 가늘게 어깨를 떨며 고개를 처박았다.

"명심하겠사옵니다! 주군!!"

고개를 처박은 야율단을 지그시 바라보던 야율무궁이 천천히 눈길을 돌려 창밖에 저물어가는 석양을 응시했다.

"나는 호북으로 갈 것이다. 그때쯤이면 신도연백도 본격적으로 움직일 게야."

야율단이 번쩍 고개를 들었다.

"하오면… 드디어 시작입니까?"

"천궁의 진정한 힘이 은밀히 이동하기 시작했다. 봄이 오면 그들이 중원에 피를 뿌리기 시작할 터. 후후후! 전쟁의 결과에 따라서 천궁의 다음 대 후계자가 결정될 것이야."

"천궁의 후계자는 오직 대공자뿐이십니다!"

야율단이 외치며 다시 고개를 숙이자 야율무궁의 입가로 짙은 미소가 하얗게 번졌다.

'그래, 나 야율무궁은 천하의 주인이 될 것이다! 문제는 사령불, 그가 사령수라를 깨우고 나서 누굴 지원하느냐에 따라 판도가 변할 터. 하나 오직 궁주이신 아버님만이 그를 움직일 수 있으니……. 후후후!!'

7장
도강언의 혈투

1

연연이의 치료는 많은 진전이 있어 이제는 희미하게나마 형상을 구별할 정도는 되었다. 그래 봐야 사람인지 강아지인지를 구별하는 정도였지만.

그러나 그나마도 황방의 집념 어린 노력이 있었기에 가능한 일이었다. 그는 연연이를 위해 하루의 반을 매달렸다. 처방에서부터 약재까지 직접 자기 손으로 모든 것을 처리할 정도였다.

휘가 도와주겠다고 말하자 그는 웃으며 말했다.

"히히히, 이 일은 나에게도 적지 않은 즐거움일세. 그러니 공자는 나의 즐거움을 빼앗을 생각 말고 마음 편히 기다리게나."

그는 초혼몽을 연구하고 해독하는 일을 즐거움으로 생각했다, 마치 무사가 새로운 검을 대하고 즐거워하듯이.

그렇게 며칠이 지나자 연연이에게 친구가 생겼다. 바로 황방의 손녀인 황령이었다. 그녀는 성수곡에 들어온 다음날부터 연연이의 곁에 붙어서

수다를 떨어댔다. 가끔씩 휘를 바라보며 얼굴을 붉히지만 그뿐이었다.
 뭐, 자기 이상형이 아니라나? 너무 잘생겨서 자기 차지가 아닐 것 같으니까 미리 포기를 한다나?
 그러다 연연이의 말을 들었는지 웃으며 딱 한마디를 하더니 그때부터는 휘를 편하게 대했다.

 "호호호, 연연아, 나는 주인있는 남자는 싫어."

 그녀는 납작한 코에 주근깨마저 있어 예쁘다거나 할 정도의 얼굴은 아니었다. 그러나 큰 눈으로 밝게 웃는 모습은 그녀의 주근깨 가득한 얼굴을 대신하고도 남았다.
 바깥 세상에 나가본 적이 없다는 그녀는 연연이 자신처럼 철혈성을 나가본 적이 거의 없었다는 말에 동병상련의 정을 느낀 듯했다.
 연연이는 철혈성에서 보낸 일을 이야기하고, 황령은 성수곡에 대한 이야기를 한다. 도대체 무슨 할 이야기가 그렇게도 많은지 한시도 가만있지 않고 수다를 떤다.
 휘는 도저히 이해할 수가 없었다.
 '연연이가 겪은 일이 그렇게 많았나?'
 아무리 생각해 봐도 하루종일 이야기하고 나면 더 이상 할 이야기가 없을 것 같았다.
 결국 두 소녀의 불가사의한 능력에 휘는 두 손을 들었다. 그러고는 연연이의 표정이 전처럼 밝아지자 황방이 소개해 준 추 의원에게서 염소아버지에게 배운 침술을 갈고(?) 닦았다.
 어느 정도 예상은 하고 있었지만, 염소아버지의 침술은 그다지 고급스러운 것이 아니었다. 하지만 그중에 한 가지는 자신을 가르치는 추 의원조차 모르는 침술이었다.

 바로 침으로 임신을 알아맞히는 침술. 염소아버지는 바로 그 침술 때문에 무저동에 갇혔던 것이다.

 성수곡에 들어온 지 보름이 지났다.

 휘가 자신의 방에서 추 의원과 차를 마시며 침술에 대한 이야기를 나누고 있을 때였다. 한 사람이 허드렛일을 하는 일꾼의 안내를 받아 휘의 방으로 찾아왔다.

 "문주를 뵙습니다!"

 만상문의 문도였다. 어디선가 본 듯한 얼굴…….

 아! 처음 단홍귀를 만났을 때, 단홍귀 옆에 있던 자다.

 "오랜만이오. 이름이 상일평이라 들은 기억이 나오만."

 오! 하찮은 일개 문도의 이름을 기억해 주시다니!

 상일평은 감격한 표정으로 고개를 더욱 깊이 숙였다.

 "예! 상일평입니다, 문주님!"

 "일어나시오. 남의 눈도 있고……."

 옆에서 차를 마시던 추 의원이 놀란 눈으로 바라보고 있다. 휘가 일개 문파의 문주라는 사실에 놀란 빛이 역력하다. 그가 두어 번 헛기침을 하며 슬며시 밖으로 나가자 그제야 상일평이 큰 소리로 대답을 하며 일어섰다.

 "예! 문주님!"

 휘가 멋쩍은 표정으로 물었다.

 "무슨 일이오?"

 "저, 혹시 파안객랍산맥의 문도에 대해서 들으신 적이 있으십니까?"

 "들었소. 그는 본래 그곳의 부족민이었다 들었소."

"그로부터 급한 연락이 한중으로 전해졌다 합니다. 그리고 한중에서 금천의 임시 거점으로 이틀 전 연락이 왔습니다."

휘의 눈이 굳어졌다. 아무래도 심상치가 않다. 아니나 다를까, 상일평이 꺼낸 이야기는 휘를 긴장시키기에 충분한 이야기였다.

"전에 봤던 자들 중, 키가 작고 땅딸막한 도인 두 명과 시체처럼 사기(死氣)를 풍기는 자들이 파안객랍산맥에서 나와 황하의 물길을 탔다고 합니다."

"그들이 향한 방향은?"

"그들은 사천으로 들어가는 듯 보였다고 합니다."

'그렇다면… 나를 찾아온다는 뜻? 마침내 그들이 나의 행적을 알아낸 것인가?'

"음… 알았소. 즉시 사천에 들어와 있는 사람들에게 소식을 전하시오."

"알겠습니다! 즉시 모이라……."

"절대 그들에게 가까이 접근하지 마라 전하시오. 절대!"

자신의 생각과 거꾸로 된 명령에 상일평은 눈을 크게 떴다.

"예?"

"그들은 그대들이 상대할 수 있는 사람들이 아니오. 멀리서 지켜보기만 하고 절대 가까이 가서는 안 되오. 알겠소?"

상일평은 자신의 문주에 대한 존경심이 무럭무럭 피어올랐다. 행여나 자신들이 다칠까 봐 저리도 걱정을 하시다니…….

"예! 문주님! 즉시……. 아!"

힘있게 대답하던 상일평은 뒤늦게 뭔가가 생각난 듯 자신의 머리를 쥐어박으며 입을 열었다.

"이런 멍청한! 저… 적인풍 호법님께서 광풍낭도님과 냉면진천검님,

그리고 혈빙검님과 주육철불님을 대동하고 사천으로 향했다는 연락이 왔었습니다!"

광풍낭도에 냉면진천검, 그리고 주육철불?

휘는 그들이 누구인지 짐작하고도 남았다. 자신도 모르게 웃음이 나왔다.

"훗! 알았소. 연락이 닿거든 함부로 움직이지 말고 내 연락을 기다리라 하시오."

"옙!"

"나는 바로 소금으로 갈 거요. 연수의방으로 연락을 취하면 내가 어디 있는지 알 수 있을 테니 다른 소식이 있거든 일단 그곳으로 보내시오."

"알겠습니다, 문주님!"

상일평이 나가고 나자 생각에 잠긴 휘의 눈빛이 무저갱처럼 깊어졌다.

'마침내 바람이 부려나?'

그래, 올 테면 와라! 이곳은 사천(四川), 신마천궁이 설치는 청해가 아니다. 온다면 상대해 준다. 누가 오든지!

'좋아! 바람이 필요하다면, 바람을 일으킨다!!'

휘는 연연이를 찾아갔다.

"연연아, 오빠가 어디 좀 다녀와야겠다."

"응? 어디?"

"어, 누가 나를 찾는 것 같아서. 좀 만나려고."

"그럼, 갔다 와."

"혼자 있어도 괜찮겠어?"

"응. 령이가 있어서 심심하지 않아. 걱정 말고 갔다 와, 오빠."

"…그, 그래."

자신이 어디 간다는 데도 아무렇지 않은 표정이다. 다행이라는 생각이 드는 한 편으로는 조금 서운한 마음도 든다.
"갔다 올게, 연연아."
"응."
가볍게 응수한 연연이는 황령을 바라보더니 다시 깔깔대며 이야기를 나눴다, 마치 황령과 이야기하는 것이 휘를 떠나보내는 것보다 더 즐겁다는 듯이.
휘는 어정쩡한 표정으로 연연이의 방을 나서며 고개를 갸웃거렸다.
'그것참, 기분이 묘하네. 뭐 어쨌든 다행이다. 연연이의 마음이 상하지는 않은 것 같으니까.'

휘가 나가자 연연이는 닫힌 방문을 향해 고개를 돌렸다. 그리고 그대로 떨리는 눈을 감았다.
'오빠, 어제 꿈을 꿨어. 오빠가 어디론가 걸어가는데 내가 불러도 대답이 없는 거야. 나중에 다시 만나니까 그랬어. '연연아, 이제 오빠는 오빠의 길을 갈 거야. 연연이도 연연이의 길을 찾아야지?' 라고 말이야……. 혹시 가까운 날에 헤어질지 모른다 생각했는데… 그게 지금인가 봐. 오빠, 잘 가…….'
끝내 한 방울 눈물이 맺혀 볼을 타고 흘러내렸다. 연연이가 눈물을 흘리는 것을 보고 황령이 연연이의 어깨를 감싸며 불렀다.
"연연아…….."
"괜찮아, 이제……."
"치이! 휘 오빠 밉다. 연연이 슬프게만 하고……."

2

따사로운 햇살이 천지를 일깨운다.
 대지를 뚫고 움터오는 새싹들의 연녹색 노랫소리가 발아래서 들려오는 듯하다.
 눈을 들어 앞을 보았다. 한겨울 추위에 움츠렸던 산천의 초목들도 기지개를 켜고 있다.
 아직 일월이 다 가지도 않았는데, 분지의 영향으로 유난히 따뜻한 사천 땅에는 벌써 봄이 오고 있는 것만 같다.
 휘는 자신의 머릿결을 스치는 바람에 몸을 맡기고 자신도 한줄기 바람이 되어 나아갔다.
 '기분 좋은 바람이군.'
 느낌 그대로 좋은 기분을 살려서, 다가오는 적들을 향해!
 하지만 그렇지 않은 사람들도 있었다.

　　　　　　　＊　　　　＊　　　　＊

 "젠장! 저 시체 같은 놈들을 끌고 가려니까 꽤나 신경 쓰이는군."
 "청도야, 그래도 저놈들이 있어야 그 괴물을 상대하기가 편하니까 너무 불평만 하지 마라."
 "누기 그걸 몰라서 이러나? 아무리 혼이 빠진 놈들이라도 그렇지, 사람 죽이는 것 빼면 시체나 다름없는 놈들이 아니냐구. 대체 왜 우리가 삼공자하고 손을 잡아가지고 이런 귀찮은 일을 떠맡아야 하냐고!"
 말린 산 열매 하나를 입에 넣고 오물거리던 홍도가 신중한 표정으로 말했다.
 "나는 차라리 기회라는 생각이 든다."

"기회? 기회는 무슨 얼어죽을……."

"잘 들어봐. 그 괴물에게 혈영마신이 당했다, 그것도 무음살마제와 같이 간 상황에서. 알아? 지금 궁주를 비롯해서 구정마원의 늙은이들이나 신마천궁의 패권을 다투는 후계자들이 알게 모르게 우리를 주시하고 있단 말이다. 우리가 진조여휘, 그 괴물을 죽이는지 죽이지 못하는지."

"그건… 그렇지."

"이런 상황에서 우리가 그 괴물을 죽인다면?"

"ㅎㅎㅎ, 모두 우리를 다시 보겠지."

"그럼 지금 골골거리는 원주 늙은이가 죽고 난 후 구정마원의 원주 자리는 따놓은 당상이 아니겠냐?"

청도가 환한 웃음을 지으며 고개를 끄덕였다.

"크크크, 좋아! 우리가 원주가 되면 그 밥맛없는 두 귀신 늙은이부터 짓뭉개 주자고!"

"그러기 위해선 우선 그 괴물 같은 진조여휘란 놈부터 죽여야 한단 말이다."

"그야 당연하지! 한데 말이야……. 그래도 저놈들이 기분 나쁜 건 사라지지 않는군. 쩝!"

청도는 슬쩍 고개를 돌려 뒤따라오는 다섯의 천살귀령을 바라봤다. 시커먼 흑의를 뒤집어쓴데다 머리를 덮은 철립으로 인해 얼굴조차 보이지 않는다. 보이는 건 오직 철립에 난 구멍 속의 시뻘건 두 눈뿐.

'저놈의 눈깔을 그냥 꾹!'

청도가 홍도에게 얻은 산 열매 하나를 입에 물고 힘껏 터뜨리자,

와작! 주르르…….

피처럼 붉은 열매즙이 침과 섞여 입술 밖으로 흘러내렸다.

청도는 붉은 즙이 흘러내린 입술을 닦을 생각도 않고, 천살귀령을 향

해 씨익! 웃어주고는 돌아서 걸어갔다.

홍도는 어이없는 눈으로 청도를 바라보며 실소를 흘렸다.

'실혼인인 천살귀령이 뭘 안다고 놀리나…….'

그때, 홍도는 기이한 기분에 뒤를 돌아보았다.

천살귀령이 묵묵히 따라오고 있었다. 한데, 천살귀령들의 시뻘건 두 눈이 앞서서 걸어가는 청도의 뒤통수를 바라보며 빛을 발하는 것처럼 느껴진 것은 우연인지…….

'내가 잘못 봤나?'

3

소금의 연수의방에는 서너 명이 마당 안에 앉아 자신의 차례가 오기를 기다리고 있었다. 마침 연약신이 휴식을 취하는 것 같았기에 휘는 그들을 앞질러 안으로 들어갔다. 휴식을 취하고 있던 연약신이 휘를 보고는 내실로 안내했다.

"일단 인근의 강족들에게 은밀히 초혼몽의 사용 흔적에 대해 알아봐 달라 부탁을 했습니다."

"그들이 알아낼 수 있을까요?"

"그들의 구역에서 초혼몽이 쓰여졌다면 알아낼 수 있을 것입니다. 그들도 초혼몽에 대해 어느 정도는 알고 있으니까요."

"흠……."

"공자도 아시겠지만 강족은 서장과 청해, 감숙 사천에 고루 퍼져 있습니다. 일단은 인근의 강족들에게 부탁했지만 시간이 흐르면 강족 전체에 퍼져 나갈 것입니다. 시간이 걸릴 뿐, 언젠가는 꼬리가 드러날 겁니다."

"시간, 시간이라… 결국은 시간 싸움이군요. 좋습니다. 그 문제는 연의원님께 맡기겠습니다. 그리고 혹시 저를 찾는 사람이 이곳에 올지도 모르겠습니다. 누가 찾아오거든 저는 건너편의 객잔에 있다 말씀해 주십시오."

"예? 그러지 마시고 이곳에……."

"그것이 편할 것 같아서 그런 것입니다. 너무 마음 쓰지 마십시오."

"허, 뭐 정 그러는 게 편하다면야……."

　　　　　＊　　　＊　　　＊

다음날 저녁 무렵이었다. 상일평이 연수의방에 들렀다가 객점으로 찾아왔다.

"적인풍 호법님 일행이 금천에 도착했다 합니다. 문주님께서 소금에 계시다고 하니까, 바로 출발했다는 연락이……."

"왔군요."

"예? 예, 그분들은 지금……."

담담한 휘의 말에 의아한 눈을 크게 뜬 상일평의 말이 끝나기도 전이었다.

쾅!

방문이 부서질 듯이 세차게 열렸다.

"형님!"

"대형!!"

홱 고개를 돌린 상일평이 휘둥그레진 눈을 깜박였다.

"세상에! 바로 오셨군요."

방을 들어서는 사람은 냉기 풀풀 날리는 풍인강과 여전히 늑대처럼 갈기를 세우고 있는 초평우였다. 한데 어찌 묘한 표정이다, 억지로 어떤 감정을 참고 있는 듯한.

한 달이 채 안 되는 헤어짐이었는데도 마치 십 년 만에 만난 것 같은 표정이다. 그들을 보고 휘가 웃음을 지을 때였다.

"늑대! 좀 비켜봐!"

두 사람의 뒤로 당홍이 적인풍과 함께 들어섰다.

"문주를 뵈오."

적인풍의 담담한 인사에 휘가 빙그레 웃으며 고개를 끄덕였다.

"몸은 괜찮습니까?"

"움직일 만합니다. 마침 만 노선배께 좋은 약이 있어서 생각보다 빨리 나왔습니다."

"그 양반, 또 본전 타령 좀 했겠군요."

적인풍이 빙그레 웃었다. 휘가 마치 본 것처럼 말하자 만시량의 투덜거리던 모습이 생각나 절로 웃음이 떠오른 것이다.

"나중에 문주께 받아내겠다고 벼르고 있습니다. 허허!"

그 말에 초평우가 커다란 웃음을 터뜨렸다, 고소하다는 표정으로.

"그 노인네, 배 좀 아팠을 것입니다. 꽁꽁 숨겨 두었던 영약을 몽땅 내놔야만 했거든요. 웅하하!"

그러자 당홍이 한마디 놓치지 않았다.

"흥! 멀쩡하다고 힘자랑 할 때는 언제고, 영약 다린 약탕기를 본 순간 왜 쓰러진 거지?"

"좌우간 영약이라면 사족을 못 쓰는 늑대라니까. 쯔쯔쯔……."

당홍과 풍인강의 말에 대충 내용을 알아들은 휘가 초평우를 바라보았다. 그러자 초평우가 두 손을 정신없이 흔들었다.

"무슨 소리?! 아닙니다, 형님! 행여나 잘못 먹고 옛날 나처럼 고생할까

봐 미리 맛만 본 거라고요!"
 "그래서, 맛본다고 약탕기를 통째로 비우냐? 그러고는 배탈나서 이틀이나 뒹굴어?"
 당홍이 얼굴을 내밀며 눈을 치켜뜨자 초평우의 어깨가 바짝 움츠러들었다.
 "그, 그건……."
 "나도 초 형님처럼 배탈 날 정도로 영약 좀 먹어봤으면 좋겠수."
 풍인강마저 자신을 꼬나보자 초평우가 으르렁거리며 말했다.
 "너는 영호 대주 준다고 다 싸갔잖아!!"
 풍인강도 같이 마주 소리쳤다.
 "그러는 형님은! 당 낭자 줘야 한다고 몰래 단약 꼬불친 거 내가 모르는 줄 아슈?!"
 두 팔불출의 다툼에 당홍이 어리둥절한 표정으로 물었다.
 "뭐야? 그러니까, 늑대가 가져온 단약이 만 선배가 따로 준 것이 아니고 꼬불친 것?"
 "그, 그게……."
 한바탕 소란이 가라앉고 서로 불꽃 튀기는 눈싸움만 진행되자 적인풍이 조용한 목소리로 말했다.
 "그러니까, 내가 먹을 것까지 두 사람이 다 가로챘다는 말이군. 흠… 어쩐지 양이 적다했더니……. 두고 보자고, 자네들. 참나! 여자 없는 사람 서러워서 원……."
 "……."
 휘는 빙그레 웃으며 사람들의 말다툼을 바라보았다.
 어느새 방 안의 열기가 후끈 달아올라 있었다. 티격태격하는 것 같지만 나름대로 어색함을 해소하는 방법이기도 했다.

할 말이 많을 것이다. 하지만 때로는 굳이 말로 하지 않지 않아도 서로의 마음을 알 때가 있다, 바로 지금처럼.

서로의 무사함을 확인했는데 부산떨며 무슨 말을 더 할 것인가.

'괜찮냐?' '괜찮다!' 그거면 됐다. 앞으로의 일을 생각하는 것만으로도 충분히 정신이 없을 테니까.

한편, 상일평은 넋을 놓고 한바탕의 격전(?)을 바라만 보다 뭔가가 생각난 듯 휘를 보고 말했다.

"저… 그런데 아직 말씀드리지 않은 일이 있습니다, 문주님."

"말해보세요."

"그들이… 파안객납산맥에서 황하를 탄자들이 계속 남하하고 있다고 합니다."

초평우가 이때라는 듯 앞으로 나섰다.

"그걸 왜 이제야 말하는 건가?! 갑시다!!"

당홍이 눈을 치켜떴다.

"어딜?"

"어? 놈들 잡으러……."

"그냥 얌전히 좀 있지 않을래? 분위기 깨지 말고."

"…응."

초평우가 얌전히 한쪽에 앉더니 더는 못 참겠는지 휘를 향해 조심스럽게 물었다.

"저… 형님, 연연이는……?"

초평우가 머뭇거리며 묻자 모두가 휘를 바라보았다. 사실 모두가 궁금한 일이었다. 그러나 혹시 모르는 일인지라 물음을 자제하고 있었던 것이다.

"이제 사물을 분간할 정도로 회복이 되었습니다. 며칠이면 과거만큼은 아니어도 생활하는 데 별 탈은 없을 거라 합니다. 너무 걱정 마세요."
"아! 다행입니다!"
초평우와 풍인강이 환하게 웃었다. 그동안 말을 안 해서 그렇지 가슴 깨나 졸였나 보다. 웃는 모습이 보살이 따로 없다. 저런 사람들을 보고 누가 광풍낭도에 냉면진천검이라는 별호를 지었는지…….
휘가 웃는 얼굴로 상일평을 바라보았다.
"현재 놈들의 예상 진로는 어떻게 됩니까?"
"하루 이틀이면 이곳까지 도착할 듯합니다. 이틀 전 이곳에서 오백여 리 떨어진 하강(河羌)에서 그들의 종적이 보였었습니다."
"하루 이틀?"
휘는 상일평의 말에 눈을 감고 생각에 잠겼다. 휘가 생각에 잠기자 적인풍을 비롯한 모두가 휘를 방해하지 않기 위해서 조용히 자리에 앉았다.
그때였다. 밖에서 소란스런 소리가 들려왔다, 한 방에 무거운 분위기를 와장창 깨뜨리며.
"이 보시오! 스님! 글쎄 그 강아지는 안 된다니까! 그놈은 내 자식이나 같은 놈이란 말이오!"
그리고 영등의 목소리도.
"쉿! 조용히 하란 말이오. 우리 협상을 봅시다. 세 냥 어떻소?"
"안 된다고 했잖소!"
"아! 그 시주, 조용히 허리니까……."
안 봐도 훤했다. 지금 무슨 일이 벌어지는지. 휘가 밖을 향해 말했다.
"영등 스님, 오늘 저녁 오랜만에 번뇌일타공을 수련해 볼까요?"
"헉!"

깨갱!

우당탕탕! 영등이 손에 들린 강아지를 내던지고 헐레벌떡 뛰어오며 합장을 했다.

"아미타불! 번뇌일타공은 다음 기회에… 요즘 몸이 부실해서……."

번뇌일타공은 말 그대로 번뇌 하나에 한 번씩의 타격을 가하는 것. 그러니 백팔번뇌를 다 행하려면 백팔 번을 맞아야 한다. 천살의 기운을 쫓기 위해서라니 거부할 수도 없었다.

"천살의 기운이 씻어지면 천화문의 맥을 잇도록 도와드리겠습니다."

무슨 수를 써서라도 천화문의 맥을 잇고 싶은 마음인 영등으로선 번뇌일타공이 아니라 번뇌십타공이라도 마다할 수가 없는 것이다.

문제는 휘의 손질에 인정사정이 없다는 것.

영등이 이마에 맺힌 식은땀을 닦아내며 방 안으로 들어서자 모두가 할 말을 잃고 영등을 바라보았다.

"아미타불… 마침 좋은 술이 생겨서……. 허허허!"

"……."

영등마저 안으로 들어오자 휘가 천천히 입을 열었다.

"일단 상 무사는 소문을 퍼뜨려 나의 진로를 그들이 알게끔 하시오."

"예?"

"그들이 나의 행로를 알아야 성수곡으로 가지 않을 거 아니겠소?"

"아!"

"신마천궁의 정보망이 사천에 깔려 있을 테니 대충만 말해도 그들이 스스로 나의 행로를 알아낼 것이오. 어쩌면 내가 이곳에 있는 것을 벌써 알았을지도……."

상일평이 눈을 반짝이며 귀를 기울이자 휘의 눈은 더욱 깊어져만 갔다.
"놈들의 목적은 접니다. 들은 대로라면 쌍도와 소수의 고수만 움직이는 것 같으니까요."
"쌍도요?"
"예, 혈영마신과 비슷한 시절의 전대고수들을 떠올리다 보니 문득 생각나는 사람이 있었습니다."
"설마 혼원쌍도?!"
적인풍이 쌍도라는 이름에서 상대의 별호를 정확히 집어낸다.
눈을 크게 뜬 적인풍을 보며 휘가 고개를 끄덕였다.
"저도 그들이라 생각합니다. 붉은 도복, 파란 도복을 입은 초절정의 고수는 그리 많지 않으니까요."
그 말에 언뜻 한 가지 생각이 스치자 적인풍이 눈을 크게 떴다.
"맙소사! 그럼 그들과 이미 마주쳤었단 말입니까?"
"청해에서 오던 중에 마주쳤었습니다."
그 이야기는 알리지 않았었다, 행여나 걱정을 할까 봐서. 하지만 어차피 말한 것. 이제는 모든 것을 알아야 할 때다, 언제 어느 때 그들을 마주칠지 모르니까.
"그들이 철군명과 함께 있었습니다. 바로 그놈이 연연이를 납치하는데 앞장선 놈들 중 한 놈입니다. 철군명, 그놈이!"
철군명을 생각하자 분노의 감정이 솟구친다.
순간, 휘의 전신에서 알게 모르게 흘러나온 기운이 방 안을 휘돌았다. 살기도 아니고 냉기도 아닌 기이한 기운에 탁자 위의 엽차 잔이 가루가 되어 스러진다.
모두가 입을 악 다물고 주먹을 움켜쥐었다.
"무, 문주……."

그나마 내공이 심후한 적인풍이 가까스로 입을 열었다. 그제야 깜짝 놀란 휘가 급히 기운을 거두어 들였다.

"죄송합니다. 제가 그만……."

미안해하는 휘를 바라보며 초평우가 반쯤 넋이 빠진 얼굴로 입을 열었다.

"그들과 싸우셨군요. 연연이를 데리고."

뭘 생각했는지 사람들의 굳은 눈이 휘를 향했다.

―진짜 사람도 아니다. 혈영마신과 싸우느라 부상을 입은 지가 언젠데, 혼원쌍도를 단신으로 상대하다니. 그것도 부상당한 여자를 데리고.

질린다는 눈빛이 한결같다. 그러자 초평우가 고개를 푹 숙이며 말했다.

"후우……. 풍가와 저는 전부터 안 사실이지만, 이제는 다른 분들도 알아두십시오."

여섯 쌍의 눈이 초평우를 향했다.

"형님과 같이 다닐 때는… 목숨을 내놓고 다니는 게 마음 편합니다. 아니면 여벌로 목숨을 하나씩 더 가지고 다니시든지."

당홍이 천천히 고개를 끄덕였다.

"늑대!"

"어……."

"오랜만에 멋진 농담이었어."

"고마워, 흐……."

다른 사람들도 슬며시 고개를 끄덕인다. 그러자 휘가 자리에서 일어났다.

"휴우……. 그동안 죄송했습니다. 그런 줄도 모르고……. 앞으로는 따로 떨어져서 다닙시다."

진심처럼 들리는 휘의 말에 사람들이 깜짝 놀라 소리쳤다.

"무슨 그리 섭한 말씀을! 초 형님은 쓸데없는 농담을……!"

"허허허, 너무 그리 마음 쓰실 것은 없소이다, 문주. 평우, 자네……."

"아미타불……. 초 시주, 농담 따먹기도 장소를 가려서 해야지, 원. …그런데 먹는 이야기 하니까 어째 배가 고프군. 쩝!"

그 순간 당홍이 벌떡 일어났다. 그러자 찔끔한 초평우의 어깨가 바싹 움츠러들었다.

'크흑! 홍매까지!'

한데!

"홍! 너무 늑대한테만 뭐라 하지 마세요!"

'엉?'

"솔직히 문주가 잘못 했잖아요!"

"……."

"늑대! 기분 풀어! 농담 좀 했다고 뭐라 하는 사람들 때문에 기죽지 말고!"

"…고마워. 어헝! 역시 홍매뿐이야!"

가관이다. 눈물이라도 흘릴 것 같은 표정이다. 감격한 초평우를 멍하니 바라보는 사람들의 표정이 한결같다.

―저럴 수가! 저 푼수가 광풍낭도라고?

그 모습을 보며 휘기 싱긋 웃었다.

"제 농담도 쓸만하지요?"

"……."

초평우가 말했다.

"썰렁하구만요. 누구 얼굴만큼이나!"

풍인강을 향해, 늑대의 얼굴을 들이밀며.

잠시 후, 휘가 신중한 표정으로 입을 열었다.
"저는 천천히 성도 쪽으로 움직일 겁니다. 여러분은 일단 성수곡으로 가셔서 연연이를 지켜주십시오, 혹시라도 놈들이 허튼수작을 부리지 못하도록."
"억! 그럼 또 헤어지는 것입니까?"
"당분간입니다. 초 형도 연연이가 다치는 것은 바라지 않겠지요?"
"그야, 그렇지만……."
"그럼 성수곡에서 연락을 기다리세요. 일단 놈들의 진로가 확실해질 때까지 만이라도. 우리가 몰려다니면 자칫 적들의 시선이 엉뚱한 곳으로 돌려질 수도 있으니까요. 그리 오래 걸리지는 않을 것입니다."
뚱한 표정의 초평우를 놔두고 휘는 적인풍을 바라보았다.
"적 호법님은 청성에 아는 분이 계십니까?"
"몇 명 있습니다."
"그럼 청성에 연락해서 그분들에게 넌지시 정보를 건네주십시오. 아수라혈전이 나타났다고 말입니다."
"아수라혈전요?"
"그리 말하면, 아마 고위장로들의 눈이 커질 것입니다."
"그게 무엇이기에 청성의 장로들이 놀란단 말입니까?"
휘가 서수장이 알아낸 사실을 간략히 말해주자 적인풍은 휘둥그레진 눈으로 휘를 바라보았다.
"그게 사실이라면 청성이 뒤집어질지도 모르겠습니다."
"뭐 어쩌면 당가에서 미리 소식을 전했을지 모릅니다만, 최소한 우리가 그 일을 알고 있다는 것만 알아도 훗날 우리를 대하는 자세가 달라질 것입니다. 적어도 우리로선 손해 볼 일은 없습니다."

"음, 그리고 그들이 성수곡에 대해서도 신경을 쓸 수 있게 말해보겠습니다. 성수곡이 청성산에 자리잡고 있는 이상, 청성파도 나 몰라라 하지는 않을 것입니다."

"그러면 더욱 좋겠지요."

휘가 하얗게 웃었다. 적인풍도 조용히 웃었다. 하나 하니 둘이고, 둘 하니 셋이다. 서로 마음이 맞다 보면 굳이 많은 말이 필요없었다.

3

도강언(都江堰)은 전국시대 촉의 태수 이빙이 아들과 함께 민강(岷江)의 빠른 물줄기를 틀어 토사가 흘러드는 것을 막고, 수량을 조절하기 위해 수로와 둑을 만들면서 생겨난 곳이었다.

이후 도강언의 둑과 수백 리에 이르는 수로로 인해 그 남쪽에 엄청나게 광대한 농토가 생기니, 모든 나라들이 사천의 이 기름지고 끝 보이지 않는 토지를 차지하기 위해 끝없는 다툼을 벌일 지경이었다.

전국을 통일한 진나라 역시 사천의 옥토 도강언 이남을 빼앗으면서 통일을 이룩할 수 있었다는 말이 전해올 정도였으니 말해 무엇하랴.

풍요의 대지, 사천(四川)을 얻는 자가 천하를 얻는다!

오죽하면 그런 말이 나왔을까.

휘가 도강언에 도착해 민강의 거센 물결을 마주한 것은 소금을 떠난 지 나흘이 지나서였다.

본래 휘의 걸음으로 이틀이면 충분한 길이었지만, 신마천궁의 무리들을 유인하기 위해 걸음을 늦추다 보니 그 배가 걸린 것이다.
 그 덕분에 청성의 아름다운 산세를 두루 구경하며 지나왔으니 휘로선 아쉬울 일이 없었다. 내친 김에 청성파를 들러볼까 했지만, 자칫 뒤따라 오는 자들이 이상하게 생각할까 봐 청성산에는 오르지 않았다. 더구나 청성에는 먼저 출발한 적인풍이 벌써 도착해 있을 테니, 그곳의 일 또한 걱정할 필요는 없었다.
 휘는 도강언의 둑 위에 서서 일대를 둘러봤다.
 "굉장하군!"
 절로 탄성이 나오지 않을 수 없는 광경이다. 거칠게 흐르는 강물을 막아서 한 바퀴 휘돌리니 잔잔해진 물살은 수로를 타고 남으로 뻗어 사천의 중부를 적신다. 또한 막힌 물줄기로 인해 흘러내린 토사가 쌓여 광대한 옥토를 이루고 있었다.
 한 가지 일로 몇 가지의 이익을 얻었다. 홍수를 막고, 농토를 얻고, 그로 인해 풍요로움을 만끽한다. 마치 '일은 이렇게 하는 것이다'라는 것을 보여주는 것만 같다.
 "이러니 천하의 군주들이 이곳을 빼앗지 못해 안달을 하는 것인가?"
 휘가 감상에 젖어 있을 때였다.
 "이 봐!"
 뒤에서 누군가가 휘를 불렀다.
 "지를 부른 것입니까?"
 "거기에 그대 말고 다른 사람이 있나?"
 돌아보자 삼십대로 보이는 무사 한 명이 조금은 권태로운 듯한 눈으로 자신을 바라보고 있다. 간편한 무복에 허리에 달랑거리는 검, 질끈 동여맨 머리, 전형적인 낭인의 모습이다.
 사실 사천은 풍요의 대지임과 동시에 수많은 무림문파가 군집해 있는 곳이다. 구대문파 중 청성파와 아미파가 있고, 오대세가 중 당가가 있는 곳이다. 또한 점창이 비록 운남에 있다 하나 그 활동 구역은 사천의 남부에 이르러 있다. 게다가 사천의 십대세력은 강호의 그 어느 문파에도 뒤지지 않는다. 그러다 보니 낭인의 모습을 보는 것도 흔치가 않은 일이었다. 경쟁이 심할수록 뛰어난 낭인은 필요한 법이니까. 물론 휘는 처음이라 잘 몰랐지만.

"무슨 일입니까?"

휘는 상대를 빠르게 훑어봤다. 특별한 특징은 보이지 않지만 지닌 예기는 제법 날카로워 보인다, 휘가 관심을 가질 정도로.

"한 가지 물을 것이 있어서 불렀네."

"물을 것?"

"여기에서 성도까지 얼마나 되나?"

휘는 어이없는 심정으로 나른한 표정을 짓고 있는 무사를 바라보았다. 그리고 간단히 대답했다.

"나도 초행입니다."

도강언에서 성도(成都)까지는 남으로 일백오십 리, 반나절이면 충분한 길이었다. 하지만 말만 들었을 뿐 가보지 않았으니 섣불리 대답할 수도 없는 일이다.

초행이란 휘의 말에 낭인무사의 반쯤 감긴 눈이 조금 크게 뜨였다. 그리고,

"하하하! 이런 곳에서 초행인 사람을 만나다니, 반갑구만!"

"당신은 항상 사람을 그리 대합니까?"

"음?"

조금은 의외라는 표정, 설마 그런 질문을 던질 줄 몰랐다는 듯 묘한 표정을 지은 낭인무사가 느닷없이 싱긋 웃었다.

"가끔은."

"좋지 않은 버릇이군요."

"강호의 친구들도 고치려 하다 포기한 성격이네. 그러니 자네도 너무 신경 쓰지 말게."

참으로 묘한 사람이다. 분명 기분이 좋지 않아야 마땅한데도 딱히 그렇지도 않다. 그런데다 태연히 자기소개까지 한다.

"나는 무연송이라 하네."

좋아! 어디 한 번 해보자구.

"나는 진조여휘라 하오."

무연송이라는 자의 눈매가 살짝 치켜 올라간다. 휘가 태연히 반공대를 하며 말을 낮추자 의외라는 눈빛이다.

"흠, 재미있는 친구군."

"귀하가 더 재미있는 분 같소."

"음? 하하하! 한 대 맞았군."

"나는 때린 적 없소만."

"흠! 좋아! 내가 졌네. 어떤가? 내가 미안하단 의미로 술 한잔 사고 싶은데."

"설마 계산을 나보고 하라는 건 아니겠지요?"

"엉?"

무연송이 눈을 빛내며 휘를 노려봤디.

"어떻게 알았나? 내 비전의 얻어먹기 신공을."

훗! 휘는 슬며시 웃음이 나왔다. 의외의 장소에서 의외의 사람을 만났다. 왠지 밉지가 않은 사람이다.

얼마만인지 모르겠다. 초평우와 풍인강을 만나 하남을 돌아다닐 때만 해도 조금은 즐기면서 다녔었는데, 이후로는 긴장의 연속이었던 것 같다.

'그래! 가끔 이러는 것도 정신 건강에 좋겠지! 뭐 혼원쌍도야 자기들이 알아서 찾아올 테니……'

"원래… 나이를 먹다 보면 다 아는 수가 있습니다. 갑시다! 마셔줄 테니까!"

무연송은 어이가 없는 눈으로 성큼성큼 걸어가는 휘의 뒷모습을 바라보았다. 지금까지 말로 해서 져본 적이 없는 그였다, 십수 년 험난한 강호를 종횡하면서. 그런데 오늘은…….

'완전히 졌군. 크크!'

터벅터벅, 도강언의 저잣거리로 걸어가는 중에 휘가 물었다.

"어디서 오셨습니까?"

도강언에서 성도를 물어볼 정도면 사천 사람이 아닐 것이다.

"산서."

"산서가 다 무 형 집입니까?"

"…중양. 큿! 얼굴은 예쁘장한데 말은……."

멈칫, 무연송은 앞서 걸어가던 휘가 걸음을 멈추자 자신도 모르게 흠칫 어깨를 떨며 제자리에 서버렸다.

"참, 나도 인내심이 많이 늘었습니다. 아마 내 형제들이 오늘 일을 안다면 절대 믿으려 하지 않을 것입니다."

"왜?"

"지금까지 그 말을 하고 무사한 사람이 거의 없거든요."

"무슨… 아! 예쁘… 잘생겼다는 말?"

"가죠. 뭐, 주먹 잘못 놀려 사람 패죽였다는 소리는 듣고 싶지 않으니까."

"……."

쩍! 무연송의 입이 크게 벌어졌다.

4

오랜만에 한잔 술이 뱃속에 들어가자 화끈한 기운이 목구멍을 타고 올라왔다. 기분 좋은 느낌이다.
그런데 무연송은 그리 기분이 좋은 것 같지가 않다. 어쩌면 당연한 일인지도…….
"이봐, 진 소제, 사실 말이지……."
"진조여휘입니다. 성이 진조여라는 말이지요."
"응? 희한한 성이군."
"이 세상에서 저밖에 없으니 희한한 정도가 아니라 희귀한 거죠."
"그, 그렇군. 그런데… 사실 내가……."
"돈이 없다구요?"
"엉? 어찌 알았나?"
"그야… 오래 살다 보면 다 아는 수가 있다니까요."
무연송은 난생처음으로 술을 마시며 말을 아꼈다. 아무리 봐도 자기보다 한참 어린 것 같은데 속에는 능구렁이가 몇 마리는 들어 있는 것 같다. 더구나 조금 가려지기는 했지만, 절세미인 같은 얼굴에 올 때 느꼈던 뭔지 모를 엄청난 기운.
'설마 천 년 묵은 구미호는 아니겠지…….'
하지만 무연송의 속마음까지는 모르는 휘는 즐겁기만 했다. 술도 맛있고, 매운 맛의 사천요리도 제법 입맛에 맞는다.
'흠, 이 요리 이름이나 알아 가야겠군.'
그렇게 즐겁게(?) 식사를 하고 있을 때다. 옆에서 전음이 들려왔다.

"문주님, 속하 만상문 제삼단의 소상명이라 합니다."
휘는 가볍게 고개를 끄덕였다.
"술이 달짝지근하군. 쩝."
"말해보시오."
"그들이 근처에까지 왔습니다. 어찌할까요?"
"현재 위치는?"
"서남쪽 이십 리가량 떨어진 숲 속에 있습니다. 누군가가 그들이 있는 숲으로 들어가는 걸 봐서는 그들의 정보원인 듯했습니다."
"모두 근처에서 물러나라 하시오. 근접하면 그들이 어떤 행동을 할지 모르니까."
"알겠습니다."
전음이 끊기자 휘는 천천히 술을 한 잔 들이키고는 무연송을 바라보았다.
"생각해 보니 성도는 남쪽으로 백오십 리쯤 떨어져 있다 들은 듯합니다. 저는 잠시 볼일이 있으니 이만 헤어져야 할 듯하군요."
무연송이 굳은 얼굴로 휘를 바라보더니 천천히 고개를 숙였다. 그의 눈이 빠르게 음식과 술병을 훑어간다.
'훗! 정말 재미있는 사람이야.'
일어서던 휘가 깜박 잊은 듯한 표정으로 말했다.
"아! 깜박 잊을 뻔했군요. 무 형이 잠깐 뒷간에 간 사이에 제가 계산은 끝내놨습니다. 만일 무 형이 또 갰으면 괜한 돈만 날릴 뻔했습니다."
속으로 안도의 표정을 짓던 무연송의 얼굴이 어느 순간 와락 일그러졌다.
'그, 그럼 여태 나를 놀렸다는 말? 감히! 산서의 절호검을 놀려?!'
벌떡 일어선 무연송이 싸늘한 눈으로 휘를 바라…… 보려는데, 그사이 이미 휘는 휘적휘적 밖으로 나가고 있었다.

5

"왜 따라오는 겁니까?"
"내가 누군지 아나?"
"내가 어떻게 압니까?"
"산서의 특급낭인 절호검(絶虎劍) 무연송이 바로 나일세!"
"아, 예."
호랑이[虎] 모가지가 부러지든[絶] 말든, 휘가 나 몰라라 하며 무심히 걸어가자 무연송이 버럭 소리를 질렀다.
"이, 이… 내가 절호검 무연송이라니까?!"
"알았다니까요? 나 귀 안 먹었습니다."
"절호검이 강호의 후배에게 당했…… 그건 아니고, 얻어먹고 다닌…… 그것도 조금 그렇고……."
하는 수 없이 휘가 조금 도와줬다.
"신세야 질 수도 있고 갚을 수도 있는 거죠, 뭘 그렇게 따지십니까."
"맞아! 신세! 험, 후배에게 신세를 지고도 그냥 나 몰라라 하면 강호의 친구들이 나를 우습게볼 거네."
뒷짐을 지고 빠른 속도로 걸어가던 휘가 느닷없이 걸음을 멈췄다. 그리고 천천히 무연송을 돌아보았다.
"그래서요?"
"내가 도와줄 일이 있으면 말하게. 이래 봬도 검은 좀 쓰네."
휘도 느끼고 있었다, 무연송의 무공이 약하지 않다는 것을. 그러나 자신이 상대하려는 자들은 그저 약하지 않은 정도의 무공으로는 일 초조차 받아낼 수 없는 자들이다.

휘는 조용히 무연송을 바라보다가 고개를 돌려 민강가에 피어나는 버들강아지를 응시했다.

"그래요?"

여전히 무심한 태도.

무연송이 울컥하는 마음을 누르지 못하고 한마디하려 할 때였다.

팟!!

한줄기 연붉은 빛이 허공을 갈랐다.

휘는 멍청히 서 있는 무연송을 바라보지도 않고, 아무런 일도 없었던 것처럼 뒤돌아서서 다시 걸음을 옮겼다. 세 걸음쯤 옮겼을까, 툭! 버들강아지의 가지 하나가 바닥에 떨어졌다.

"상대는 저의 검으로도 자신할 수 없는 자들입니다."

나직이 울리는 휘의 음성.

하지만 무연송은 움직일 줄을 몰랐다. 시선은 바닥에 떨어진 버들강아지 가지에 머문 채, 벼락이라도 맞은 듯 전신이 굳어버린 것이다.

"이, 이런… 검이……."

무연송은 조심스럽게 가지를 주워들었다. 한참 동안 단면을 바라보던 그가 번쩍 고개를 들어 휘의 뒷모습을 향해 물었다.

"당신은 누구요?"

그는 자타가 공인하는 일류고수다. 손에 들린 것은 비록 단순한 나뭇가지 하나에 불과했지만, 그 속에 담긴 뜻을 모를 정도로 바보도, 허수도 아니었다.

그가 본 것이 정확하다면, 가지는 한 번에 잘린 것이 아니다. 적어도 수십 줄기의 검기가 훑고 지나간 것이다. 단면이 꺼칠해 보이는 것이 그 때문이다. 그러나 자신이 본 것은 단 한 줄기 붉은 번개.

진조여휘! 그대는 누군가!

일각을 걸어가자 소상명이 말한 숲이 저만치 보였다.
숲은 소나무와 백양나무가 어우러진 채 산허리를 끼고 돌아 길게 뻗어 있었다.
그런데…… 그 드넓은 숲이 숨을 죽이고 있다. 민강에서 피어오른 물안개에 감싸여 칙칙한 그늘이 불길한 향기를 뿜어내고 있다.
숲을 향해 걸어가는 휘의 두 눈이 무저의 심해처럼 가라앉았다. 휘는 굳이 보지 않아도 느낄 수 있었다, 숲 속에서 피어오르는 가공할 죽음의 기운을.
차갑게 가라앉은 눈으로 숲을 쓸어본 휘가 입을 열었다.
"지금이라도 늦지 않았습니다. 돌아가시지요."
무연송이 무슨 소리냐는 듯 가슴을 내밀며 소리쳤다.
"나 무연송은 지금껏 죽음을 두려워해 본 적이 없소. 게다가 오늘은 운까지 좋아 평생 볼 수 없는 검을 보았소. 한마디로 당장 죽는다 해도 아쉬울 것이 없다 이 말이오. 하하하! 그리고 안에 있는 자들이 누군지는 모르나 이 무연송 역시 한팔은 거들 수 있지 않겠소?!"
무사는 검으로 평가를 내린다나, 뭐래나. 어쨌든 휘의 일검을 본 후로 말투마저도 달라졌다. 그뿐이 아니다. 제대로 펼쳐진 휘의 검을 다시 한 번 보고 죽으면 원이 없겠다면서 악착같이 따라오더니 이제는 싸움에 끼어들겠다고 그런다.
휘는 그런 무연송을 한 번 바라보고는 숲 속으로 발을 디뎠다.
"말리지는 않겠습니다만, 목숨은 알아서 챙기세요. 아! 그리고 이 안에는 혼원쌍도라는 자들이 있습니다."

'놈이다!!'

홍도는 놀란 눈을 부릅뜨고 숲 밖을 쳐다보았다.

분명 그놈이었다, 진조여휘란 놈. 자신들을 수천 리나 걷게 만든 놈.

금방 잡힐 듯하면서도 잡히지 않아 얼마나 얄미웠던가. 한데 그 여우 같은 놈이 제발로 범의 아가리에 뛰어들려 한다.

"청도야! 놈이다! 준비해라!"

홍도의 전음에 벌써부터 흥분을 가라앉히지 못하고 있던 청도가 품속에서 주먹만한 시뻘건 방울 하나를 꺼내 들었다. 천살귀령을 움직일 수 있다는 귀왕령이다.

"옆에 있는 놈은 누구지?"

"나도 모르는 놈이야. 신경 쓸 것 없어. 들어오는 놈은 다 죽이면 되니까."

"켈켈켈! 하긴……. 시작할까?"

청도가 귀왕령을 들더니 허공에 대고 두어 번 흔들었다.

따라랑! 딸랑!

소름이 돋는 괴이한 귀왕령의 울림이 숲 속에 울려 퍼진다.

"켈! 귀령들아! 죽여라! 살(殺)!"

청도가 괴이한 목소리로 나지막하니 소리쳤다. 순간, 한쪽 구석에 얌전히 앉아 있던 다섯의 천살귀령이 두 눈에서 핏빛 광채를 뿜어내더니, 유령 같은 몸놀림으로 순식간에 숲 속으로 사라져 버렸다.

숲 속으로 한 걸음 내딛자 소름 끼치는 살기가 사방에서 몰려온다.

괴이한 기운. 결코 산 자의 기운이 아니다. 이미 들어서 알고 있는 일이지만, 직접 대하니 생각보다 훨씬 더하다. 일체의 소음도 없이 죽음의 기운이 사방에서 옥죄어온다.

휘는 눈을 반개한 채 풍령의 기운을 밖으로 흘려보냈다.
'우측!'
풍령의 기운에 적의 움직임이 느껴진다. 찰나!
스스스…… 팟!!
고개를 돌릴 틈도 없이 덮쳐 오는 시커먼 그림자!
일순간 휘의 신형이 안개처럼 흩어지는가 싶더니, 발밑을 지나가는 흑영을 향해 우권이 내질러졌다.
쾅!!
흑영이 천붕 일권에 튕겨 나간다. 그러나 바라볼 여유가 없다. 또 다른 기운이 좌측을 엄습해 오는 것이다, 그리고 뒤쪽으로도.
'총 다섯인가?!'
휘는 일권을 내친 반진력을 이용해 몸을 띄웠다. 허공에 뜬 상태에서 대기를 짓눌렀다. 천중무!
쿠궁!!
천중무의 가공할 압력이 대기를 터뜨린 순간, 오보천환이 펼쳐졌다. 휘의 신형이 안개 속에서 환영만 남기고 사라져 버렸다.
동시에 허공을 가르는 붉은 광채! 만양이 불을 뿜었다!!
유성칠격사(流星七擊射)!
일곱 줄기 붉은 번개가 전후좌우 사방으로 쏘아지고!
유성난산부(流星亂散分)!!
붉은 칼 그림자가 방원 이 장 안을 난자했다.
떠덩!! 쩌러러렁!
물안개 사이로 불꽃이 번쩍이고, 부서진 나뭇가지가 눈발처럼 흩날린다.
비명 한마디 흐르지 않는 뿌연 공간에서 시뻘건 선혈이 물안개를 붉게 물들인다.

지상으로 내려선 휘는 굳은 얼굴로 전면을 응시했다. 흐트러지는 안개 사이로 머리까지 시커먼 철립으로 뒤집어쓴 괴인들이 보였다. 철립에 난 구멍 사이로 붉은 눈알이 번질거리고 있다.

역시 생각대로 다섯이다. 그중 하나는 한 뼘 이상 갈라진 어깨에서 피가 뿜어지고 있는데도 눈 한 번 깜박이지 않고 휘를 마주보고 있다, 아무런 고통의 빛도 보이지 않은 채.

'생각보다 강하다!'

청해의 계곡에서 만난 흑의인 정도 될 거라 생각했었다. 좀 더 강하다 해도 그리 큰 차이가 나지는 않을 거라 생각했었다. 그러나 철저히 잘못된 판단이었다.

이들은 그들과 비교할 수 없을 정도로 강하다.

휘가 굳어진 눈으로 천살귀령을 바라보고 있는 사이 쌍도가 숲을 헤치고 모습을 드러냈다.

"켈! 꼬마 놈! 마침내 만났구나!"

청도가 득의에 찬 표정으로 귀왕령을 흔들었다.

"놈을 죽여라! 놈의 살을 발라 배를 채우고 피를 받아 목을 축여라! 살(殺)!!"

청도의 명이 떨어지자 천살귀령이 다시 움직이기 시작했다.

느릿해 보이는 움직임. 그러나 그렇기에 더 신경이 쓰인다, 언제 어디로 될지 모르니까.

휘는 이를 지그시 깨물었다. 혼원쌍도에 다섯의 흑의괴인, 결코 좋은 상황이 아니다. 아니, 철저히 나쁜 상황이다. 그렇다면 방법은 하나뿐, 철저한 속공으로 놈들의 숫자를 줄여야 한다, 설령 약간의 살을 내주더라도!

스팟!!

휘의 신형이 좌우로 흔들린다 느껴진 찰나, 오보천환의 일보가 내딛어졌다. 하나의 신형이 다섯으로 늘어난다. 다섯의 환영이 일제히 만양을 빼 들더니 허공으로 떠올랐다.

"한 번 해보자구!"

일갈이 다섯 환영의 입에서 일제히 터져 나왔다. 순간 귀왕령을 흔들어대던 청도가 눈을 부릅떴다.

"뭐, 뭐야?! 저 괴물!!"

휘의 다섯 환영이 스물다섯으로 분화되고 있었다. 그러자 그리 넓지도 않은 공간이 휘의 환영으로 가득 차 버렸다. 동시에 수십 줄기의 검강이 다섯 천살귀령의 머리 위로 일제히 떨어져 내린다.

청도가 경악한 표정으로 귀왕령을 정신없이 흔들었다.

딸랑! 딸랑! 딸랑!!

귀왕령이 울리자 천살귀령들이 짓쳐드는 검강에 맞서 일제히 달려들었다.

휘는 달려드는 천살귀령 중 구부러진 곡도를 들고 우측에서 달려드는 자를 차가운 눈빛으로 바라보았다.

'공격 목표는 하나, 하나씩 없앤다!'

붉은 번개 중 유난히 밝은 선홍빛 번개가 곡도를 든 자의 머리 위로 쏟아졌다. 단천락!

쩌정! 쩌억!!

곡도의 허리 어름이 일격에 부러져 버리고, 선홍빛 붉은 번개가 천살귀령의 철립과 머리를 동시에 갈라 버렸다.

"끄어……"

처음으로 천살귀령의 입에서 답답한 신음이 흘러나왔다. 동시에 나머지 넷이 휘를 향해 몸을 날렸다.

하지만 휘의 신형은 이미 본래 있던 곳에서 사라져 있었다. 단천락에 천살귀령이 무너지는 것을 확인도 하지 않고 허공으로 신형을 뽑아 올린 것이다.

천살귀령의 신속한 행동을 본 휘의 두 눈이 가늘게 흔들렸다.

하나하나야 그리 문제될 것이 없는 자들이다. 그러나 넷이라면 이야기가 달라진다. 죽음을 두려워하지 않는 절정의 고수가 넷인 것이다. 상황이 그리 만만치 않다. 더구나 아직 쌍도는 끼어들지도 않았다. 두 사람이 끼어든다면 상황은 더욱 나빠질 터.

결국 조금 무리를 하더라도 여기서 상황을 바꿔야 한다. 이를 악문 휘가 내려치는 만양에 천양의 힘을 한껏 끌어올렸다.

'이제 남은 자는 넷! 쌍도가 달려들기 전에 저 괴물들을 없애야 한다!'

오 장 허공, 휘는 천양의 기운이 가득 담긴 만양을 치켜들었다.

"타아아앗!!"

맑은 기합성이 하늘에서 울림과 동시, 만양의 검첨에 맺힌 붉은 번개가 지상으로 떨어져 내렸다.

안개를 가르며 떨어지는 번개에 맞서 천살귀령들이 일제히 솟구쳤다. 두려움을 모르는 자들, 이들이 무서운 이유는 이들에게는 보통 사람에게 있어야 할 원초적인 두려움이 없기 때문이다. 그러니 죽일 수 있을 때 죽여야 한다!

쩌저지지적!!

번개가 왼쪽에서 달려들던 천살귀령의 두 눈 사이로 내리 꽂혔다. 연이어 천양의 기운이 담긴 만양이 연붉은 빛으로 안개를 길게 베어냈다.

단천락에 이은 절혼광!

최근에 이름 붙인 십자단천명(十字斷天明)! 그 동선의 끝에 또 다른 천살귀령이 걸려들었다.

팟! 쩌적!!

정면으로 다가오던 천살귀령의 철립과 목이 한꺼번에 잘라지자 머리통이 둥실 허공에 떠오르고, 목에서 솟구친 피분수가 숲을 붉게 물들였다.

그 순간, 동료들의 죽음에 아랑곳없이 남은 두 명의 천살귀령이 휘를 향해 덮쳐들었다. 거리는 일 장, 바로 코앞이다.

'각오하고 있던 바!'

휘가 입술을 질끈 깨물었다. 찰나, 만양에 서린 검강이 폭죽처럼 터져 나갔다! 폭멸혼!!

콰콰콰광!!

찰나간에 십여 번의 충돌음이 숲을 뒤흔들었다. 물안개가 부서지고 대기가 찢어지며 숲 전체가 요동을 쳤다.

가공할 경력의 충돌에 두 명의 천살귀령이 훌훌 날아간다. 그들과 부딪친 반진력에 휘의 신형도 더욱 높게 떠올랐다. 떠오른 휘의 입가로 언뜻 가느다란 선혈이 보였다.

노회한 노물, 쌍도가 그 상황을 놓칠 리 없었다. 천살귀령이 달려들 때부터 기회만 노리고 있던 두 사람이 동시에 신형을 날렸다.

"기회다! 쳐!!"

"놈이 부상을 입었다! 죽여!!"

청도의 우수에 들린 황금봉이 황금마혼강기를 머금고 휘에게로 쏘아갔다. 홍도도 신형을 날리며 불진을 휘둘렀다.

찰나간에 벌어진 일이었다. 장내에 광풍폭우가 몰아쳤다. 주위의 수목들은 가공할 기세를 견디지 못하고 가루가 되어 부서져 버렸다.

휘는 만양으로 청도의 황금봉을 쳐내고는 오보천환을 펼쳤다. 부동환(不動幻)! 허공에 정지한 듯한 휘의 환영을 홍도의 불진이 뚫고 지나간다. 그러자 청도가 황금봉을 잡아채고는 재차 허공으로 날아올랐다.
"교활한 놈! 네놈이 도망갈 곳은 없다!"
안개가 뭉치듯 휘의 신형이 나타나는 곳을 향해 청도의 황금봉이 떨어져 내렸다.
쾅!!
굉음과 함께 휘와 청도의 신형이 튕겨졌다. 순간, 튕겨지는 휘를 향해 홍도가 불진을 휘둘렀다. 불진에서 뻗친 새파란 강기가 휘의 가슴을 꿰뚫을 듯이 넘실거린다.
신형을 세운 휘의 두 눈이 굳어졌다. 한 사람도 만만치가 않거늘, 두 사람의 움직임이 한 치의 틈도 없이 돌아가고 있다. 결국 선수를 뺏기면 끝없는 공격을 받아야 한다는 말이다.
매듭은 묶일수록 풀기가 어려워진다. 그렇다면 더 묶이기 전에 풀어야 한다. 아니면… 약간의 손해를 보더라도 잘라 버리든지!
휘는 다가오는 홍도의 불진을 바라보며 만양을 머리 위로 치켜들었다. 순간! 붉게 달아 오른 만양이 홍도의 새파란 강기로 휩싸인 불진을 내려쳤다.
번쩍! 콰아앙!!
"으음……."
"헛!"
뒤로 이 장을 물리선 휘의 입에서 가느다란 신유이 흘러나왔다.
마주 물러선 홍도의 눈도 놀람으로 크게 뜨여 있다. 휘가 움직일 방향을 선점하기 위해 눈을 부릅뜨고 있던 청도도 엉거주춤한 모습으로 휘를 바라만 보고 있다. 설마 휘가 움직이지 않고 맞부딪칠 줄은 생각을 못했다는 눈빛들이다.

천살귀령과의 싸움에서 내상을 입었으니 당분간은 피하리라 생각한 듯하다, 휘 역시 그럴 생각이었을 정도니까. 만일 쌍도가 연수합격에 정통하다는 것을 알지 못했다면 분명 그랬을 것이다.

그렇게 머뭇거린 시간은 일순간이었다.

그사이 휘는 이를 악물고 솟구치는 혈기를 최대한 빨리 가라앉혔다.

풍령의 기운이 뒤엉킨 천양과 지음 사이로 파고든다. 하지만 뒤엉킨 기운을 제자리로 돌려놓기 위해서는 약간의 시간이 필요할 듯하다. 문제는 시간이 없다는 것, 엉거주춤 서 있던 쌍도가 다시 움직이려 한다.

겨우 매듭이 끊겼다. 다시는 오기 힘든 기회!

'제기랄! 무리를 하더라도 단숨에 끝내야만 한다!'

"타앗!!"

휘는 홍도를 향해 전력으로 신형을 날렸다.

오보천환의 부동환! 찰나의 순간, 휘의 신형이 막 불진을 들어올리려는 홍도의 앞에 다다랐다.

홍도의 커진 눈이 휘의 두 눈과 마주쳤다. 미처 생각지 못한 상황에 당황한 빛이 역력하다.

일 장의 거리, 휘의 만양이 허공에 점을 찍었다, 선홍빛 붉은 점을! 귀천무종!!

홍도가 불진으로 강기막을 펼치며 몸을 틀었다. 하지만 강기막마저 귀천무종을 완벽히 막아내지는 못했다. 일시지간, 강기막을 뚫은 붉은 점이 홍도의 어깨를 스치고 지나가 버렸다.

팍!

"크윽!"

홍도의 입에서 고통에 찬 신음이 터져 나왔다. 축 처진 어깨를 감싸쥔 채 정신없이 물러서는 홍도의 두 눈이 악귀처럼 일그러졌다.

한 주먹의 살점이 떨어져 나간 어깨는 허연 뼈가 보일 지경이다. 게다가 뼈마저 손상을 입은 듯, 어깨를 움켜쥔 손가락 사이로 삐죽하니 뼈 하나가 빠져나와 있다.

잠깐 사이 홍도의 붉은 도복은 더욱 시뻘게졌다.

그때였다.

"이놈! 네놈이 감히!!"

청도는 휘의 급습에 홍도의 어깨가 피범벅으로 물들자 대노해 소리쳤다. 전신내력이 실려 있는 황금봉이 휘황찬란한 빛을 뿌리며 휘에게로 쏘아졌다.

휘는 쏘아져 오는 황금봉을 바라보며 이를 악물었다. 귀천무종을 펼쳐 홍도에게 중상을 입히기는 했지만, 무리하게 귀천무종을 펼치는 바람에 자신의 내력도 크게 흔들렸다. 그런데 이번에는 청도의 황금봉이 쏘아져 온다.

'아버지! 사부님! 저에게 힘을!!'

휘는 만양을 힘겹게 들어올렸다. 그리고 반개한 눈으로 중단으로 들어올린 만양의 검첨을 응시했다. 그 순간, 황금봉이 일 장 앞에 들이닥쳤다. 찰나!

만양의 검첨에서 붉은 빛무리가 피어났다.

화아악!

그것은 하나의 거대한 혈련화였다. 광량화!

콰아아앙!!

황금봉이 혈련화에 부딪치더니 날아올 때보다 더 빠르게 튕겨져 나갔다.

'크윽!'

속으로 신음을 삼킨 휘가 눈을 부릅뜨고 청도를 바라보았다. 청도가 되돌아간 황금봉을 거머쥐고는 경악한 표정으로 정신없이 물러서고 있다.

믿을 수 없다는 표정이다. 창백한 얼굴을 보니 가볍지 않은 내상을 입은 것도 같다.

'좋아! 기세다! 죽기 아니면 까무러치기다!'

휘는 만양을 잡은 손에 힘을 주고는 신형을 날렸다.

"덤벼!!"

청도가 파랗게 질린 표정으로 주춤 물러선다. 홍도는 어깨를 감싸쥐고는 혼신을 다해 뒤로 신형을 날린다.

휘가 그런 두 사람을 향해 만양을 떨쳤다. 붉은 혈련화 아홉 송이가 화려한 모습을 드러내고 두 사람의 머리 위를 덮쳐 간다.

"지, 지독한 놈!!"

청도가 뒤로 물러나며 귀왕령을 흔들었다.

딸랑! 딸랑!

"저놈을 막아라!!"

한쪽에서 멀뚱히 서 있던 두 명의 천살귀령이 청도의 명이 떨어지자 만양에서 피어난 혈련화를 향해 몸을 날렸다. 그사이 쌍도는 숲 속으로 뛰어들었다.

퍽! 퍼벅!!

천살귀령 한 명의 머리가 혈련화에 디져 나간다. 우그러신 철립 사이로 꺼져 가는 눈길이 무심하기만 하다. 다른 하나는 가슴이 뻥 뚫린 채 멀뚱히 서서 휘를 바라보고 있다.

휘는 두 명의 천살귀령이 쌍도 대신 천심화에 죽어가자 아쉬운 마음이 들었다.

'조금만 더 내력이 받쳐 줬어도······.'

하지만 어찌 보면 다행한 일이었다. 만일 쌍도가 직접 맞서 왔다면 자신의 내력이 고갈 직전이라는 것을 알아차렸을지도 모른다. 그걸 알고 죽기 살기로 덤볐다면……. 오히려 자신이 위험했을 것이다.

휘는 무너져 내린 천살귀령을 바라보며 그 자리에 서서 내력을 다스렸다. 당장 주저앉고 싶은 마음이 굴뚝같지만 언제 쌍도가 돌아올지 모르는 상태다. 그러니 그들이 완전히 물러갔다는 것을 알 때까지는 긴장의 끈을 늦출 수가 없었다.

무연송은 떨려오는 전신을 진정시킬 수가 없었다.
혼원쌍도라는 이름을 듣고 얼마나 놀랐던가. 얼어붙은 발걸음이 떨어지지 않았었다. 오기가 생겨 억지로 숲 속에 들어오기는 했지만 후회막급이었다.

한데 맙소사! 그런 쌍도가 도망을 치다니…….
서른다섯 평생 동안 처음 보는 싸움이 안개 속에서 반 각 동안 벌어졌다. 상상조차 해보지 못했던 그런 싸움이었다. 자신이 보고도 꿈처럼 느껴졌다. 하지만 믿지 않을 수도 없는 것이 직경 이십여 장이 폐허로 변한 채 눈앞에 놓여 있었다. 단 반 각 만에 만들어진 폐허였다.

무연송은 떨리는 눈을 들어 폐허의 한가운데에 고요히 서 있는 휘를 바라보았다.

'당신은 대체 누구요? 나는 당금 천하에서 마도(魔道) 혼원쌍도를 단신으로 상대할 사람이 있다는 것을 믿을 수가 없소, 직접 눈으로 본 지금도.'

그때였다. 문득 쓰러져 있던 천살귀령 중 하나가 비틀거리며 일어나는 것이 보였다.

무연송은 휘를 다시 한 번 바라보고는 검을 빼 들었다. 그리고 거의

다 몸을 일으킨 천살귀령을 향해 검을 휘둘렀다.

잠시 후…….

"죽어! 죽엇! 제발 죽어라!!"

깡! 땡! 퍽!

무연송은 자신의 검을 맞고도 멀뚱히 서 있는 천살귀령을 질린 눈으로 바라보았다.

미칠 일이다. 검기가 서린 검에 정통으로 얻어맞고도 기껏 살갗만 벗겨질 뿐이다. 분명 덜렁거리는 팔이며 한쪽이 함몰된 머리로 봐서 금강불괴는 아닌 듯한데, 자신의 검격을 '너 뭐하냐?' 하는 듯한 눈으로 바라보고 있다.

그나마 다행이라면 별다른 공격을 하지 않고 있다는 것이다. 기껏해야 느릿하게 검을 휘두르고 있을 뿐이다.

하지만 자신이 누군가? 호랑이 모가지를 자른다는 절호검이 아닌가! 그런 자신이 제대로 움직이지도 못하는 적 하나를 놓고 질색을 해야만 하다니. 무연송은 오기가 솟았다!

"그래! 네가 얼마나 버티는지 보자!!"

십여 번을 더 후려치고 찌르고 베어봤다.

아! 띠발! 그래도 마찬가지다.

별수없이…… 상처가 깊은 곳을 향해 힘껏 검을 밀어 넣었다. 쪽팔려서 웬만하면 안 하려고 했었는데……. 젠장할!!

슬쩍 휘를 돌아다봤다. 휘가 웃고 있는 것처럼 느껴진다.

사람 무안하게 웃기는…….

일각 정도 지난 것 같다. 쌍도는 돌아오지 않을 듯하다. 휘는 웃는 듯 묘한 표정으로 인상을 찌푸리며 목구멍에 가득 차 있는 핏덩이를 뱉어냈다.
"우욱!"
일각 이상을 짓눌러 놓았던 핏덩이를 쏟아내자 답답했던 가슴이 뻥 뚫린 듯 시원해진다.
일단은 자신의 몸 상태를 정확히 알아보기 위해 그 자리에 주저앉아 천천히 내력을 끌어올려 봤다. 천양과 지음의 기운이 풍령의 기운에 이끌려 천천히 혈맥을 맴돈다. 매우 약하게, 풍령의 기운이 아니라면 당장 운신 자체가 쉽지 않을 듯하다.
'아무래도 시간이 좀 걸릴 것 같구나.'
너무나 적을 몰랐다 해야 하나?
흑의괴인의 능력을 청해에서 만났던 자들 정도로 생각한 것이 잘못이었다. 쌍도라면 어렵긴 해도 한 번 해 볼만하다고 생각했거늘.
모든 것이 자만이었다. 적은 단순한 계산으로 상대할 자들이 아닌데도 몇 번의 승리가 자만의 늪 속에 빠져 있게 한 것 같다.
"후우……. 참으로 못났구나."
휘가 자책 어린 목소리를 토해내자 무연송은 어이없다는 눈으로 휘를 흘끔거렸다.
'그럼 나는 뭐야? 당신이 못났으면 나는 뭐냐구?!'

잠시 시간이 흐르자 세 명의 장한이 숲의 공터로 들어섰다. 그들은 앞섶을 피로 적신 채 앉아서 눈을 반개하고 있는 휘를 보고 대경해 소리쳤다.
"문주님!"
세 사람이 휘에게 다가가자 무연송이 그들의 앞을 막아섰다.
"누구냐?!"

객잔에서 무연송을 본 적이 있는 소상명이 앞으로 나서며 말했다.
"우리는 저분을 모시는 사람들이오. 비켜주시겠소?"
"문주? 저 공자가 당신들의 문주라고?"
"그렇소. 부상을 입은 듯하시니 우리가 모시겠소."
그때였다.
"잠시 물러나 주시겠소?"
휘의 나직한 목소리에 무연송이 옆으로 비켜섰다. 그러자 소상명을 바라본 휘가 입을 열었다.
"소 형, 지금 즉시 성수곡에 연락을 취해주시오. 내가 당가로 간다고 말이오."
"예! 알겠습니다."
"하지만 내가 부상을 당했다는 사실을 알리지는 마시오. 공연히 걱정들 할 테니까. 특히 내 동생이 알아서는 절대 안 되오."
"예! 명심하겠습니다, 문주님!"
소상명이 떠나가자 휘가 몸을 일으켰다. 몸 상태가 그리 좋지는 않았지만 피비린내가 코를 찌르는 숲 속에 더 이상 머무르고 싶지가 않았다. 자신이 죽인 사람들을 오랫동안 보고 있다는 것이 왠지 비정하게만 느껴진 것이다. 언제부터 이리 된 것인지……

'만인을 죽일 운명이라…….'

8장
사천당가

1

성도(成都)에 도착한 것은 다음날 해가 질 무렵이었다.
뒤에는 무연송이 졸졸졸 따라오고 있었다.
생각보다 끈질긴 자다.
내상을 치료하느라 도강언에서 하루를 묵었다. 그리고 아침에 반쯤 나은 몸으로 도강언을 떠나려는데 자기도 따라간단다. 휘가 말했다.
"당가는 초대하지 않은 손님을 좋아하지 않는다 들었습니다."
"누가 당가에 간다 했소? 그냥 성도에 가는 것이지."
그래서 성도까지만 동행을 하기로 했다. 그런데 막상 성도에 도착하자 휘를 따라다닌다.
"돈이 없습니까?"
약간 자존심 상하는 질문을 했다. 그러자 무연송이 태연히 말을 받았다.
"돈도 없고, 아는 사람도 없소."

"아는 사람도 없다면서 뭐하러 성도에 온 것입니까?"
"공자는 꼭 아는 사람이 있는 곳만 가오?"
"그래도 뭔가 목적이 있을 것 아닙니까?"
"나는 그냥… 가고 싶으면 가오."
마치 낭인이 무슨 목적 따지며 돌아다니느냐는 듯한 말투다. 잠시 말이 끊기자 무연송이 물었다.
"내가 따라다니는 것이 그렇게 싫소?"
"누가 싫다고 했습니까?"
"그럼 밥값 더 들어갈까 봐 아까운 거요?"
"아깝기야 하지만 그게 몇 푼이나 된다고……."
그러니까 아깝다는 거야, 아니라는 거야?
무연송이 힐끔 휘를 바라보고 말했다.
"내가 바로 산서의 절호검이오. 밥값은 할 테니까 같이 좀 다닙시다."
휘도 솔직히 무연송이 그리 싫지는 않았다.
"대신 목숨은 알아서 챙겨야 합니다."
"내 모가지 떨어지면 내가 죽지, 공자가 죽는 것 아니니까 걱정 마쇼."
"흠, 좋습니다. 그럼 일단 밥부터 먹고 봅시다. 곧 어두워질 것 같으니 당가는 내일 찾아가지요."
"오늘 한 말 중 가장 마음에 드는 말이오. 흐……."

2

기분 좋은 아침 햇살을 받으며 당가타에 도착하자 많은 사람들이 포구에서 짐을 부리고 있었다. 들은 말에 의하면 당가타의 포구는 당가가 직접 관할하며, 당가의 사업에 필요한 물건들이 당가타를 통해 사천일대에서 들고 나간다고 했다. 그래서인지 당가의 특색인 녹색 무복을 입은 자들도 간간이 보이고 있었다.

휘와 무연송이 사람들을 지나쳐 멀리 산자락에 자리잡고 있는 당가의 장원을 향해 갈 때였다.

"이봐요! 거기 두 사람!"

어디선가 날 선 여인의 음성이 들려왔다. 휘와 무연송은 설마 자신들을 부르지는 않았겠지 하는 마음으로 걸음을 늦추지 않았다. 그러자 다시 여인의 음성이 들려왔다.

"거기, 내 말이 들리지 않아요?"

혹시나 하는 마음으로 무연송이 뒤를 돌아다봤다. 삼 장 정도 떨어진 곳에서 연한 녹색 경장을 입은 한 여인이 허리에 손을 턱하니 얹은 채 눈을 치켜뜨고 있었다.

"우리를 부른 것이오?"

"그래요. 지금 어디 가시는 거죠?"

"우리는 당가에 가는 길이오만."

"무슨 일로 가는 거죠?"

무연송이 이마를 살짝 찌푸리고는 퉁명스럽게 답했다.

"낭자에게 알려줄 이유는 없는 것 같군."

"흥! 나는 당소연이라 해요. 당가에 가려면 나에게 그 이유를 말해야 할 걸요?"

"당소연? 아! 당가의 여협이신가 보군!"

"그래요. 이제 말할 수 있나요?"

두 사람이 티격태격하며 시간을 끌자 휘가 나섰다. 당가의 사람이라면 오히려 잘 되었다는 생각이 든 것이다.

"당수경 노선배를 만나러 왔소."

휘의 말에 당소연이 멍한 표정을 지었다.
"증조부님을요? 당신이 어떻게 증조부님을 아는 거죠?"
"약속이 되어 있소. 안내를 해주시면 고맙겠소."
당소연은 의아한 눈으로 휘를 바라보다 뭘 봤는지 눈을 크게 떴다. 바람결에 머리카락이 휘날리자 그녀의 눈에 휘의 얼굴이 확연히 들어온 것이다.
"당신……."
얼굴이 붉어진 당소연은 더 말을 못하고 입술만 깨물었다. 그때 휘가 입을 열었다.
"내 이름은 진조여휘, 귀장에 손님으로 있는 서수장이란 분과 같은 일행이오."

당소연의 안내로 당가에 들어가자 몇 사람이 당소연에게 아는 체를 했다.
"연아야! 어디 갔었어? 당주님이 찾으시던데."
"연매, 또 당가타에 가서 싸우고 왔니?"
"오늘은 멀쩡하네? 엊그제는 얼굴에 멍들어서 들어오더만."
대부분 당소연이 멀쩡한 것을 걱정(?)하는 듯한 말투들이었다.
휘와 무연송은 대충 상황을 짐작할 수 있었다. 아마도 당소연은 당가타에 들어오는 외지인과 싸우는 것을 취미 생활화한 듯했다, 그리고 가끔씩 얻어맞고 오기도 히고.
당소연은 벌게진 얼굴로 더욱 빠르게 걸음을 옮겼다. 그러다 어느 순간, 느닷없이 걸음을 멈춰 세우고는 눈을 크게 떴다. 뒤따라가던 휘와 무연송도 걸음을 멈추고 그녀의 앞을 바라보았다.
누군가가 그녀의 앞을 가로막고 있었다.

"아, 아버지……."

그녀의 아버지, 당가의 십대고수 중 하나이며, 무성당을 맡고 있는 당필문이었다.

"또 당가타에 갔다 온 것이냐?"

"그, 그게… 헤헤, 손님을 모시고 왔는데요."

"손님? 손님과 싸우지는 않고?"

"그럴려고 했는데, 증조부님을 찾아오셨다고 해서……."

휘와 무연송은 어이없는 표정을 지었다. 그러니까 자신들을 부른 것이 싸우기 위해서?

하지만 당필문은 그들과 다른 이유로 놀라고 있었다. 증조부라면 당수경을 말한다. 당금 당가의 가장 큰 어른이며 자신에게는 조부가 되시는 분. 두문불출하신 지 수십 년은 될 것이다. 그런데 그런 조부를 찾아온 사람들이라니… 더구나 나이도 젊은 사람들이 무슨 일로?

"무슨 일로 그분을 찾아오신 거요?"

당필문이 예리한 눈을 빛내며 무연송에게 물었다. 그러자 무연송이 고개를 저으며 말했다.

"내가 아니고, 이분 공자께서 볼일이 있으신 거요."

당필문의 눈이 휘를 향했다. 순간 당필문의 눈매가 가늘게 떨렸다.

'뭐지? 저 눈은…….'

눈이 마주치자 끝없이 빨려들 깃 같은 눈빛에 온몸에 힘이 빠지는 것만 같다. 당가의 십대고수 중 하나라는 자신이 눈빛에서 압도를 당하다니…….

당필문은 이를 깨물며 기운을 일으켰, 질 수 없다는 심경으로. 그러나 휘는 그런 당필을 향해 태연히 포권을 취하며 입을 열었다.

"진조여휘라 합니다. 우선 서수장이라는 분을 만나뵙고 싶습니다만."

움찔, 태연한 휘의 태도에 당필문은 자신이 공연한 짓을 한 것만 같아 무안한 기분이 들었다. 한데, 누구라고?
"서수장? 철마귀 서수장 선배 말씀이오?"
"그렇습니다. 이곳에서 만나기로 했습니다. 함께 당수경 노선배를 만나기로 했으니까요."
"음, 일단 기다려 보시오. 내 말은 전해보겠소."

서수장은 별채에 머물러 있었다. 일반 손님이라면 객사에 머무는 것이 일반적인 일이지만 서수장의 이름은 결코 당가라 해도 무시할 수 없는 무게가 실려 있기에 별채를 내준 것이다.
"오셨습니까, 문주님?"
서수장이 고개를 숙이자 휘도 마주 고개를 숙였다.
"예. 서 호법님, 염려 덕분에……."
한쪽에서 지켜보던 당필문은 그런 두 사람을 놀란 표정으로 바라보았다. 서수장은 자신조차 공대를 해야 할 선배이거늘, 그런 서수장이 휘에게 자연스럽게 고개를 숙이다니… 게다가 문주? 당필문으로선 놀라지 않을 수 없는 일이었다.
'어떤 문파의 문주이기에 서수장이 호법으로 있단 말인가?'
그러나 휘는 당필문의 표정에 아랑곳하지 않고 서수장에게 물었다.
"별다른 연락은 없었습니까?"
"별다른 것은……."
"어제저녁에 연락 온 것이 있습니다만 나중에 말씀드리겠습니다."
서수장이 전음을 보내왔다. 아무래도 한쪽에서 놀란 표정을 짓고 있는 당필문이 꺼려진 듯했다. 휘가 아무 말 없이 고개를 끄덕이자 서수장이 입을 열었다.

"당 선배님을 지금 만나시겠습니까?"

"쇠뿔도 단김에 빼랬다고, 지금 만나뵙죠."

서수장은 그때까지도 놀란 표정으로 자신들을 바라보고 있는 당필문에게 물었다.

"본 문의 문주께서 당수경 선배님을 만나뵙고자 오셨네. 지금 만나뵐 수 있는지 여쭤봐 주시겠나?"

"예? 예. 알아보겠습니다."

잠시 후, 당필문이 한 명의 중년인을 대동하고 서수장의 방을 찾아왔다.

"제 아우인 당안문이라 합니다. 현재 본 가의 호위를 총책임지고 있는 초형당의 당주입니다."

당필문은 간단하게 중년인, 당안문에 대해 말하고는 휘를 바라보았다.

"이 사람이 공자를 조부님께 모셔다 드릴 거요."

당안문이 예리한 눈으로 휘를 바라보고는 고개를 끄덕였다.

"나를 따라오시오."

     *   *   *

당안문의 안내로 당수경에 방에 들어갔다. 이미 말을 들었는지 당수경은 조용히 앉아서 휘를 맞이했다.

"소손은 나가 있겠습니다. 그럼……."

당안문이 나가자 휘는 당수경을 향해 포권을 취했다.

"진조여휘라 합니다."

"나는 당수경이라 하네. 서수장에게 대충은 들었네. 젊은 사람이 일문을 책임지고 있다니 대단하구먼."
"과찬이십니다. 주위 분들이 도와주신 덕분이지요."
"그래 뭘 알고 싶은 것인가? 본 가에서 알려줄 만한 것이 있을지 모르겠군."
당수경이 단도직입적으로 묻자 휘는 잠시 동안 말없이 당수경을 바라보았다. 그의 말투에서 무언가 가리고 싶어하는 마음이 엿보인 것이다. 어쩌면 당연한 일. 가문의 치부를 남에게 보이고 싶어하는 사람이 누가 있을까.
어쩌면 이 일에 대해 청성이나 아미에 알리지 않았을 거라는 생각이 들었다.
"과거에 존재했던 수라마궁에 대해서 알고 싶습니다. 당가에는 그에 대한 기록이 있는 것으로 알고 있습니다."
"서수장에게 보여준 것을 말하는가 보구먼."
"서 호법께 아수라혈전 외에 다른 것에 대한 이야기도 있다 들었습니다."
"있기는 있지. 하나 이미 옛날이야기일세."
"바로 그 이야기를 알고 싶어서 온 것입니다."
"그들은 오래전 사라졌네. 굳이 지금에 와서 그 일을 들춰낼 필요가 있을까?"
"수라마궁은 사라졌지만 그들의 후예가 신마천궁이라는 이름으로 다시 나타난 듯싶습니다. 노선배께선 그들의 출현이 얼마나 위험한 일인지 잘 아시리라 생각합니다만."
당수경의 주름진 이마가 꿈틀거렸다.
"모르는 바는 아니네. 그러나 이제 우리 당가도 남의 손을 빌어야 할 정도로 약하지 않아. 그들이 다시 나타난다면 우리는 그들로부터 과거의 빚을 받아낼 걸세."

오랜 시간 남모르게 노력을 해왔을 것이다, 적어도 칠패에게 강호의 패권이 넘어간 이후로는.

하지만 당수경이 생각하는 적의 힘과 휘가 생각하는 적의 힘은 생각 자체에서 차이가 있었다. 휘는 모든 것을 이야기하기로 작정했다.

"얼마 전 그들에게 제 동생이 납치를 당했습니다. 동생을 구하기 위해 청해를 다녀왔지요."

휘가 나직한 목소리로 이야기를 시작하자 당수경이 조금은 의아한 표정으로 휘를 쳐다보았다. 동생이 납치를 당한 것은 안됐지만 지금 와서 왜 그 이야기를 한단 말인가, 동정을 구할 자리도 아니거늘.

"안됐군."

심드렁한 당수경의 어투에도 휘는 안색하나 변하지 않고 담담히 두 사람의 별호를 꺼냈다, 그저 길가다 삼류건달을 만난 것마냥.

"가던 중에 혈령마신과 무음살마제를 만났습니다."

당수경의 눈매가 살짝 찌푸려졌다. 그러다 마치 믿을 수 없는 이야기를 들은 것처럼 서서히 커져 갔다. 두 사람이 누군지 뒤늦게 생각이 난 것이다.

하지만 휘는 보지 못한 것처럼 계속 말을 이었다.

"다행히 운이 좋아 그들을 따돌리고 동생을 구할 수 있었지요."

당수경이 이이없는 표정을 지있다, 대체 그 이름의 주인들이 어떤 사람들인지 알기나 하냐는 듯이.

그러든 말든 휘는 말을 멈추지 않았다, 요즘은 왜 이리 삼류건달이 많은지 모르겠다는 듯이.

"오던 중에 혼원쌍도와 놈들의 하수인으로 보이는 실혼인들을 만났지요. 거기서도 운이 좋았는지 무사히 벗어날 수 있었지요."

휘는 말을 멈추고 어이없는 표정을 짓고 있는 당수경을 바라보았다.
"어떻게 생각하십니까?"
느닷없는 질문에 당수경은 노한 표정으로 입을 열었다.
"지금 나하고 농담하자는 건가?"
휘는 깊게 가라앉은 눈으로 당수경을 직시했다.
"제가 노선배님과 농담할 이유가 있던가요?"
"감히!"
격노한 당수경의 두 눈이 가늘게 떨렸다. 차마 찾아온 손님에게 화를 내지는 못하지만 당장이라도 내치겠다는 뜻이 담겨 있는 눈빛이다.
그러나 그럼에도 휘의 눈빛은 한 점 흐트러짐이 없었다.
"만일 제 이야기가 사실이라면 어떻게 하시겠습니까?"
당수경이 코웃음을 쳤다.
"흥! 혈령마신은 이미 삼십 년 전에 죽은 자다."
"그는 살아 있습니다. 지금은 비록 무공을 제대로 쓰지 못하겠지만."
"무음살마제는 전설로 전해졌을 뿐, 그의 모습을 정확히 본 자는 아무도 없다."
"통통한 얼굴에 옆집 할아버지 같은 인상이더군요."
"혼원쌍도는 천하문문의 공적으로 몰려 수십 년 전부터 모습을 보이지 않던 자들이다."
"황금색 봉과 파란 불진이 인상적이더군요. 앞으로는 한 팔을 쓰지 못하는 홍도민을 볼 수 있을 겁니다."
당수경은 노한 불길이 일렁이는 눈으로 휘를 보며 물었다.
"좋다! 네가 본 사람들이 그들이라는 것을 너는 무엇으로 증명할 것이냐?"
"무엇으로 증명하면 되겠습니까?"

"무인이 진실을 증명할 수 있는 방법은 하나밖에 없겠지!"

한기가 풀풀 날리는 당수경의 말에 휘가 하얀 웃음을 지었다.

당수경의 말인즉, 네 말이 사실이라면 그러한 고수들 틈에서 살아 나올 만한 실력이 있다는 것을 증명하란 말. 휘가 마다할 리 없었다.

"아주 좋은 방법이군요."

그때였다.

덜컹! 문이 열리고 당안문이 들어섰다.

"제가 하겠습니다, 백부님."

두 사람은 들어선 당안문은 바라보지도 않고 서로의 눈만 바라봤다. 눈싸움 끝에 당수경이 먼저 말문을 열었다.

"초형단을 맡고 있는 당안문이라고 하지. 본 가에서 열 손가락에 들어간다 할 수 있다. 어찌하겠느냐?"

"방법이 하나뿐인데 뭘 망설이겠습니까?"

잠시 후, 후원의 정원 옆 공터에서 당수경만이 지켜보는 가운데 휘와 당안문이 마주 섰다.

"나는 암기를 쓸 것이네. 암기에는 눈이 없으니 조심하도록 하게."

"당가의 고수가 암기를 쓴다는 것은 이미 강호에서 모르는 사람이 없습니다. 걱정 마시고 시작하시죠."

휘의 말이 끝나자마자 당안문이 품속에서 자그마한 날개가 달린 두 개의 파란색 못을 꺼내 들었다. 바로 당가의 팔대암기 중 하나이며, 당안문이 가장 자랑하는 암기 귀왕정(鬼王釘)이었다.

"귀왕정이라 하네."

말이 끝남과 동시, 당안문의 손이 흩뿌려졌다. 일순간, 두 개의 귀왕정이 춤을 추듯이 상하로 날아들었다, 흐릿한 잔상만을 남기며.

피리리링!
어디로 날아들지 모르는 귀왕정의 흔들림은 상대의 움직일 방향을 제어하고 있었다. 그것이 귀왕정의 무서움이었다. 느린 듯하면서도 상대의 움직임을 제압하고, 상대가 움직이면 그에 따라 번개처럼 날아드는 것이다.
휘는 당안문의 손놀림을 무심히 바라보다 한 걸음을 내딛었다, 마치 귀왕정의 권역에 스스로 몸을 들이민 것처럼. 오보천환!
휘가 겁도 없이 자신의 귀왕정에 몸을 들이밀자 당안문의 입가에 회심의 미소가 그려졌다. 감히 귀왕정을 무시하다니!
굳이 두 번째 공격을 할 필요가 없을 듯했다.
그러나 곧바로 그의 입가에 서린 미소는 썩은 간을 베어 문 것처럼 일그러져 버렸다. 귀왕정이 휘의 몸을 꿰뚫었다고 느낀 순간, 휘의 신형이 사라져 버린 것이다.
'헛! 어디로? 허공?!'
대경한 당안문이 귀왕정의 방향을 틀려 할 때였다. 고개를 든 그의 눈에 자신을 짓눌러 오는 거대한 주먹 하나가 보였다.
'어헉!'
주먹에서 이는 회오리가 주위의 공기를 빨아들이자 머리카락이 허공으로 치솟는다.
천양의 기운이 십성이나 실린 천붕(天崩)이었다! 혈영마신조차 뒤로 물러나게 만들었던 바로 그 일권, 천붕!!
휘는 굳이 여러 번 손을 쓸 생각이 없었다. 비록 내상으로 인해 부담이 되기는 하지만 단 한 수에 끝내기로 작정한 것이다. 증명은 확실해야 하니까.
일순간 천붕의 가공할 기운이 천지를 뒤집어 버렸다!

"마, 맙소사!"

이를 악다문 당안문이 손목에 장치되어 있는 단혼시를 쏘려 할 때였다. 휘의 입에서 차디찬 한마디가 터져 나왔다.

"불가!!"

귀청이 터질 듯한 일갈에 당안문의 손이 움직임을 멈췄다. 그가 멈추고 싶어 멈춘 것이 아니다. 전신을 짓누르는 천중무(天重舞)의 가공할 압력에 손을 들 수가 없었던 것이다.

콰우우우!!

당안문은 다가오는 거대한 주먹을 바라보며 새파랗게 질려 버렸다. 천천히 다가오는 하나의 주먹이 만근 쇠뭉치보다 더 무거워 보인다. 바라보고 있자니 안면이 부풀어 올라 터질 듯하다.

푹! 거대한 압력에 두 발이 청석을 파고든다.

"크흡!!"

찰나! 눈앞에 닥친 주먹의 회오리가 방향을 틀더니 정원의 한쪽에 우뚝 서 있는 바위에 틀어박혔다.

쾅!

굉음의 여운이 가시기도 전 휘의 신형이 허공에서 그 모습을 드러냈다. 천천히 계단을 밟듯이 내려오는 휘를 보며 당수경은 자신도 모르게 침음성을 흘렸다.

"으음……. 허공답보……?"

흐트러진 머리의 당안문도 넋을 잃고 휘를 바라보았다. 자신이 단혼시를 쏘았다면 어떻게 되었을까. 아마 지금쯤 정원에 있던 바위 꼴이 되지 않았을까. 가루가 되어 바람결에 스러지고 있는 저 바위처럼 말이다.

휘는 멍하니 서 있는 당안문을 한 번 더 바라보고는 당수경을 향해 고개를 돌렸다.

"당가가 어떻게 결정하든 그것은 당가의 마음이니 굳이 강요하지는 않겠습니다. 하나 한 가지, 제 말을 믿고 대처한다면 적어도 가족의 피는 덜 흘릴 것입니다."

당수경은 거세게 흔들리는 눈으로 휘를 보며 물었다.

"조금 전의 그 일권은?"

"천붕이라 합니다. 혈령마신도 제 일권에 몇 걸음 물러나야만 했지요."

언뜻 당안문의 표정이 조금은 풀어진 듯 보였다. 혈령마신조차 물러났다는 데야…….

"멋지군, 정말 멋진 주먹이었어. 한데… 진정 그들이란 말인가?"

휘가 고개를 끄덕였다.

"분명 그들입니다. 문제는 그들이 다가 아니라는 것이지요. 그들 말로는 아홉이라 했지만 나머지 다섯이 누군지는 저도 모릅니다."

"아홉……?!"

"그들과 같은 고수가 아홉이면……. 천하의 그 어떤 문파도 일개문파의 힘으로는 그들을 상대할 수가 없습니다."

아홉이 아니라 그 반만 되도 그럴 것이다.

"그렇겠지……. 그들이 맞다면……. 아무래도 자네와는 더 많은 이야기를 해야 할 것 같군."

"저 역시 바라는 바입니다."

당수경이 내민 책을 다 읽은 휘가 고개를 들었을 때였다.

"당시 본 가의 사람 중 살아남은 직계가족은 이십 명도 채 안 되었네. 그야말로 멸문 직전이었지. 해서 혼인을 하면 자손을 번창시키는 것을 최우선 과제로 삼았었네. 딸이면 데릴사위를 들이고 말이네."

나직한 당수경의 말을 듣고 있던 휘가 궁금해하던 한 가지를 물었다.

"그들이 왜 사라졌는지에 대해선 여기에도 안 나와 있군요."

"그곳에는 없지만 전설처럼 전해진 이야기는 있네."

"전설요?"

"무명의 고수가 수라마궁의 궁주를 비롯해서 그 수뇌부를 모두 죽였다는 이야기였지. 하지만 누구도 그 이야기를 사실로 받아들이지 않았네. 아니, 받아들일 수가 없었지. 당시 천하에서 가장 강한 열 사람 중 하나였던 청성의 천무 도인조차도 수라궁주의 오 초를 막아내지 못하고 죽음을 맞이해야 했으니까."

"전설……."

문득 휘는 삼령문의 조사들이 생각났다. 삼령문의 조사들에 대해 들은 바는 없지만, 도사할배가 남긴 글에 의하면 삼령문의 조사들은 삼악을 막는 것을 업으로 여긴다 했었다, 무려 누천년간.

휘가 말없이 생각에 잠기자 당수경이 다시 말문을 열었다.

"자네 말대로 그들이 수라마궁의 후예이고, 그들의 수하에 대마두들이 집결해 있다면 이는 천하의 안위가 걸린 일이네. 아마 그들이 움직인다면 천하가 경동할 것이야."

휘가 당수경을 직시하며 말했다.

"그들은 이미 움직이고 있습니다. 그것도 중원의 한복판에서 말입니다."

"뭣이?"

놀란 표정의 당수경에게 현재 십팔마마공으로 인해 벌어지고 있는 사건의 전말에 대해 간략하게 이야기를 했다, 그리고 철혈성에서 일어난 사건까지.

"문제는 예전과 달리 그들이 전면에 나서지 않고 뒤에서 조종만 하고 있다는 것입니다. 그러다 보니 강호의 제문파들은 아직 그들의 위험성을 모르고 있는 실정입니다."

"으음……. 칠패는 힘만 갖춘 곳이 아니네. 그런 그들이 신마천궁이라는 곳에 대해 모른다는 자체가 이상한 일이군."

"저는 구파 중 소림과 무당을 들러봤습니다. 또한 화산의 장로 분도 만나봤지요. 하지만 그 어느 곳도 그들에 대해 아는 사람이 없었습니다. 심지어 천검보와 용혈궁조차도 말입니다."

당수경의 눈이 크게 뜨였다. 앞에 앉은 젊은이는 잘해야 이십대 초반의 나이다. 그런데 저 나이에 천하의 대문파를 돌아다니고, 천하의 안위에 대해 생각하고 있다.

문득 자신의 나이가 몇인지 생각해 봤다. 구십이 넘었다. 한데 자신은 과연 그동안 무엇을 했는가.

'허허허……. 나이만 먹으면 뭐 하나. 해놓은 것도 없고, 생각한다는 것이 기껏 가족의 안위뿐이지 않은가. 그나마도 폭풍이 불면 날아가 버릴지 모를 담을 쌓아놓고서…….'

"자네처럼 젊은 나이에 천하의 안위를 위해 뛰는 사람도 있거늘, 한 것도 없이 늙기만 한 내가 민망해지는군."

휘의 얼굴이 살짝 붉어졌다. 자신은 천하의 안위를 위해 돌아다닌 것이 아니다.

아버지들의 원을 풀어드리기 위해 돌아다녔고, 핏줄을 찾기 위해 돌아나섰다. 그리고 도사할매의 힌괴 사부님의 한을 갚기 위해 그들을 적으로 삼았다. 그러다 보니 요행히도 천하무림의 중심에 서 있는 대문파들과 인연을 맺었고, 천하 정파의 적이 될 지도 모르는 자들을 적으로 삼았을 뿐이다.

한마디로 가는 길이 같았을 뿐, 자신이 무슨 협의지사라서 그들을 상대하는 것이 아닌 것이다.

그래도… 하고자 하는 일에 도움이 된다면, 얼굴이 붉어지더라도…….

"젊은 호기로 일을 하다 보니 많은 것이 부족합니다. 노선배님처럼 강호의 어른들이 많이 도와주셔야지요."

"허, 허허허! 도울 수 있는 일이 있다면야 당연히 도와야지."

아마 당가의 다른 사람들이 봤다면 기절할 일이었다. 당수경의 입에서 저런 호탕한 웃음이 터진 것이 얼마 만인지, 기억을 더듬다 보면 머리가 다 빠질지도 몰랐다.

"일단 가주를 만나세. 누가 뭐라 해도 본 가의 최고 결정권자는 가주가 아니겠나."

　　　　　　　*　　　　*　　　　*

당가의 가주 당한문은 역대 당가의 가주들 중에서도 매우 신중하기로 유명한 인물이다. 그러했기에 최근 십여 년간 당가는 큰 어려움 한 번 처하지 않고 무난한 세월을 이어올 수 있었다. 하지만 그러한 성격 때문에 지닌 힘에 비해 세력이 더 크지 못하고 있다는 불만의 소리도 터져 나오고 있었다. 가주의 성격은 신중한 것이 아니라 소심한 것이라면서…….

휘는 당수경과 함께 당한문을 만나고 문득 한 사람이 생각났다.

철운성, 자신의 마음을 수십 년씩 숨기고 살아온 철운성, 바로 그가 생각난 것이다.

'이 사람은 결코 소심한 사람이 아니다. 두 눈 깊은 곳에 야망이 숨겨진 사람이다!'

그리 큰 덩치는 아니다. 그렇다고 강한 인상도 아니다. 누가 보더라도 당가의 가주라는 것이 잘 믿어지지 않는 모습이다. 하지만 그것은 겉모습일 뿐이다. 휘는 당한문의 첫인상을 그렇게 느꼈다.

"가주를 뵙습니다. 진조여휘라 합니다."

"허허허, 반갑소. 조부님께서 직접 손님을 이끌고 찾아온 것이 몇 년 만인지 모르겠소."

"그동안에 당가가 그만큼 평온했었다는 말이겠지요."

"과찬이오, 과찬. 한데 어찌 그 말은, 이제는 평온할 수 없다는 말처럼 들리기도 하는구려. 내가 과민하게 들은 건지……."

"과연 가주님이십니다. 분명 그런 뜻으로 드린 말씀입니다."

"호, 그렇다면 그럴 만한 이유가 있겠구려."

"어쩌면… 가주께서도 짐작하고 있는 일일 것입니다."

당한문의 눈가로 가느다란 광채가 스치고 지나갔다. 휘는 놓치지 않고 그 눈빛을 감지했다. 그렇다면 패를 하나 던져 볼 때다.

"흠, 무슨 말인지……."

"사천의 정보를 손 안에 쥐고 계시는 가주께서 모른다면 감히 누가 알겠습니까?"

잠시 침묵이 흘렀다. 앞에 놓인 차에서 일던 김이 사라져 갈 때쯤, 당한문이 휘를 바라보고 말했다.

"문주는 매우 직설적인 것을 좋아하나 보구려."

휘는 고개를 저었다.

"본래는 장난도 좋아하고 농담도 좋아합니다. 하지만……."

잔잔하던 휘의 기세가 서서히 무겁게 변해갔다. 그러자 소심하게까지 보이던 당한문의 표정도 점차 굳어지더니, 마침내 일문 종주로서의 무게를 뿜어냈다. 그제야 휘가 입을 열었다.

"하지만 그 잠깐의 시간 동안 제 동료, 형제들이 얼마나 죽어갈지 모릅니다. 하니 제가 어찌 이런 중요한 때에 시간이나 끌면서 농담을 즐길 수 있겠습니까."

당한문이 무게 실린 눈빛으로 휘를 직시했다.

"음, 문주는 듣던 것보다 상대하기가 더 어렵군."

'이 사람은 나에 대해 알고 있다.'

"도강언에서의 일은 오늘 아침 전서로 받아보았소."

'역시……'

"혼원쌍도로 보이는 자들이 나타났다기에 초긴장 상태로 그들을 주시하고 있었는데, 도강언에서 공전절후의 결전이 벌어졌다는 이야기였소. 혼원쌍도가 패퇴해서 도망갔다는 믿기지 않는 이야기까지 쓰여 있더구려."

당한문이 휘를 바라보며 물었다.

"그들을 패퇴시킨 것이 문주 맞소?"

휘가 대답했다.

"그렇게 직설적으로 물으시니 얼굴이 뜨거워지는 것 같습니다. 저더러 직설적인 걸 좋아한다더니 가주께서도 저 못지않으시군요."

훗! 당한문이 자신도 모르게 가볍게 헛웃음을 지었다.

"확실히 농담을 좋아하는 것 같구려."

이후로 두 사람이 농담인지 진담인지 모를 이야기를 한참 동안 주고받자 당수경이 참지 못하고 끼어들었다.

"가주! 그래, 가주의 생각은 어떠하신가?"

아무리 당한문이 가주라 해도 당수경의 말을 무시할 수는 없었다.

"예. 조부님, 웅크릴 만큼 웅크렸으니 한 번 움직여 볼 생각입니다. 더구나 이분 만상문주의 말에 의하면 수라마궁의 후예들이 분명한 듯하니 과거의 빚을 갚기 위해서라도 가만히 있을 수는 없지요."

뜻밖의 문답에 휘는 눈을 빛냈다. 두 사람의 말로 봐서는 뭔가를 준비하고 있었다는 말이다, 비록 그 사용처가 달라지기는 한 것 같지만.

휘는 묵묵히 당한문의 말을 기다렸다. 당가가 움직이기로 결정한 이상 어떻게 움직일지는 당가가 결정할 일, 굳이 자신이 나서서 감 놔라 배 놔라 할 수는 없는 일인 것이다.

휘가 말없이 바라만 보고 있자 당한문이 말문을 열었다.

"아미와 청성, 그리고 우리 당가에서 고수들을 골라 한시적으로 별도의 단체를 만들까 하오."

휘의 눈이 가볍게 굳어졌다. 당한문의 말대로라면 아미나 청성과 어느 정도 이야기가 되어 있다는 뜻, 과연 당한문에 대한 판단이 잘못 되지는 않은 듯하다.

'철운성…… 그도 그랬지…….'

"그리고 사천 십대세력에서도 얼마간의 고수를 지원받을 수 있을 것이오. 그리 되면 놈들의 뒤통수 정도는 칠 수 있을 것이오."

과하지도 모자라지도 않은 냉철한 판단이다. 무리해서 정면 대결을 한다면 승산이 없다. 휘로 인해서 밝혀진 사실이지만, 일백 고수의 합공 속에 죽었다던 혈령마신이 살아 있다 하지를 않던가. 그러나 배후를 치고 빠지는 정도라면 충분히 적들을 상대할 수 있을 것이다.

구대문파 중 두 곳과 당가가 섞인 사천연합이 단지 배후를 칠 생각만 한다는 것은 이들이 과거 수라마궁에 당한 두려움이 얼마나 컸나를 짐작케 해줬다.

조용히 자신의 생각을 말하던 당한문이 휘를 바라보았다.

"문주는 어떻게 생각하오?"

안타깝고 분하지만 자신들은 절대고수를 일 대 일로 상대할 만한 고수가 없다. 그러한 고수를 상대하기 위해서는 적어도 절정고수 몇 명이 한 사람에게 달려들어야 한다. 하지만 어디 절정고수가 그렇게 흔한가?

결국 휘가 어떻게 움직이느냐에 따라 자신들의 계획도 달라질 수밖에 없었다.

당한문의 말뜻을 알아들은 휘가 조용히 웃음을 지었다.

"그들의 목적은 중원입니다. 아마 그들 중 최강의 전력은 대부분이 그곳에 투입될 것입니다. 아니, 그럴 수밖에 없게 될 것입니다. 다른 몇 분과 힘을 합해서 제가 골치 좀 아프게 만들 생각이거든요."

휘의 웃음기 서린 말에 당한문의 무거운 표정이 조금은 풀어졌다. 그러자 휘가 말을 이었다.

"그러니 가주님께선 사천을 통해 중원으로 향하는 그들의 주력을 상대해 주시면 됩니다. 감숙과 섬서 쪽은 따로 상대할 문파들이 있으니까요."

감숙의 삼대세력이 눈에 불을 켜고 싸우고 있는 데다, 설령 섬서로 넘어온다고 해도 종남과 화산을 끌어들이고, 거기다 철혈성이 나선다면 가능할 것 같았다. 그렇다면 고립된 중앙의 힘만 남은 셈.

휘는 강한 어조로 힘있게 말했다.

"문제는 신마천궁의 움직임을 얼마나 빨리 알아채고 대처하는가에 달려 있습니다. 하지만 일단은 희망적인 계획을 세우고 밀고 나갈 생각입니다. 일은 사람이 꾸미지만, 성사여부는 결국 하늘에 달린 것[謀事在人成事在天], 최선을 다하면 족한 것 아니겠습니까?"

그러고 나서 가장 중요한 일에 모든 힘을 쏟는 것이다. 바로 신마천궁의 총단을 치는 것!

당한문은 휘의 설명을 들을수록 적들이 더 이상 두렵게 생각되지가 않았다. 문득 기분이 좋아진 당한문이 뜬금없이 물었다. 아주 은근히…….

"혹시… 문주는 약속한 혼처가 있소?"

3

다음날 해가 질 무렵 적인풍이 일행을 이끌고 당가에 도착했다. 하지만 그들을 반긴 것은 서수장과 휘의 서신뿐이었다.
"예? 어제저녁에 떠났다고요?"
초평우가 어리둥절한 표정을 짓자 서수장이 고소를 지으며 서신을 내밀었다.
"미안하다는 말을 꼭 전해주라 하더구먼, 어쩔 수 없었다고."
"어쩔 수 없었다니요. 대체 그게 무슨 말입니까?"
"그게……."
서수장이 슬며시 웃음을 지으며 상황을 설명했다.
한마디로 당가의 여인들 때문이었다. 당소연이 붙어 살다시피 하지를 않나, 당한문의 딸인 당소령이 뻔질나게 드나들며 차를 가져오고 식사를 챙기지를 안 하나, 그러다 당소연과 말싸움을 하고, 그 사이에 끼어들지 못하는 여인은 담장 밖에서 힐끔거리고, 그야말로 난리가 아니었다.
나중에 휘에게 들으니, 당한문이 당가의 여인 중에 한 명을 골라보라고 했다나? 데릴사위 안 해도 좋으니까.
서수장의 말로는, 그 여인들이 하는 행동을 봐서는 밤에 침입이라도 할 것 같자 휘도 위기 상황(?)이라 생각하고 마침내 탈출(?)을 한 것 같다고 한다, 달랑 서신 한 장만 남기고.
"세상에……."
천하의 진조여휘가 도망이라니!
어이가 없으니 말도 안 나온다. 사람들은 입을 딱 벌리고 멍하니 서로를 마주보았다. 그러다 누군지 모를 한 사람이 웃음을 터뜨리자 전염이라도 된 듯 방 안은 웃음바다가 되어버렸다.

"큭!"

"크크큭!"

"푸하하하하!!!"

그때였다. 오직 한 사람, 웃지 않고 가만히 서 있던 당홍이 초평우에게 말했다.

"늑대! 뭐가 우습지? 문주님이 오직 한 여자만 사랑하겠다는 게 그렇게 우스워?"

"그, 그게 아니고……."

"그럼 늑대는 누가 딸 준다면 덥석 물을 거야?"

그걸 말이라고 하나?

"절대 아니지!"

"명심해! 나는 그런 남자는 질색이야."

"알았어!"

사람들의 고개가 모로 꺾어졌다. 당홍도 자신이 말을 해놓고 그 뜻이 이상하게 느껴졌는지 슬며시 돌아섰다. 풍인강이 휘의 서신을 열어보는 적인풍에게 나직이 물었다.

"저… 적 호법님, 분명 당 낭자가 사랑 고백을 한 거죠?"

"글쎄… 내 귀에도 그렇게 들린 것 같은데……."

영등도 한마디했다.

"허! 늑대하고 고양이가 만나면 뭐가 나올까? 아미타불, 걱정된다."

작게 말했다지만 당홍이 못들을 리가 없었다. 당홍이 빽 소리쳤다.

"안 갈 거야?! 여기서 잘 거야?! 문주님 안 쫓아갈 거냐구!!".

그러자 늑대가 즐거이 대답했다.

"가야지!! 무하하핫!"

마침내 늑대에게… 봄날이 온 것인가!

그런데, 휘의 서신을 읽어가던 적인풍이 당홍의 행동에 제동을 걸었다.
"잠깐! 문주님께선 우리가 갈 곳을 정해주셨다!"
당홍의 뒤를 따라 방을 나서던 초평우가 어정쩡한 자세로 고개를 돌렸다.
"예? 갈 곳이라면……? 그럼 형님의 뒤를 따라가는 것이 아닙니까?"
"문주님께선 연연 아가씨를 철혈성에 데려다 주고 나서, 한중의 물상만가를 들렀다가 하남으로 가실 거다."
"그럼 우리는……?"
"우리는 곧바로 강서 남창으로 간다. 문주님께선 천검보에 들렀다가 바로 남창으로 내려온다고 하셨다."
풍인강이 궁금하다는 듯 물었다.
"남창이면 여기서 얼마나 됩니까?"
"글쎄… 오천 리는 되지 않을까?"
"오, 오천 리!! 그럼 얼마나 걸리는 겁니까?"
영등이 뜨악한 표정으로 묻자 적인풍이 담담한 목소리로 말했다.
"그리 오래 걸리지는 않을 거네. 하루에 천 리면 오 일이면 되니까."
"……"
"그게 무리일 것 같으면 오백 리씩만 가지. 그럼 십 일이군."
"……"
영등이 여전히 뚱한 표정으로 바라보자 적인풍은 머리를 들이밀고 최후의 통첩이라는 듯 말했다
"의창에서부터는 뱃길로 가면 되니까 걱정할 것 없네. 내려가는 것은 매우 빠르니까. 가기 싫으면 그냥 한중으로 돌아가게."
"가, 갑니다! 가요!"

9장
평화를 원하는 자, 전쟁을 원하는 자

1

쾅!!
 손바닥으로 탁자를 후려진 위지혁성이 냉랭한 목소리로 소리쳤다.
 "지금 감히 본 좌와 본 맹을 능멸하겠다는 것인가?!"
 "어찌 맹주님을 능멸하고자 하겠습니까. 다만 사실을 알아보고자 할 뿐입니다."
 사공명의 말에 위지혁성이 이를 지그시 깨물었다. 합비에서 만나자고 할 때부터 어느 정도는 예상했던 일이었다. 하지만 설마 이런 제의를 할 줄은 몰랐다.
 감히 강북 정파무림의 대표들이 천도맹을 내사하겠다니……. 그것은 천도맹을 자신들 마음대로 들쑤시겠단 말이나 마찬가지가 아닌가.
 위지혁성으로선 절대로 용납할 수 없는 일!
 "분명 본 좌는 모르는 일이라 했다. 한데 그대는 나를 너무 몰아세우는군. 본 좌의 말을 믿지 않을 거면 뭐 하러 이런 자리를 만들었는가? 차라리 바로 전쟁을 하자고 할 것이지."

위지혁성의 입에서 전쟁이라는 말이 나오자 탁자를 중심으로 앉아 있던 사람들의 얼굴이 차갑게 굳어졌다. 그걸 본 위지혁성이 비릿한 표정으로 말했다.

"그런가? 그렇군. 그대들은 협상보다는 전쟁을 원하는 것인가? 보다 많은 것을 얻기 위해서? 하지만 한 가지는 알아야 할 것이다. 많은 것을 얻기 위해서는 자신 역시 많은 것을 내놓아야 한다는 것을."

한쪽에서 묵묵히 말을 듣고 있던 노승이 천천히 일어섰다.

"아미타불, 위지 시주는 진정하고 다시 이야기를 해보도록 합시다. 아직 드러난 것은 아무것도 없거늘, 전쟁 운운한다는 것은 중생들의 목숨을 너무 가벼이 여기는 처사가 아니겠소?"

"그럼 대사께서는 본 맹주의 말을 믿소? 아니면 믿지 않는 것이오?"

단도직입적인 말에 소림의 대표 자격으로 온 각운 대사는 말문이 막혔다. 어느 쪽을 편들든 곤란한 상황이다. 그때 무당의 장로 청송이 입을 열었다.

"무량수불, 본 무당은 아직 어느 곳이 옳은지 판단을 내릴 수 없소. 분명 십팔마마공이 출현한 것은 사실이나 문제는 그 과정이 석연치 않다는 것이오. 하니, 보다 신중한 접근이 필요하다 생각하오."

위지혁성의 눈이 반짝였다. 비록 자신의 편을 들지는 않았지만 그렇다고 천검보의 주장에 부화뇌동도 하지 않고 있는 말이다.

지금 이곳에는 천검보와 심양신문을 비롯해 구파 중 오파, 그리고 오대세가 중 삼대세가의 대표가 앉아 있다. 그런데 그 사람들 중에선 그나마 무당의 청송 도장이 처음으로 자신을 향해 절반의 표를 던진 것이다.

위지혁성이 조금 가라앉은 목소리로 물었다.

"하면 청송 도장께선 어찌하셨으면 좋겠단 말씀이시오?"

"굳이 본 무당의 의견을 말씀드리자면, 사건을 조사할 대표단을 우리만이 아닌 천도맹과 함께 뽑아 처음부터 사건의 진실을 파헤쳐 봤으면 하는 마음이오. 아니면 아예 제삼자에게 맡기든지……."

청송이 신중하게 입을 열 때다. 조용히 듣고만 있던 삼양신문의 문주 천강신수 호령묵이 무겁게 입을 열었다.

"그건 불필요한 일이외다!"

위지혁성의 눈이 싸늘하게 빛났다. 가장 마음에 드는 안건이 나오자마자 제동을 거는 호령묵이 얄밉게만 보였다.

"무엇이 불필요하단 말이오? 제삼자조차도 이 사건을 조사하는 것이 필요없단 말이오? 호 문주는 아예 조사할 마음이 없는 것 같구려?"

"흥! 내 말은 그것이 아니오. 그동안 지켜만 보다가 이제 와서 조사를 한다는 자체가 우습지 않소? 혹시 시간만 끌다가 흐지부지할 속셈이 아니오?"

"뭐라? 감히!!"

발끈한 위지혁성의 눈매가 가늘어졌다.

"오라, 이제 보니 삼양신문은 진실보다는 싸움을 원한다, 이건가?"

호령묵의 눈에서도 싸늘한 빛이 번뜩였다.

"이미 확인된 진실을 굳이 더 조사할 필요가 있을까?"

두 사람의 눈빛이 팽팽하게 마주쳤다. 말투에서도 한기가 풀풀 흘러나온다. 그때였다!

위지혁성의 머릿속에서 조령위와의 대화가 떠올랐다.

"맹주님! 만일 그들이 조사를 하겠다고 하거든 조휘, 진조여휘라는 사람에게 조사를 받겠다고 하십시오."

"무슨 소리냐? 우리가 왜, 그따위 인물에게 조사를 받아야 한단 말이냐?!"

"현재로선 그만큼 그 일에 대해 근접해 있는 사람이 없습니다. 또한 그만이 천검보와 무당을 움직일 수 있기 때문이기도 하며, 그의 무공이 당금 천하에서 열 손가락 안에 능히 들 수 있으니 누구도 그를 무시하지 못할 것이기 때문입니다."

자신이 놀라자 그가 계속 말했었다.

"게다가 알려진 바로는 그에게 삼양신문의 고수들이 여럿 당했다 하니 삼양신문 역시 자존심 때문에라도 쉽게 그를 거부하지 못할 것입니다."

위지혁성은 호령묵과 눈싸움을 하다 보니 조령위의 마지막 말이 기분 좋게 다가왔다.
'그에게 삼양신문의 고수들이 당했다고?'
하기야 어떤 식으로든 조사는 진행될 터, 그렇다면…….
결심을 굳힌 위지혁성의 입가로 차가운 웃음이 길게 그어졌다.
"좋소! 그럼 내가 한 사람을 추천하겠소. 그에게 이 조사를 맡기고자 하오. 그에게조차 맡기지 않겠다면……. 전쟁밖에 할 일이 없겠지. 설마 삼양신문이 그 한 사람을 어찌하지 못해서 당장 전쟁을 하자고는 않을 것으로 생각하오만."
호령묵이 의아한 표정으로 위지혁성을 바라보았다.
"한 사람?"
"그렇소, 한 사람. 아마 당신들 중에도 아는 사람이 있을 것이오."
의아해하는 사람들을 둘러보는 위지혁성의 입가에 머문 웃음이 더욱 짙어지더니, 그의 눈이 사공명에게서 멈춤과 동시 한 사람의 이름이 튀어나왔다.

"그의 이름은…… 조휘! 아니, 정확히는 진조여휘라 하오! 본 맹주는 그에게 이번 일의 조사를 맡기고자 하오."

사공명이 놀라 소리쳤다.

"조휘? 진조여휘?!"

호령탁도 놀라 눈을 크게 떴다.

"조휘라고? 본 문에 치욕을 안겨준 그자에게 조사를 맡긴다고? 말도 안 되는……!!"

대부분의 사람들은 오히려 사공명과 호령묵이 놀라는 것이 더 이상하다는 표정이다. 대체 조휘라는 자가 누구이기에…….

남궁환도 황보륭도, 그리고 제갈평인도 어리둥절한 표정으로 호령묵과 위지혁성을 번갈아 봤다.

종남의 상현 도장과 화산의 우명자는 어디서 들은 듯한 이름에 생각에 잠기고, 개방의 추운신개는 눈곱이 잔뜩 낀 눈을 번뜩였다.

그러나 무당의 청송은 그의 이름이 나오자 고개를 끄덕였다.

"그라면…… 우리 무당은 찬성이오. 무량수불."

뒤질세라 개방의 추운신개가 번쩍 손을 들었다.

"그 사람이라면야……."

그리고 뜻밖에도 소림의 각운 대사 역시 천천히 합장을 하며 고개를 숙였다.

"아미타불, 조 시주라면 소림도 마다하지 않겠소."

아연한 표정들을 지으며 장내가 조용해졌다. 그러자 사공명의 옆에 앉아 있던 부양청이 나직이 입을 열었다.

"조 공자라면 본 보 역시 찬성이외다."

동시, 놀란 사공명의 귓가에 부양청의 전음이 울리고.

"형님의 명이시다. 그의 이름이 나오면 모든 것을 그에게 맡기라 하셨다."

사공명은 힘없이 고개를 끄덕였다, 잔잔히 떨리는 눈으로.

'결국…… 또 그인가? 정녕 그를 넘을 수 없단 말인가?'

그렇게 당금 풍파의 주역 중 하나인 천검보가 찬성표를 던지자 흐름은 싱겁게 한쪽으로 몰려 버렸다, 천강신수 호령묵조차 미처 어찌할 수 없을 정도로.

굳은 표정의 호령묵이 뚫어지게 위지혁성을 바라보았다.

"천하의 위지혁성에게 여우의 머리가 있을 줄은 몰랐구려!"

그러자 위지혁성이 냉랭히 말했다.

"천하의 안위가 걸린 일이오. 사리사욕을 채우기에는 전쟁이라는 사안이 너무 크다 생각하지 않소, 호 문주?!"

그 한마디에 위지혁성은 군자가 되었고, 호령묵은 욕심 많은 소인이 되어버렸다. 참으로 묘한 상황에 묘한 말이었다. 붉으락푸르락하는 호령묵의 표정이 당장 어디에라도 불이 붙을 것만 같았다.

하지만 주먹을 움켜쥔 호령묵은 눈에서 불길이 치솟는 감정을 억누르고 마음을 차갑게 가라앉혔다.

'이 정도에 울컥해서 어찌 천하를 논할 수 있단 말인가!'

스스로를 다잡은 호령묵이 천천히 입을 열었다.

"좋소. 하지만…… 그 혼자에게만 맡길 수는 없는 일. 우리 쪽에서도 몇 명의 조사 인원을 파견하겠소."

그러고는 각파의 대표들을 둘러봤다.

"각 문파의 대표들께서도 파견할 사람을 선정해 주시기 바라오."

그 정도는 위지혁성으로서도 어쩔 수 없었다. 그로선 조휘라는 사람의 인물됨이 부디 소진용의 말대로 공평한 사람이거나, 아니면 조령위의 말대로 그의 능력이 천하를 울릴 정도로 뛰어나기만을 바랄 뿐이었다.

어쨌든 기분이 조금은 나아진 위지혁성이 호령묵을 향해 말했다.
"그 정도는 여러분 맘대로 하시구려."
선심 쓰듯 툭 한마디 던진 위지혁성이 둘러앉은 사람들을 바라보았다.
"자! 또 뭐 할 말 있소? 있으면 이 자리에서 다 하시오. 계.집.처럼 나중에 뒷소리나 하지 말고!"
잠시 후, 회의가 끝나자 위지혁성이 대전을 나갔다. 하지만 그날만큼은 누구도 뒷소리를 하지 않았다. 당연히.

2

한편, 천도맹주 위지혁성이 합비에서 천검보와 삼양신문을 비롯한 강북 거대문파들의 대표들과 심각한 설전을 벌이고 있을 그 시각, 도도히 흐르는 장강의 물길을 따라 내려간 커다란 상선 한 척이 안휘성의 자그마한 포구, 옹계포구에 닻을 내리고 있었다.
닻을 내린 지 이각 후, 일백의 핏빛 붉은 그림자들을 내려놓은 상선은 마치 아무 일도 없었던 것처럼 다시 닻을 올리고 포구를 떠나갔다.
그리고 그날 밤, 붉은 그림자들은 옹계에서 백여 리 북쪽 천계산(天桂山) 자락에 모습을 드러냈다.

─삼경이 되면 친다!
한 마리 야조처럼 고요히 나무 위에 서 있던 혈포 중년인이 손가락 세 개를 높이 쳐들어 흔든 후 아래로 내리 꺾자, 어둠 속에서 혈의인의 손짓을 응시하던 또 다른 혈의인들이 고개를 끄덕였다. 그리고 그들 역시 뒤를 향해 똑같은 손짓을 했다.
하지만 손만 움직일 뿐, 그들의 두 눈은 천계산을 베개 삼아 어둠 속에

누워 있는 산장을 주시하고 있었다.

산장과의 거리는 오십 장 정도, 산장은 군데군데 밝혀진 화톳불로 인하여 그림자를 길게 늘어뜨린 채 어둠 속에서 춤을 추고 있었다. 그리고 화톳불마다 그 주변에는 대여섯 명의 경비무사가 잡담을 하며 번을 서고 있었다.

경비를 서며 잡담을 나누다니… 자신들이 속해 있는 곳에서는 상상도 못할 일이었다.

혈의인들은 그 모습을 보고 냉소를 지었다. 그런 한편으로는 오히려 잘 되었다는 생각이 들기도 했다. 저런 자들이라면 생각보다 쉽게 목적을 달성할 듯싶은 것이다.

시간이 되면 저들을 치리라! 피와 죽음, 그 모든 것을 아수라께 바치기 위하여!

혈의인들은 끓어오르는 피를 억지로 누르고 시간이 되기만을 기다렸다. 그리고 마침내!

뎅! 뎅! 뎅!

천계산의 중턱에 있는 수성사에서 장엄한 종소리가 느릿하면서도 무게있게 울려 퍼졌다. 삼경을 알리는 종소리였다. 종소리가 열두 번째 울렸을 때였다.

선두에 서 있던 혈포 중년인이 천천히 등 뒤에 꽂혀 있던 날의 끝이 휘어진 도를 뽑아 들었다. 일순간!

스스스……

그는 미세한 바람 소리만을 남긴 채 장원을 향해 신형을 날렸다. 그러자 다른 혈의인들도 즉시 뒤를 따랐다.

화톳불 주위에 모여 있던 경비무사들이 숲에서 뛰쳐나오는 그들을 발견했을 때는 이미 시퍼렇게 날 선 도검들이 자신들을 덮칠 때였다.

"누구… 컥!"

"뭐야? 누구냐?!"

"으악!"

"어헉!!"

챙! 차창!!

뒤늦게 무기를 빼 든 경비무사들이 혈의인들을 막으려 했지만 애초부터 상대가 되지를 않았다. 실력도, 기세도.

일검을 내지를 시간도 없이 둥실, 머리통이 허공으로 떠오른다.

검을 든 팔이 잘려 바닥에서 펄떡거리고, 내장이 쏟아진 무사들이 생명의 끈을 붙잡기 위해 바닥을 움켜쥐고 울부짖고 있다.

"끄어……. 살려… 줘……."

"내 팔! 으아아악!!"

비명! 피분수! 공포에 젖은 절규!

삽시간에 지옥이 펼쳐지기 시작했다, 앞으로 몰아닥칠 혈풍의 전주곡처럼.

선혈이 허공으로 분수처럼 치솟자, 피분수에 전신을 적신 또 다른 무사는 겁에 질려 뒤도 안 돌아보고 도망을 친다.

혈의인들은 도망치는 자들을 쳐다보지도 않고 담장 안으로 신형을 날렸다. 자신들의 목적은 산장 전체이지, 삼류경비무사가 아닌 것이다. 그리고 그들이 담장을 넘는 그 순간부터, 산장 안에서는 비명 소리가 끊이지를 않았다, 그들이 다시 담장을 넘어 사라질 때까지.

혈의인들은 한 시진이 지나서야 산장을 떠나갔다. 마지막으로 떠난 사람은 혈의인들을 이끌던 혈포 중년인이었다. 그는 떠나기 전, 대문 위를 쳐다보더니 손에 들린 도를 번쩍! 한 번 휘젓고는 신형을 날렸다.

"피바람은 이제 시작이다. 신마의 뜻에 따라. 후후후! 너희들은 싸움을 피하려 하겠지만 그렇게는 안 될 것이야. 크크크크……."

혈포 중년인마저 떠나가자 그제야 천계산에 적막이 찾아들었다. 비릿한 혈향 가득한 적막이. 새소리마저 사라진 적막이.

휘이이이잉!

적막에 잠긴 산장에 짙은 혈향을 싣고 바람이 불어온다.

덜컹! 바람이 불자 숯을대문 위에 걸려 있던 현판이 반쪽으로 쪼개어진 채 바닥에 떨어져 나뒹굴었다.

대현산장.

삼양신문 천패분타.

그리고 쪼개어져 나뒹구는 현판 너머로 산장의 내부가 창백한 달빛 아래 그 모습을 드러냈다.

산장 안이……. 바로 지옥이었다.

『진조여휘』 7권에서…